U0837198

醒梦

魏丽饶◎著

天津出版传媒集团
百花文艺出版社

图书在版编目（CIP）数据

醒梦 / 魏丽饶著. -- 天津 : 百花文艺出版社, 2024.1
ISBN 978-7-5306-8694-2

Ⅰ. ①醒… Ⅱ. ①魏… Ⅲ. ①散文集－中国－当代 Ⅳ. ①I267

中国国家版本馆 CIP 数据核字（2023）第 226866 号

醒梦
XING MENG
魏丽饶　著

出 版 人：薛印胜　责任编辑：张　雪
装帧设计：谢蔓玉　特约编辑：韩玉龙
出版发行：百花文艺出版社
地址：天津市和平区西康路 35 号　邮编：300051
电话传真：+86-22-23332651（发行部）
+86-22-23332656（总编室）
+86-22-23332478（邮购部）
网址：http://www.baihuawenyi.com
印刷：涿州市荣升新创印刷有限公司
开本：660 毫米 ×960 毫米　1/16
字数：273 千字
印张：19
版次：2024 年 1 月第 1 版
印次：2024 年 1 月第 1 次印刷
定价：59.80 元

如有印装质量问题，请与涿州市荣升新创印刷有限公司联系调换
地址：涿州市百尺竿镇毛家屯工业区中心路 3 号院
邮编：072750
版权所有　侵权必究

我是缀在故乡枝头的野果

跌跌撞撞走向远方。

魏石饶

寻找箍窑的人

/红 孩[1]

先讲一个故事。我的朋友老荆家在湖北的一个乡村，他高中毕业参军入伍，几年后入党提干，后来调入大城市，当上了正儿八经的城里人。老荆家里的兄弟姐妹，有的在村里务农，也有的在城里打工。老荆算得上顺风顺水，在一般人看来，已经是挺大的官了。老荆跟许多在外漂泊的人一样，无时无刻不惦念老家的父母和亲人。每年，他都要回家看看，花钱肯定是少不了的。前年，老荆告诉我，他九十岁的老父亲走了，去世前半年老人家还能骑摩托车哩！我问，现在村里还有什么亲人吗？老荆说，母亲早几年就走了，现在的兄弟姐妹都搬到城里，家里没人了。我问，那老人住的房子呢？老荆说，房子已经很陈旧，准备重新翻盖。我说，你打算回老家住吗？老荆说，我只是花十几万把房盖上，然后大门一锁，家里人谁愿意去住就去住。我说，你盖那房子象征意义比实际意义要大得多。老荆感慨道：谁说不是呢。老兄你非常懂得农村人的心理，我荆家的老人虽然不在了，但我荆家并不是绝后，我们家后继有人啊！这房子的存在就是最好的证明！

下面，讲一个女孩的故事。这个女孩是山西长治襄垣人，名字叫魏丽饶。她自幼生活在太行山深处浊漳河边上一个叫麻糊村的山村。二十年前，她告别了小山村，只身闯入了江苏昆山，成为一名真正的打工人。大约十年前，我在报刊上开始注意到有个叫魏丽饶的作者，经常发表散文，主要写乡村题材。后来，经军旅作家王宗仁老师介绍，说魏丽饶是山西长治人，在昆山工作。我说，这就难怪了。长治我去过几次，那是

---

① 作者系中国散文学会常务副会长、散文作家、理论家。

太行山的主要山脉，是革命老区，当年的八路军总部就在那里。看过魏丽饶的散文，得知他们村他们家就多次住过八路军。以后，便看到魏丽饶接连出版了两本散文集《净土》和《从一个故乡到另一个故乡》，许多篇章是关注流动人口的。

“流动人口”这个词，不是现代词语，在古代随着政治、军事、灾害等需要，人口是经常流动的。让人记忆深刻的莫过于1941年蒋兆和先生创作的人物画《流民图》。这幅画以一片瓦砾为背景，刻画了一百多个深受战争灾难之苦的难民形象，描绘了战乱中劳苦大众流离失所的惨状，记录着日本侵略者给中华民族带来的沉重灾难。中华人民共和国成立后，也出现过人口大流动，譬如知青上山下乡、三峡移民，当然影响最大的是伴随着改革开放出现的打工潮、出国热。如果说，过去知青是城里青年到农村接受锻炼，那么当今则是农村青年到城里工作以改善经济状况，这一出一进，很深刻地描绘了我国改革开放城乡经济的发展过程。二十世纪八十年代，一部电视连续剧《外来妹》风靡全国，其意义远远超过了电视剧本身。毫无疑问，魏丽饶走出大山深处的麻糊村，就意味着她从此开始了“外来妹”的人生。多年前，加拿大的一批华人女作家，在国内要集体出版一本散文集，在取书名时颇费脑筋，最后在一次交流中，有位女作家无意中形容她们在海外的人就像一只只“漂鸟”，这句话很快引起在场人的高度关注，大家几乎异口同声地说，这书的书名干脆就叫《漂鸟》吧。

所谓“漂鸟”，就是魏丽饶一直把自己视作的“背着故乡行走在他乡的人”。我虽然没有当过异乡人，也没有亲自到过魏丽饶所工作的昆山某单位，但我能体会到她离开家乡的不舍和初到昆山的忐忑，这很像新媳妇过门。好在，魏丽饶很快在昆山扎住了根，还融入了当地的文学队伍。然而，一个写作者毕竟不同于一个普通的打工者，她要写作，就要选择自己最熟悉、最容易心动的地方。显然，每个写作者都无法回避故乡与亲人，这是任何人创作的永恒主题。我注意到，这几年有很多作家都写了打工记、回乡记、出村记，这些作品承载着个人的乡愁，国家的乡村记忆，也记录着时代的变迁。特别是国家实施脱贫攻坚、乡村振兴战略后，乡村题材创作必然成为作家关注的热点，说不定有人还会创作出新时代的《山乡巨变》呢！

每个人对乡愁的理解是不同的。有人说乡愁是令人魂牵梦绕无法割舍的情感，也有人说乡愁是妈妈的味道，魏丽饶则说：乡愁本质上是一个疼痛的词，那是跟亲人、土地联系在一起的。多年来，魏丽饶一直把写作看成是另一种形式的故乡。在她的笔下，有着如同铁凝文中的香雪一样的童年，每天课上到一半，老师便领着他们到山坡上等着看绿皮火车经过，虽然只有几分钟，可那却能寄托着孩子们的未来与梦想。记得贾平凹在一篇文章写他刚到西安的感受时说：山里的星星多，城里的厕所多。魏丽饶初到昆山，自己生怕被世界遗忘或抛弃，她不得不经常在水塘边做一个只有自己才记得的记号。这使我想到魏丽饶的父亲，作为一个正规医学院毕业生，主动放弃城里医院的体面工作，而甘心回到村里当起了“赤脚医生”。大山一样的父亲，给魏丽饶留下深刻记忆的有两个物件：一是父亲的鞋，那是一双行走在千家万户的鞋；另一是悬挂在家门外的一块重铁，那是一块救命的铁。谁家有了病人，就经常半夜砸响那块冰冷的重铁。假如魏丽饶家的老房子一百年后还存在，后人一定会对那块重铁感到好奇，说不定还会做一期猜猜看的节目。我曾经多次说过，散文写作除了基本的叙事抒情外，一定要强化象征写意，没有了象征写意，再好的叙事抒情也很难把散文写得美而有高度。

魏丽饶是懂得象征写意的。不久前，魏丽饶打电话来告诉我，她已经离开昆山到上海工作，我说，那你可真的变成都市人了。魏丽饶说，工业化、城市化的生活让她更加怀念乡村，每次回到麻糊村，她都会觉得消失了什么，尽管贫穷的村庄今天也已经乘上了乡村振兴的快车。“我既是我故乡的主人，我也是我故乡的客人，我怕我的文字赶不上他（它）们远逝的速度。”魏丽饶有些伤感地对我说，也是对她自己说。我问她当下最想给老家做点什么呢？她想了想说，她想把老家的窑洞重新箍起来，那个窑洞是她出生的地方，也是她祖辈居住过的地方，当然也曾经住过八路军。可是，到哪里去找箍窑的人呢？现在的年轻人都向往城市的生活，箍窑的手艺在乡村几乎就要失传了。话又说回来，即使窑洞箍好了，谁又能经常去住呢？我听罢笑曰，你要是会画画就好了，那样，你就可以把你心中的窑洞画出来，不仅可以天天看到它，而且还可以让它插上文学的翅膀！魏丽饶也笑了，说：还是留给您画吧，您就是那个我要寻找的箍窑的人。

2023 年 6 月 20 日 北京西坝河

目 / 录

第二辑　钩沉

第三辑　散章

第四辑　疏影

第一辑　醒梦

故乡是一个醒着的梦

故乡给他乡抹上了厚土的底色

我的出生很不讨喜，上面已经有一个姐姐，不久之后下面又有了个妹妹。当时在长辈们看来，这是一个很不理想的结果，于是我的整个成长过程中，都在努力证明一件事：巾帼不让须眉。

当这件事得到证实以后，我突然间理解和接纳了曾经的被嫌弃，就像接纳过去的自己，哪怕是错误的甚至不堪的。更多的是感激，因为我懂得了它的弥足珍贵。我感激我的村子，感激我给家族带来的尴尬，是它给了我写作的源泉。而且随着阅历的增长，这一棵树渐渐在这块土地里扎下根须，撑开了根脉，它正大口地汲取这一方水土特有的养分，滋养着我笔下的文字。

我心里对故乡有太汹涌的情感，以至于我身在故乡时是看不清她的。当我身处异乡时，反而能够深情地、克制地、热烈地、冷静地回望我的故乡，从而也更能理解故乡。这就好比对村子里的人，当我跟他们打对面在村道上碰见时，可能只是淡然地，或者故作淡然地问一句“吃哩？”，那人也淡淡地说“吃哩”。如此作罢，但在文字里不会，我会觉得他是亲人，吵架骂娘的、收秋打夏的、含贻弄孙的好多个他，带着他在村子里的许多过往排山倒海地袭卷而来，填满我的脑海，让我不得不去写下来。

然而真到写的时候，我的两只手又显然不够用了，十指敲击键盘的速度，怎么也追不上他浩浩荡荡地走过岁月的脚步。

我在《好好回家》中写道：

母亲回屋了，我独自来到老屋的窑垴上。在黑黢黢的暗夜里，长久地静坐。

夜越来越黑，我的视线渐渐通透起来。我亲爱的乡邻，他们一个，一个，一个从脚下的土地里长出来，走到我的跟前。老人们没有去世，大人们没有变老，孩子们没有长大，他们都原样儿活在我的童年里，生动着整个村庄。那些远走的人啊，他们不是在漫长的几十年里陆陆续续离开的，他们仿佛是在一瞬间，“哗”地就都走了。那些熟悉的名字，亲切的面孔，那些活生生的眼神，安在麻糊村的角角落落。他们伏在地里锄草，圪蹴在墙角吃面，站在崖垴上嚷架，走在村道上擤鼻涕。他们为一只鸡争吵，为一道渠打闹，他们那么不可一世，斤斤计较，他们像灯一样在人间行走，把麻糊村的日子照得灯火通明。可是，仿佛只用了一下子，一座座灯盏就全熄了。我还没回过神，我的麻糊村就灰了。

我慌里慌张地，在麻糊村的夜里寻找光亮，然而，摸到的几颗星星他们怎么也照不亮村庄的夜空。我往下坠，往下坠……我想抓住什么东西，然而，四下空寂。我的脑海里有一张麻糊村的地图，是她绽放在那个并不久远、却很遥远的年代的芳华。那是中国历史上最后的村庄，最后的农耕时代。它，逝了。

人越来越稀，村越来越空。这是麻糊村的现状，让我内心有种一日紧似一日的迫切感，我怕我的文字赶不上它的远逝。当然，随着振兴乡村的浪潮，近几年村里开发了一些新项目，是紧贴时代的，但相较于传统意义上的乡村，已经很大程度上修改了基因序列，无法相提并论。

村里每走一个人，我的母亲就会打电话告诉我，跟我说说他们是患了什么病或遭了什么难，在最后的日子是怎样的境况，受了些什么苦，留下些什么话，在人间走这一遭到头来得到了怎样的安置。每走一个人，我都要悲伤很长时间，其实走的人应该没想到他的走会引起我的悲伤，而且他的后人也不知道我会悲伤，只有我能理解。每走一个人，我就需要把他写下来，又常常写得泪流满面，最初我是从村里的最后一位小脚老人开始写起的，目前这样的村人已经写了好几个，不是他们需要我的记载，而是我需要他们的点拨。他们总是带着村庄的某一段历史深情走来，悄悄告诉我一些关于生命的秘密，然后安详地离开。

直到有一天，我写到某个人时，突然意识到他已经是村里的又一辈人了。我在开篇里写道："呀呀！怎么就轮到他这一辈儿了。"写这句话时，我心里不禁一哆嗦，仿佛看见我最害怕的魔正朝我的村子一步步逼近。我写的是董二，他是我家旧院的邻居。在我的记忆中，董二是个累不坏的青壮劳力，经常赶着牲口下地或拉水。去年清明节，午饭时晌，董二端着一碗焖面到我家串门。我从灶上的笼屉里夹了一根油条，放进他的碗里。他不好意思地作势往外夹，连说不要不要。母亲说，吃吧！锅里还有哩。董二就很高兴地放回碗里，又说，我也咬不动，一边说一边把油条塞进了嘴里。我问，你牙不好哩？董二说，昂！都要掉光呀。我心里一阵恍惚，也凉。总觉得董二还年轻，咋就老掉牙了？待我们忙完一阵，准备盛饭了，董二才说，看到场里有汽车印儿，是闺女调头来？还是……母亲说，昂。董二这时吃完了，他站起来，很正义地说，那不说哩！我没明白他的意思。母亲又说，是闺女辗的。董二摆摆手说，那就不说哩。要是他狗日的家那杂种们辗的，我非找他去！是闺女辗的，那咱就不说哩。我听懂了，说的是我家旧院窑垴上被车轮辗的印子。前天下了雨，窑垴上场里还泥着，我开车上去调头时压上车印了，这样平平整整的场面就破坏了。原来董二是来为我家声张正义的，意思是我家的场我开车辗坏没事，要是他狗日的辗了，就要问他要个说法。他狗日的，说的是村里一个恶霸，在村里口碑不好，跟左邻右舍甚至村里更多人家闹过矛盾，也有的大打出手。

这会儿我再回忆起这件事，觉得特别感动。虽然董二是个恓惶了一辈子的人，但他有他的立场。在外面那么多年，从来就没有这样一个袒护我的人。可是啊，董二也死了。我心里一阵疼，一阵内疚，内疚老天爷给了我这么好的机会，给了我这么亲的乡邻，我却没有多跟他们好好打交道，没好好拱在一个村里家长里短。这不是矫情，是一个离乡的人的真实感受。或许离开村去了外面的每个人都会有这种感受，听说村里又有人死，谁不疼？只是各自的表达方式不同，有人可能会偷偷地哭一场，或者闷闷地喝一壶烈酒。

我是一个远离了故土的人，长期在一种无形的撕裂与剥离状态下生存。在得到的同时失去，在远离的路上回归。我在时间里学会了好好工作，好好学习，好好吃饭，好好生活，唯独没有学会该如何好好回到我的故乡。一个人，只有尊重自己的过去，接受过去的自己，才能更好地经营未来。只有敬畏故乡，才能在他乡安然地生活。只有在人世间深情地活过才终于明白，回乡不是为了抚慰漂泊的心绪，或满足饥渴的味蕾，而是让自己定一定神儿。在他乡走得太久容易乱了方寸，唯有故乡，是一面能照见自我的心镜。

在《锁住麻糊村》里我曾写过：

> 在麻糊村面前，我这一生都是以跪拜的姿势存在着。跪拜赋予我生命的土地，跪拜我的祖辈和父母，跪拜守护我长大的乡邻，跪拜哺育我生长的庄稼草木，是这里的一切，赐予我的最初。

如今看来，应该更正一下，麻糊村赐予我的远不止最初，而是一生的滋养。

回想出版第一本散文集《净土》时，为取书名的事颇费了些心思。

由于是第一次出书，经验不足，同时也不明白可以寄予怎样的期待，唯一的想法就是借此表达对麻糊村的深爱。然而考虑了许多种角度，怎么也找不出一个可以寄托这种爱的事物。脑海里跳跃着旷远的天空、清悠的河水，涌动出层层叠叠绿色的和金黄的庄稼地，还有一年四季在山里劳作的人，以及与村人相互供养的器具风物，一人一景一物一什无不深情。我试着去剥离，将它们一层层从故乡剥下来，直到最后，只剩下了光秃秃的黄土地。童年像顽皮的雨点，大颗大颗地落在厚厚的尘土里，溅起一个个小窝，每个窝里都藏有一段往事。这时我顿然明白，麻糊村是一方逍遥于尘世之外的净土。

从《净土》到《从一个故乡到另一个故乡》，书写的对象从个体走向群体，从“我”过渡到“我们”。书中的“我”是一个泛我，是包括我在内的数以亿计的流动人口。《从一个故乡到另一个故乡》这本散文集是探索的、流动的，流动的故乡、流动的家庭、流动的情感，甚至流动的人性。“我”的感情世界在时空流转中发生了彻底的变革，被割裂、被重组，抛弃的同时被抛弃，接纳的同时被接纳。或者说，就是一种赤裸裸的无着落无归属状态，在故乡牵挂着他乡，在他乡又眷恋着故乡。事实上却是空洞的，抬头没有他乡，低头也不再有故乡，“我”只有像滔滔江水般不停歇地奔腾着，才能用肉身的躁动换取灵魂的安宁。

《青山依旧在》是我最新创作的长篇小说，书写对象依然是流动人口。小说讲述出生在太行山区一个农家的三姐妹，与生俱来面临性别压力，试图通过读书改变命运，但因家庭贫困都放弃了考大学的机会，中专毕业后又赶上“下岗潮”，先后随着“进城热”的潮流外出打工寻找出路。她们背井离乡，却始终坚守农家人的勤劳善良、质朴奋进的品质，在进城的道路上相互搀扶，相互鼓励，分别在北京、上海等城市求生存。家乡农村日渐衰败、危在旦夕之际，国家提出“振兴乡村”政策，她们抓住了农村综合改革的机会，全力支持三妹返乡创业，带领村民种植药茶，经营民宿，振兴乡村，留住乡愁。故事跨越四十年，涉及城乡巨变，在改革开放背景下，人物命运和时代画卷一路展开，呈现社会底层小人物在时代洪流中不屈不挠，平凡而坚韧的奋斗历程，以折射农家人的思想变化和时代的发展脉络。

我的出身注定了生长在我笔下的那棵树，枝枝叶叶间散发的都是山土的气息。土生万物，这样的气息值得我穷极一生去追逐，况且土地里还渗透着我浓得化不开的乡愁。“乡愁”本质上是一个疼痛的词眼，它在不同的人身上结着不同因由的伤疤。这些伤疤美丽或丑陋，顽固地在人的记忆里爬行，时不时咬噬着神经。他人又无法帮上忙，只有自己在生活里慢慢摸索，找到与自己握手言和的途径，去说服并安顿自己，去修复这些伤疤。我更习惯把这些无法言说的隐痛带到他乡，躲在陌生的角落一个人偷偷查看伤情。

我的潜意识里早已经不再强调巾帼不让须眉，而是以一颗虔诚的心在写作中寻求自我。遗憾的是，发现我已经不再是原来那个自己，在流动的生活中，变成了一个无所适从却又随遇而安的流动体。也许，写作将成为我的另一种形式的故乡，渐渐给他乡抹上厚土的底色。

一
太行山的雾

说好太阳下山前到家的，却耽搁了，跟同学吃罢晚饭才往回走。

一出了县城，就是实实在在的夜。崭新的柏油公路被浓浓的秋雾笼罩着，弯弯曲曲伸进群山深处。其实蜿蜒在视线里的根本不是路，是两行明晃晃的太阳能路灯。自前些年开始搞旅游开发以来，家乡发生了很多变化，让人感到舒适，却也陌生。比如这路，这灯。走在崭新的公路上，总觉得像是小时候走在茫茫雪地里，踩在脚下的不是路，而是厚厚的积雪，人们是凭记忆中的地貌，往家的方向走。

在太行山上，这个时间该算是深夜了。路上没有别的车辆，山间的村庄早已进入了梦乡，四下里寂静无声。不知为什么，莫名的孤独感像猛兽般瞬时从四面八方汹涌袭来，我下意识地锁了车门。从县城到麻糊村，是我在这世界上最亲的一条路，路上处处是亲情。父亲行医，母亲赶集，喂牛大爹交公粮，董二赶牲口车去看戏……一村的亲人在这条路上进进出出，带着他们的儿孙。那个时候，亲情多密呀。然而，人到了一定年龄，就得将自己从这亲情里拔出来，扔出去闯荡。所以啊，人越活越孤独。

那个时候，没有路灯，也没有柏油路，汽车也极少有，尘土飞扬的黄土路上，留下过很多脚印。在小河村口，我突然想起那年拐拐跟她爹闹矛盾，从路边抓起一块石头就砸到了自个儿脑袋上，说起来可真横呀！贺家堖村的石头山，像永远也开挖不尽似的，隔几年就有人去崩，去凿，却也没影响他的巍峨。再往过走，是一道深沟，巧枝那年骑自行车带着我去赤壁村看耍猴，险些栽进这沟里，真要栽下去也就栽下去了，影响不了谁的日升月落、水秀山清。从贺家堖往箭壑村走，现如今是一架宽敞平坦的桥路，以往可不是哦，以前是一座坚固的人工石桥，那桥是浊漳河水从沁县流下来，进后湾水库的入口。小时候，战战兢兢地走在颠簸不平的石桥上，总担心怕被翻滚的河水吞掉。就在过了箭壑村往麻糊村的小坡路边，有一丛酸枣树，结得不是很稠，但果子又大又甜。此时正值仲秋，酸枣成熟的时节，但雾太大了，根本看不清路边的草木。这让我顿时感到一阵失落，仿佛带走那些亲情的不是日月，而是这黏糊糊的夜雾。

突然间，空旷的路面上闪出一道动影。我先是一怔，本能地轻点了一下脚下的刹车，以为庄稼地里蹿出了野兽。随后才看清了，原来是母亲。啊！我的母亲，她竟然一个人跑来接我了。我的头皮一阵发麻，心头顿时像刀子割一样。我赶紧靠路边停下车，把母亲接上来。母亲坐车一直喜欢坐副驾驶座，也许她觉得那个位置是上座。因而有别人在的时候，她通常是很客气地把其他人让到前面，自己坐后排。这次却不同，车上只有我，母亲很自然地坐到前排，坐在我的身边。尽管明显感觉到有一股扑辣辣的寒气紧跟随母亲灌进了车里，但母亲看上去丝毫不在意。接到我，她太激动了，又是那么开心。怎么形容呢，我觉得就像我小时候寄宿在亲戚家，晚上放学回到家，意外看到母亲来了一样惊喜。

外面多冷呀，又静得吓人。我从县城开回来，近四十公里的路上，没看到有一个人在这寒雾里行走。母亲收了一天秋，入夜都没加件厚衣服，居然就这样跑出来了。这个时候真的很想紧紧地抱着她，捂干她身上寒湿的水汽，缓解她终日劳碌的疲惫，用体温来传递我的内疚和心疼。

很想说声对不起，可是觉得太苍白了……最后我什么也没说。我怕母亲听出我声音里的哽咽，努力克制住眼里的泪水，直到有把握可以平静地说出一句话："咋跑出来了？我开着车呢，哪还用接！"母亲更加轻描淡写："反正在家也闲着没事，出来蹓跶蹓跶。"像是掩饰，又像是安慰，母亲却不知道她的掩饰多么笨拙。而且在我的追问下才得知，母亲从地里忙完回到家时太阳早已下山，见我没在家心里着急，简单吃了点剩饭就出门了。她已经从麻糊村经过箭鏊，走到贺家垴。在石头山下碰到一辆白色的车子过去了，她感觉不是我，就顾自继续往前走。可都快走到小河村，就要上国道了仍不见再有车过来，母亲又怀疑是自己方才没看清楚，于是她又匆匆往家赶，怕我到家没饭吃。最后见门口没停车，再次出来……来来回回，母亲的这一晚就往返在这条路上了，带着一个母亲对儿女的所有担忧和焦虑。

"妈，以后认车要看车牌号，不能光看颜色。"

"甚也不用看，妈感觉就不是你。"

"否则也不用白跑一趟。"

"反正也闲着。"

接着，母亲又聊起了今年秋粮食的收成。这时我才猛然发现，其实她早已察觉到了我内心的不安和自责，才一直宽慰我。

累了一天，原本想到家就尽快休息的，可真正躺在床上时，脑袋里却越来越清醒。夜很深了，一弯模糊的月影挂在高窗上，远山传来猫头鹰"咕咕"的叫声。其实，母亲今晚真的不需要去接我的。平时的生活中，行夜路对我来说如同家常便饭，我已丝毫不觉得有什么紧张或害怕，也从来没有人担心和问候，更不会等在半道接我。这一程，相较于前几年常常一个人深夜开车往返上海与昆山之间，实在是太轻松了。即便那种情况下我也可以胜任，觉得孤单时，把导航打开便是。对一个夜行人而言，哪怕是智能语音隔三岔五地提示你离家越来越近，也已经是很温暖了。这么说来，一个人从上海开车回麻糊村的那次，半夜行驶在太行山间的晋焦高速段，才是真正的孤独。仿佛也没感到有多少恐惧，车门一锁也就过来了。哦，我究竟是从什么时候征服了孤独的？甚至大多时候我更喜欢独处。比如刚才在回来的路上，记事以来发生在那条路上的零零星星的事情都重新跳了出来，在脑海里形成了一幅幅连环画。这些人事，能让我更加深刻自己。

这真是一个可怕的夜晚。我紧跟着母亲的脚步，生怕落后，总觉得背后有猛兽，有魔鬼粘在我们沿途留下的体温里。却也不敢走到母亲前面，前面更是比可怕还可怕的可怕。我想，这一路母亲也是紧张的，源于那只无缘无故裂开的瓷碗。她心里一定有种种不祥的猜测了，因为她一路没顾上跟我说话，始终沉默着，气息却十分急促。

我们一步赶着一步，沿着村东的大道下了河滩，急慌慌地走在冰路上。这条路有整整五里长，夏天是一面河，冬天结成一块冰。结实得可以当旱路走，但时不时也要人的命，哪年不吞个把大活人进去！母亲一定是想到这个，才不自觉地将我的手捉起来，紧紧夹在她的胳肢窝。我心里顿时暖和起来，终于不再害怕。其实我一路怕着，怕母亲在这样一个阴森的夜晚，还像往常那样把我送到河对岸就不管了。这下好了，她终于怕了。

冰与岸相接的地方看上去很不太平，大块大块的冰凌板子横七竖八地插在冻僵的泥土里。仿佛那冰是风掀起的浪，还没来得及落下，就在一瞬间凝固住了，又像是从天边横飞而来的利器，跌落在了地上。这会儿又盖上松绵绵的新雪，更让人难以琢磨。走到那冰凌板子跟前时，我停住了。母亲不解地看了我一眼："咋了？"我没吱声儿。"走！"她拽着胳肢窝下的我的那只手，一个跨步就跳了出去。这时我紧闭起双眼，等那冰凌板子"嚓"地被我踩断，冰下面的河水再"咕噜"一声把我咽下去。然而没有，什么也没有发生，我就已经端端地立在河岸上了。我用暖鞋底在地上搓了一搓，涩涩的。万幸！我偷偷想。

刚想松口气，母亲的话却又扎进了我的心里："走吧，自己去吧！"天哪！原来灾难根本没走。母亲她不送我到亲戚家了，这样一个可怕的夜晚，她仍然要把我扔出去。"妈妈！"我为难地喊了一声，声音极轻，抑或压根没有喊出口。母亲没有任何回应，她像一座坚硬的铁塔似的站在灰蒙蒙的雪色里，一动也不动。转身走的那一刻，我的泪水夺眶而出……我恨她！

这是我在散文《生长痛》里对母爱的描写。的确，温柔善良的母亲，她给我的成长教育却是疼生生的。但我无比感恩这样的严厉，就像一个身材高挑的少年，感恩他在许多个深夜独自承受的那些骨节生长的疼痛一样。在写这篇文章之前，我顾虑再三，担心母亲或亲人们的误会。当我写下"我恨她"三个字时，无比心疼。我恨的人，可是含辛茹苦将我养育成人的母亲啊，我生怕这样的字眼会刺伤她的心。因为她给我的明明是爱，不得已而为之的爱。然而，那个年纪那种情形下的我，恨得真切，真实而又合情合理。犹豫之余，我还是义无反顾地写下了这些文字，在刊物上公开发表，来光明正大地表达内心的感恩。也许没有那样一次刻骨铭心的磨炼，我永远无法从孤独和黑暗的深渊里找到光明。我想，母亲一定读了《生长痛》，而且读得她心疼了。心疼曾被自己严厉要求的女儿，心疼我一个人远在他乡无所依。母亲一定是又想起了我对她的恨，于是更加心疼，心疼太阳下山前我还没到家，心疼我为了实现梦想早出晚归，在雾茫茫的夜里孤立而行，她才忍不住出门了。

我在里屋，母亲在外屋，隔墙传来的长长的呼噜像是一首摇篮曲，平稳而有节律地安抚着宁静的夜，又像驮在母亲背上的悠长的岁月，单调而深沉。不知为什么，在这动与静的交融里我竟突然流泪了，仿佛并没有想什么伤感的事，却又像是想到很多。其实，能静静地听着母亲的呼噜入睡，是一种幸福。

第二天清晨早早就又要离家远行。这个季节太行山上的晨雾很大，我醒来时院子里的灯亮着，早已经把乡间的晨雾烘暖了。母亲像一只储备冬粮的松鼠，在雾色下的灯光里穿来穿去，为我准备行李。从她进进出出的响动里，我听到了竭尽全力的节奏。哦，她不知什么时候还写了一张小纸片，上面罗列着计划要带的东西，装一样划掉一样。我正从窗户上看得出神，门“吱呀”一声开了，母亲侧着身子挤进屋。见我醒来，她丝丝哈哈地说：“起雾哩。睡吧，起来什么也看不见，多歇歇！”然后走到我床跟前，从兜里摸出一颗新鲜的红枣，塞进我嘴里，说：“在路上拾了颗枣。”说罢，又转身出去了。

高窗上，一方淡青色的天空正在努力放亮。我想起小时候，也是这样的早晨，母亲总是在打扫院子时，把带着淡紫色果粉的落地李子捡回来，放在我的枕畔或塞进我嘴里。才不要洗哩，在山里人心目中，泥土露水、春雨秋霜都是最神圣、最洁净的东西，谁肯把果子上那凉丝丝的秋洗去！枣子真甜，似乎已经好些年没有吃到这般原滋原味的果实了。我也的确是忘记了，在这世界的某个角落，自己仍旧是个孩子。

母亲的忙碌在我坐进车里的那一刻戛然停止，她像打了一场志得意满的胜仗之后，突然间失落起来。村庄还在沉睡，睡得宁静，睡得安详。仿佛这个早晨，是专门为母亲而存在的。她一声不吭地看着我，关上后备箱，走到前面开车门，在座位上坐好，系上安全带，放下车窗……我想她的心头一定越来越紧，像拧一条湿答答的毛巾。其实，我应该再拥抱一下母亲的，但又觉得不好意思。我重新下车，回院子里的窗台上，把母亲从山上采回的一枝熟透的野枸杞拿上，放进车里。

朦胧的晨雾里，母亲瘦削的身影独自留在了老家院子的门口，凄凉、孤独。车子顺着蜿蜒的村路缓缓行驶，院子渐渐缩成了一星灯火，母亲的身影被吞噬进灰蒙蒙的雾气里。晶莹红润的野枸杞立在车窗前，颤颤巍巍地摇曳着一枝红透的秋，车子驶出村口，转上大路时，村庄很快也被埋进了浓厚的雾里。

城市的雾，确切地说大多时候是霾，像一个中年的梦，油腻，真实，进而中庸，既有对现实的不甘，又有对生活的不满。而山间的雾不同，她悠悠然升起，默默然隐去，自在于山间，不争日月，不惹星辉，从不见风生或水起，然而她却滋养着世世代代山里人风生水起的日子。

车子驶出太行山时，天色渐渐明朗起来，而我的心境却仍不开阔。我想，母亲此刻一定还站在家门口，望着车，望着延伸到远方的路，望着眼前丰富的空洞，还有她望不尽的牵挂和离愁。

水满平湖香满路

家乡打造宝峰湖万亩花海旅游景点已经第三个年头了，我才有幸一睹她的芳容。那是在去年国庆节前夕，一场秋雨过后。

看过许多次万亩花海的照片，有手机随拍，也有专业航拍；想象过千百次她的模样，却不如这一见之欣喜若狂。此刻，我多么需要分享，分享故乡的美好和心中的欢畅。百日草有点疲倦，金盏菊强打着精神，粉黛乱子草倒不搭理这秋婆婆，仍旧轰轰烈烈地开着。然而不得不承认，这一季繁华终究是接近了尾声。可尾声也美得不可方物！

雨后，游客不多，花间的小路有点湿滑。风从遥远的山间吹来，掠过宝峰湖，漫过花海，扫在我的脸上，钻进脖子里。自在！真真是自在。在这世上，哪都没有这个地方让我感到自在。突然想起一位陕西籍作家曾跟我说，他这一生的终极目标就是隐居秦岭，专心写作。事实上，这些年他一直也没能舍弃大上海的繁华。此刻，他正在黄浦江畔听轮船驶过的汽笛声。此刻，我正置身于他的“秦岭”。花间，有阳光碎裂的声音。

这时，有几位市区口音的中年人从身旁经过，我感到十分亲切。倘若在外地，我一定主动上去跟他们认识，因为在他乡，难得听到这熟悉的乡音。可现在就不了，他们会笑我的。行走间，我听到他们说这万亩花海还应再种些牡丹才好，增添花海的质感。“喏，牡丹在对面山上，估计下一个春天就要开花了。”我还是忍不住炫耀起来。看上去游客是满意的，期待来年花开在野。

路的尽头是宝峰湖。湖水清澈，水草悠悠。放眼四下，这一湖浊漳河水，最亲。她带走了多少美好的往事啊，留下沙砾和人间真情。突然，一条鱼跃出水面，打了个挺，又扎进水里去了。一圈圈涟漪便散开来，摇曳在风中。这时，有歌声在花海荡漾。是一群年轻的女孩，唱起了不知从什么时代流传下来的歌谣：地圪垒地，北漂漂，我去姥姥家绕一遭，姥姥见了笑嘻嘻，妗的见了瞧两眼，妗的妗的不要瞧，哪个孩家没舅舅，哪个山上没石头，哪个河里水不流……

愉悦拓宽了人的欲望。倘若抱一条鱼回去，倘若沿着这河岸一直走，去寻求一些不曾懂得的东西。尽管在这河畔出生、长大，但关于她的很多事情，我仍旧是懵懂的。比如，沉睡在湖水下的虒亭古镇千年历史；比如，在上党战役中土落截击战胜利的枪声。这是万亩花海的底色，是浊漳河的天然基因。对了，我又想起那件小事。大约是二十世纪九十年代初，一个夏风舒爽的傍晚，父亲到河湾挑水，巧遇一对年轻男女开车到湖边兜风，车困进了岸边的沼泽地。显然他们是从外地来的，不了解浊漳河的脾性。父亲和男子使出浑身力气推车，女孩安静地站在不远处，夜风抚摸着她的漂亮纱裙。一层层浪花由远及近，有节律地拍打着河岸，咬噬这个滑稽的夏夜。费了好一番劲，车总算开动了，又潇洒地沿河远去，岸边留下一股淡淡的香水味。他们原本要给辛苦费的，父亲说什么也不肯收。当时不解，然而时隔许多年后，我才懂得了一方水土养育一方人。

在这万亩花海里走走停停之间，总有一朵花突然横了去路。未曾谋面，却又似曾相识，让人欲恼还休，欲罢不能。怎奈她是人生中某个不经意间的自己！或马鞭草的义无反顾，或百日草的坚韧持久，或粉黛乱子草的扑朔迷离，或金盏菊的热烈深情……谁能否认青春的不羁，质疑中年的油腻？终究不过是一场修行，修得水满平湖香满路。

好好回家

很是有几年，我认为对父母的孝顺就是多寄钱，买好衣服，盖新房子，让他们在村子里过上富足的生活。再美气些，要是能把他们接到城市来住，楼上楼下，电灯电话，就再理想不过了。

不知从什么时候开始，也就是近两三年，我突然发现，全然不是这么回事。村子里的生活已然不是二十世纪八九十年代的那般景象。母亲在家缺的不是生活物资，而是精神上的依托，或者说是一种盼头。

元旦回了一次乡，清明又回。这次是突然决定的，坐上火车才给母亲打电话。我以为她会惊喜，没想到带来的却是惊吓。

“俺孩儿这是遇上甚坎哩吧？跟妈说，妈在家哩。”电话那头极安静，像真空。这一瞬间，我顿时明白了在母亲心目中，家于我而言最深层的意味是什么。

家，是我活在这世上的最后一道堡垒。

我顿时明白了，这么些年，母亲为什么不肯离开农村，不肯进城。哪怕村里的日子过得单调、苦闷、孤独。

她得守护啊。

麻糊村之所以到今天还活着，还能吞咽牛羊的叫声，还能吐出几缕炊烟，多亏了这些坚定的守护者。他们，大多是爹娘，也有少数同龄人。

火车是晚上到达县城，母亲下午坐公交车提前到宾馆等我。在这件事上，母亲表现出极少有的冲动，狗忘了喂食，鸡舍晚上不关，由鹅看着，街门锁一晚上，猫饿着。平日里，这可样样都是大事呐。见面以后，母亲只顾跟我拉话，丝毫没有想起这些鸡零狗碎的事。到第二天午后回到家，我才明白了怎么回事。

那个场面真可谓壮观！母亲一进街门，鸡啊，狗啊，猫啊，千军万马般从四面八方涌来。它们焦急地，热切地，带着嗔怪地叫唤着质问母亲。这时母亲才清醒过来，她像面对一群饥饿的孩子般，又是心疼又是慌乱。它们是常年陪伴母亲的家庭成员。母亲曾经在视频里聊过她做一顿饭的量，自己一碗，狗一碗，两只猫分一碗，剩下的拌鸡食鹅食。为了早点跟我碰头，母亲竟扔下了它们。

刚进屋，会平就来了。今天是寒食节，按照麻糊村的风俗，家家户户都要拌凉菜，也叫清明菜。清明菜里有几样食材是必备的，菠菜、豆腐、粉条、绿豆芽。于是今天镇上的绿豆芽早早就卖断货了，会平特地打电话让母亲从县城给捎些回来。

一进门，会平就问："老婶婶，你昨晚发的抖音用的是新道具？耍得真好哩，闲了教教俺们。"

我知道，会平说的是昨晚在酒店，我帮母亲做的那条抖音。就是把人像从照片里抠出来，嵌进正在绽放的玫瑰花里，看上去仿佛从花上开出一个人来。其实，我之前从来没有做过抖音，也不太感兴趣。但昨晚一到酒店，母亲就打开她关注的账号问我那些特效怎么做。看得出，母亲坚信这对我来说是轻而易举的事。我只好现学现做。

母亲拍抖音的事，我之前是不知道的。我一直不知道，她跟村里的会平、国英婶婶她们，很早以前就开始把麻糊村的日常都拍下来发在抖音上，而且还获赞数万。她们自己用旧衣服改成演出的行头，拍上党梆子、襄垣秧歌，还有各种开花调。我有点意外，却没有再多过问，也没有点赞或留言，怕打破母亲生活里的小秘密。我一一翻看了母亲发布的视频，主要是看她们还缺哪些服饰，悄悄在网上买了几件作添补。

我心里盼着有人来串门，可是太阳已经很稀软了，还是没人来。

“妈，国英婶婶不常来咱家？”

“今儿谁有工夫串门，都在家拌凉菜哩。”

哦，对哦！明天是清明节，一村的妇女都该围在自家灶边做凉菜哩。平时母亲一个人在家时，屋子里总是挤得满满当当，那样就可以一下子看到好些村里的人。我顿时有点失落。

天快黑的时候，猫回来了。它们径直到碗边看了一眼，是空的，就一唱一和地叫唤开了。母亲狠狠地剜了一眼，训道：“讨吃货！”猫识趣地瘪了瘪两只耳朵，悻悻地走开了。

“快去把鸡舍关起来！顺便拾蛋。”

我便去伺候鸡。谈到鸡，母亲的语气显然要友好得多，因为鸡有产出和收益。

吃罢晚饭，才收拾了锅碗，跃刚和跃刚媳妇就来了。还有跃刚孩，十七八岁的大后生，在太原读书，清明节学校放假回来几天。他们喊母亲一块儿去河边散步。按辈分，跃刚该叫母亲奶奶，一般情况下就是直来直去拉话，这样没压力。他家住在最西头。

我说的河，是后湾水库，现在改名叫宝锋湖。河沿岸砌了防洪堤，堤上还有防护栏，防护栏靠山这边是两米宽的柏油观光道，还有路灯。很像在三亚看到的海边那种，一点也不像是在太行山上的麻糊村。跃刚感慨这湖改造得好，跟城里的一样，我心里有点可惜。素峰和素峰媳妇是在他家路口等我们的，两个儿子都在太原上班，素峰媳妇原本也在太原当保姆的，今年疫情就没出去。我们走到汽路上的时候，又碰上我二爹，他是我三爷爷的儿，已经上了年纪还没娶上二娘。

我们一队人就这样，差着辈儿，男的女的，老的少的，沿着河边往国道那边走。夜冷飕飕的。河面上水波涌动，在路灯光下心事重重，我却怎么也捉摸不透。

我拍了个视频，在视频里能看出空气十分清新。水波在灯光下跳跃，像着一袭黑裙的女人暧昧的眼神。

跃刚说这河岸永远也走不完，走到石洞那里就返回来吧。其他人说，行。我不知道石洞在哪儿，为什么叫石洞，是什么石洞，做什么用？为什么走到石洞就回来？跃刚什么也没说，我暂时也没问。

石洞在观光路旁的一片绿化带往里，靠山脚根处。跃刚和素峰在前面领头，用手机电筒照亮，我跟他们的媳妇在后面，母亲和二爹他们觉得没什么好看头，立在观光路上等。的确也没什么好看，就是一个山洞，洞里有浅水，这头被绿化带和观光路给堵上了。山是纯石头山，在手电灯的照射下，白的石头，黑的河水，其他什么也没有。洞里传出我们说话的回音，清晰，冷静。

回来的路上，便有了话题。这洞是二十世纪七十年代修的，就是素峰爷爷他们年轻的时候，跟生产队的后生们靠自制的土雷炸开石山，把浊漳河水从沁县上游引到后湾水库。此处开了山洞，北面贺家埳村的一片滩涂就种上了水稻，也就有人说贺家埳是“小江南”。稻，是江南的象征。跃刚和素峰说，他们小时候经常结伴到这洞里玩儿，摸鳖、捉鱼。那是洞炸开十来年后以后的事了，浊漳河从麻糊村外淌淌流过，流过一个又一个村庄的历史，流过一代又一代人的童年。

他们又聊到别的，我的思绪不知什么时候飞远了。我觉得这个洞不应该隐埋在那片绿化带背面的深处，它是一段生机勃发的奋斗历程。那种开山引流，敢于在太行山上劈出一片江南景的精神，当在岁月深处渊远流长。

走在先人开垦的土地上，在他们建造的水库边散步，我突然感到诚惶诚恐。我问跃刚孩甚时毕业？他说明年。我又问他毕业了干甚？他说进城。我又想起方才山洞里那水滴的叮咚声。这，该怎么办呢？我焦急地望着河对岸深山人家的灯火，它们却熄了。

素峰两口子到家了，我跟母亲也到家了，二爹和跃刚一家继续往西头走。西头的人家越来越稀，他们是仅剩的几户。

这，究竟该怎么办呢?

母亲回屋了，我独自来到老屋的窑垴上。在黑黢黢的暗夜里，长久地静坐。

夜越来越黑，我的视线渐渐通透起来。我亲爱的乡邻，他们一个，一个，一个从脚下的土地里长出来，走到我的跟前。老人们没有去世，大人们没有变老，孩子们没有长大，他们都原样儿活在我的童年里，生动着整个村庄。那些远走的人啊，他们不是在漫长的几十年里陆陆续续离开的，他们仿佛是在一瞬间，“哗”地就都走了。那些熟悉的名字，亲切的面孔，那些活生生的眼神，安在麻糊村的角角落落。他们伏在地里锄草，圪蹴在墙角吃面，站在崖垴上嚷架，走在村道上擤鼻涕，他们为一只鸡争吵，为一道渠打闹，他们那么不可一世、斤斤计较，他们像灯一样在人间行走，把麻糊村的日子照得灯火通明。可是，仿佛只用了一下子，一座座灯盏就全熄了。我还没回过神，我的麻糊村就灰了。

我慌里慌张地，在麻糊村的夜里寻找光亮，然而，摸到的几颗星星怎么也照不亮村庄的夜空。我往下坠,往下坠……我想抓住什么东西,可,四下空寂。我的脑海里有一张麻糊村的地图。是她绽放在那个并不久远,却很遥远的年代的芳华。那是中国历史上最后的村庄,最后的农耕时代。它，逝了。

母亲说，去年村里走了六个人，然后就沉默。母亲说，会平的儿说上媳妇了，四月天暖和了就结婚；她们要抓紧练几支舞，还要帮着会平多种些菜蔬，多伺候些鸡娃……生与死，在这个年近七旬的老人心里如此分明。即便，我们都是向死而生。

我突然有一个想法，好好回家。

对！就应该好好回家。

我在时间里学会了好好工作，好好学习，好好吃饭，好好生活，唯独没有学会好好回家。

一个人，只有尊重自己的过去，接受过去的自己，才能更好地经营未来。也只有敬畏故乡，才能在他乡安然地生活。我们在人世间深情地活过，明白了祖宗的墓茔不只是一堆黄土，我们经历过生活的磨砺，懂得了父母不只是血脉的源头。

回家，不是为了抚慰漂泊的心绪，或满足饥渴的味蕾，而是让自己定一定神儿，让母亲坐在炕头，抬眼隔着窗镜就能看到我从街门走进院子，在院子里赶鸡骂狗，让她觉得我突然回家不过是稀松平常的事，既不惊喜，更不惊吓。回家，跟跃刚他们一块儿散步健身，帮国英婶婶拍视频发抖音。在麻糊村的那张地图上找到自己，一点点捡拾遗落在云边的生活。

岁月深处有一束光

住在村里，我有早起的习惯。轻轻划开薄薄的晨雾，走在湿漉漉的村道上，以一种占便宜的心理大口呼吸从深山里漫出来的新鲜空气。

那些在岁月里存在了很多年的破窑旧院，杨槐桑榆，让我想起小时候曾有过的一个饼干盒子，里面装的都是当时视若珍宝的东西。直到很多年以后，无意中再翻出来，挑来捡去，实在找不出一件有用之物：花花绿绿的塑料纽扣，小半截彩色粉笔，用水晶线编制的手工艺品……我忍不住“扑哧”笑出声，当时咋就这么点出息！记忆中，一直把这饼干盒子看得比命还当紧。此时，我才突然明白了，那点出息的可贵。人在不同的时期，珍视的东西是不一样的。就像这些荒弃的屋舍，往前倒推三十年，哪个院里不是一个闹哄哄的人家，过着鸡鸣犬吠、热火朝天的日子，而今却生生地落寞了。说到底，落寞的不是生活，而是被时代遗弃的老物件。毕竟，那些渗透进砖瓦土坯里的烟火气，始终在人们的记忆里鲜活着。

经过一处坍塌的旧院落，我踩倒凋枯的艾蒿来到街门口。门楼还顽强地屹立着，那副走风漏气的门扇尽管上了锁，却仍然像老者稀疏的瘦牙，遮不严院内的景象。稍稍凑近，便一览无余。三孔窑塌成了一堆废墟，废墟上杂草茂盛，草丛尽头露出半面彩色的炕围画，画的是桃园结义。我心里陡地一慌，儿时常常跟这院里的溜溜一块儿，趴在她家炕沿边拿蜡笔描摹那画上的人物。画还在，人呢？仔细定了定神儿，才想起溜溜在早些年就已经为了生活进了城，鸡鸣犬吠换作朝九晚五，日子仍旧热闹。村里留下了太多无用之物，东丢西扔，无人问津。它们却像是一把把隐形的锁，替人们锁着久远的往事，无意中稍一触碰，便汹涌得令人招架不住。

不知不觉间，我已经钻进杂草，又爬到了垴畔上。这里原本是一个平整宽阔的打麦场，也只剩下参差不齐的小半面。场边的土崖居然还在，只是变得又矮又瘦，像是一个肩宽背厚的后生被岁月抽去了筋骨，看上去单薄、飘摇。崖上的酸枣树反而精神矍铄，树皮也比以前坚硬得多。记忆中，这棵树一贯结那种两头尖尖、核大、皮薄又没什么肉的酸枣，我们小时候就提不起兴致，甚至从来没把它算作可食用的野果。现在树上依旧结果，秋后树叶开始泛黄、凋落，红色的小酸枣在秋风里颤颤地摇晃。

我抬脚便跳到了崖上。几十年过去，这棵酸枣树似乎并没有长粗，也没有长高，还是我踮起脚尖就能摘到酸枣的高度。只是靠近树冠处的那丛旁枝，叶子又小又密，蜷成一团，显然在漫长的岁月里经历了太多苦闷和憋屈，已经无力或无心再舒展开眉目。

小时候，我们一放学就像出栏的群羊似的跑到溜溜家打麦场来玩，央求她爸给我们表演甩鞭，看他家的骡子打滚，在明瓦瓦的月下捉迷藏。溜溜却从来不参与，她比我们大了好几岁，也不念书，手里不是牵着牲口就是端着簸箕，总有干不完的营生。我们嘻嘻哈哈在一块儿打闹时，她总是愣在一旁看着，痴痴地发笑。村里人说，溜溜发育有问题，看着像是个半大姑娘，实际已经到了该嫁人的年纪。但在我们眼里，她就是个大人。大人相对于小孩，是一种依赖，溜溜她是能给人带来这种依赖感的。

那一个夏天的傍晚，我们又在溜溜家麦场上玩捉迷藏。天大地大，随处可躲，露天茅房、碾盘下、崖畔后面、树洞里，都是不错的藏身之地。但人也多，那个时候的农村，最不缺的就是小孩，谁家院里不长三个五个？趁别人不注意的时候，我三下五除二在溜溜家的麦秸垛上掏了个洞，一跨步跳进去，再从深处拔几捧麦秸把洞口堵上，便安稳了。支起耳朵听外面的动静，随着小伙伴一个接一个被抓获，我的心也提到了嗓子眼儿。这时，隐约听见有人朝麦秸垛走来，窸窸窣窣，吓得我浑身是汗。可那人还是将手伸了进来，一把一把往外掏麦秸。我屏住呼吸，又用手捂住嘴巴，生怕暴露了自己。不料，很快我的一只脚竟被捉了去，还被当作石头使劲往外丢。

正要出声，眼前的麦秸褪去。原来是溜溜，她抱来柴火准备生火做饭。见我做贼似的，溜溜很快便明白了是怎么回事。她让我赶快出来，防止麦秸垛里有蛇，我死活不肯。眼看其他人都陆续沦陷，我却隐秘又安全地猫在这个“风水宝地”，谁肯前功尽弃？溜溜无奈，只好抱着柴火回家了。然而，她走后我反而败下阵来，想起以前她爸总是捕了蛇挂在那棵酸枣树上，又想起上次我们在戏台旁边的麦秸垛里就亲眼见过一条大黑蛇。这时，我感到身边似乎真的充斥着蛇出没的阴森气息，它先从西边出发，又沙沙沙地窜到南边，朝我而来……我的脊背麻丝丝冷飕飕的，我决定出去自投罗网。

天哪！万万没想到，就在这时溜溜居然来了。她蹲在洞口，看着大汗淋漓的我，低声且固执地说，出来！你从这小路悄悄溜回家，我替你藏着。我踟蹰了一下，为难地对溜溜说，里面好像真的有蛇！溜溜不理。她一把把我拽出来，自己猫身钻了进去，说，放心吧，我一定坚持到底！外面风平浪静。

我清晰地记得，晚上家里蒸了槐花饺子，从一进门，我就惦记着吃饺子，把藏猫猫的事忘得一干二净。直到第二天才知道，那天晚上已经很晚了他们还没找到我，便各自散开回家了。结果，溜溜真的被蛇咬了一口……我的心像被烙了一下，呲地缩起。从身前铺展开来的打麦场越发空寂。突然掠过一阵秋风，地面上便跳荡起一层细碎的落叶。我赶紧从崖上跳下来，追上它们，心里喊着他们的名字。那些一时记不清究竟是散落在哪些城市的、儿时的伙伴们。我只记得他们的乳名，比如溜溜。

我小时候，她是个大人；我长大后，她还是个孩子。

再见溜溜，是几年前的一个清明节。她抱着一捆玉米秆从打麦场下来，神色超然。几十年过去，她看上去似乎没有见老，个子也没再长高，仿佛定格在了十二三岁的光景，玉米秆拖在地上，使她显得有些吃力。我问她："抱柴做饭呀？"她问我："你不怕蛇哩？"我俩谁也没有回答谁的问话，心神恍惚地笑了笑，就走过去了。我知道，溜溜肯定还定在原地，抱着玉米秆，望着我的背影怅然若失。就像我，满脑子都是那次她替我藏猫猫的往事。但我没有回头，怕不能自已。因为，离开村后，我就再也没有遇到过肯像溜溜这样护我的人。

溜溜像我饼干盒里的一粒纽扣，突然从生活深处滚出来，在我的脑海里骨碌碌打转。听村里人说，她到现在也还没有成家。早些年弟弟进城打工，她在村里种地喂猪，守着家。后来弟弟在县城买了房，娶了媳妇，生了孩子，她又跟着进城洗衣、做饭、带孩子。近几年侄子也考上大学到了外地，她便找了一份做保洁的活儿，赚点零钱贴补侄子念书的费用。

我折回崖上，从那一团蜷屈的旁枝里摘一颗酸枣来吃。仍旧不可口，果肉干瘪，酸胜过甜，但余味悠长。酸枣树耐寒、耐旱、耐盐碱、耐瘠薄，通常生长在荒野、山坡、崖畔，是一种极不怕苦又极易成活的树。我又摘了几颗装进兜里，想把它们带到南方，种在居住的小区里。那里空气潮湿，阳光充足，土壤肥沃，花树丰茂，该是更适合它的生长之地。

越往村西头走，窑院越稀，常住人家寥寥无几。约莫是儿时的旧事拉着我来到二爹家的，在街门口待了好一阵子。记得小时候总怕去二爹家，因为那时二爹是羊倌，我嫌他家院里有膻味儿。此刻，这个曾经嫌弃的老院，正深情地凝望着我，满含期待，而我却是再也没有勇气进去了，实在无力招架那一院的过往啊。院里只剩二爹一个人住，他放了半辈子羊，到头来也没说下个媳妇。雾已散去，东边泛起鱼肚白，窑顶上有淡淡的炊烟升起，总算他还按时一日三餐。我放心地离开。

没有顺着用砖铺过的新道走，我还是沿着二爹家西墙的小路往村深处去。然而，路已经被岁月淹得毫无踪迹，我是凭着感觉往前走。或者说是凭着一腔的固执，世上本有路，走的人少了，也还是路。

杂草丛生,露水湿冷。蹚过一片半人高的老黄蒿,穿过一大块玉米地,又爬上一道坡，我终于来到跃刚家窑垴上。这应该就算是村子最西头了，再往里走，净是荒院。

有人声！我悄悄在辘轴上坐下来，打量这个四方八正的院子。正面三孔老窑，窑口重新续过，西边还新捏了两孔敞口窑，南面两间房一间敞棚，敞棚里横七竖八放着各样农具。院里打扫得干干净净，东边墙根有菜畦，架子上的眉豆花开得紫圪艳艳。靠街门口有棵小葡萄树，柔弱的藤叶用一根细棍撑着，像个被扶着胳膊学走路的娃娃。院当中的那棵老梨树还在，叶子五彩斑斓，树杈上挂着几摞玉米，黄灿灿的。跃刚家真早，已经在梨树下围着石桌子吃早饭了。小米饭就醋熘土豆丝，那不得上早早就起来烧锅下米？闷小米饭多费事！

他们谁也没有发现我，跃刚、他娘、媳妇，还有他孩谦兆。我突然为知道跃刚的儿叫谦兆而自豪。村里大多数孩子的名字我都不知道了。知道谦兆是因为有一次，母亲在电话里说找谦兆帮她下载了什么微信小程序。我问谦兆是谁？母亲说，跃刚家小子，今年才十七，可懂事可知道孝顺他奶哩。回来这几天，终于在村里见到一个这么年轻的后生，我心里不由得生出一股感动。他不着急上网打游戏，不忙着上补习班，也不焦虑高考成绩，而愿意把整整两个月的暑假安放在又老又旧的窑洞里，睡土炕，吃小米饭，愿意在这样一个远离尘世的院子里，延续我和我的祖辈们曾经深爱的日子。我突然想起之前听母亲说过，谦兆毕业了是打算回村发展的。此刻，简直想下去当面对他说声谢谢，感谢他在绝望里带给我一束光。在毛茸茸的晨光里，我反复摸索着兜里的酸枣，一颗，两颗，七八颗。真好！

从跃刚家回来的时候，我突然就反悔了，决定还是把这些小酸枣还给酸枣树。我不忍心再把它们带到南方去，承受一辈子的背井离乡之苦。

我又重新返回去，把小酸枣一颗颗埋在了矮崖上，就像儿时把心爱的小物件一样样放回饼干盒子里。说不定将来，或将来的将来，它们也会长成一群高低错落的孩子，有男生，也有女生，在老酸枣树的照拂下，追星逐月，嬉戏闹腾。

太阳渐渐升起，我离生活又近了一些。

旧院枣香

仔细想来，这些年我过得是多么粗糙啊。几乎每年都要回一两次老家，竟没有留意到旧院有一棵小枣树。可见我把心思净用在长在记忆深处的那些梨树、苹果树、海棠树上了，仿佛这么多年，旧院的物事从不曾增减，也未曾来去般。

然而，谁人能拽住时光流转！

那是去年秋天的事了，正值收秋时节，连村道上的鸡们都忙得不可开交，忙着捡拾人们遗漏在地上的零零碎碎的秋。母亲终日像个陀螺似的，转个不停。刚把场院的谷穗摊开，又去梨树底下拾玉米，趁菜炖在锅里的工夫，赶紧到启子叔家约牲口。回来时，手里掬着一大把熟透的红枣，进门就说："抽空儿到旧院把枣打喽，都落到院墙外头哩！"

在农家人眼里，真正忙起来时，瓜桃李枣这些是顾不上理会的。就像山里那些山楂、酸枣、野核桃，素来都自个儿生自个儿长，自个儿熟了自个儿落。真正到想起它们来的时候，雪早已经把山封了，谁还去贪那个嘴！旧院的枣儿，母亲也只是看到了，念叨两句，过后就又忙别的去了。就这样念了两三回，我才算放在了心上。

每次回旧院，我总是先在院墙外围好好地看上一阵。逐个看看小时候玩躲猫猫藏身的几处地方，再到菜园子里瞧瞧长的有什么菜。然后去破猪圈门口站一会儿，其实是回味一下割猪草的时光，还有总会想起父亲扬起镢头打粪的样子。最后看够了,才回到街门口的老树桩上,坐下来。这小磨盘似的树桩，原来是一棵粗壮的土杨树。小时候，我经常坐在树下的石凳上吃饭，或者黄昏时坐在这里等大人回来。那个时候，我以为这棵树会永远长在我的头顶，从不曾想有一天它也要老去。坐在树桩上，再隔过颓圮的院墙打量院子里的光景，的确已经旧得没有一丝生机，除了醒着的往事。

我坐在这里等了很久，也没有人来开门。其实闲置了好些年的旧院，近段时日是有人住着的。村委帮邻居兰姑姑家申请到了扶贫建房补贴，他们家要推了正面的三孔旧窑洞和东面的土楼，重新建一套砖瓦新房，拆建期间就近暂住在我家的旧院里。在当今的麻糊村，这是多难得的好事啊。有人愿意到破乎乎的旧院里给住上数月半年，让长久沉睡的院子重新活泛起来。随着近些年“进城热”的兴起，村里多少窑院都空置着，慢慢就荒了。兰姑姑不知道我在街门口，因为在她的印象中，我只是一个遥远的影子，远不及对村里谁家的一只猫或一把锄头熟悉。

我正要伸手推门，竟在门扇上发现一行字——“梨花淡白柳深青”。显然是有些年代了，约莫因为是写在门扇的侧棱上，才得以保存下来，基本清晰可辨。字迹虽歪歪扭扭，倒也用心。回忆加推测良久，仍旧不能准确辨别究竟是谁写的，论诗词情怀应该不是妹妹。姐姐？抑或是我。从那字迹看，充其量也就十来岁的年纪。我赶紧回新院找来一支笔，续上下半句——“柳絮飞时花满城”。毕竟是写在经历了大半个世纪的木纹里，颇为吃力。不知多年以后，谁会无意间再发现这个秘密。你知道吗，在这一方小小院落里，曾经同时长过十来棵果树呢，光梨树就有五棵，其中三棵十分粗壮。春风暖时，可不就是柳絮飞时花满院的光景。

门开了，那熟悉的“吱呀”一声响，仿佛打开童年大门的一把钥匙。满院的往事泼辣辣地朝我扑过来，像一股烈酒，使人难以招架。中窑的玻璃窗镜里，奶奶欣喜的眼神埋在一堆核桃皮似的老皱纹里，她一眼就瞧见我了。“奶……”哦不，她是兰姑姑呵。兰姑姑是奶奶的侄女，嫁的是邻居董二。其实她生得没有奶奶漂亮，年轻时扁塌塌一张锅盖脸，可她怎么就老了，老得跟奶奶一模一样。我不禁把篓子撂在院里的石阶上，快步进到窑里，立在炕前跟兰姑姑说话。老实说，没有一个可以从前接叙的话题，我们已经十多年没见过面了。可以聊些什么呢？不过是寒暄性地问几句吃饭好不好，腿脚灵不灵便之类关心的话。其实很想问她一些关于奶奶的事，可一时又不知从何说起。

我到场院里把苫谷穗的塑料布拖回来，铺在枣树底下，又从拴牲口的敞棚里找来一根细长的竹竿。然而，当我在做完这一连串准备工作，扬起竹竿打枣的时候，却被自己的粗暴行为镇住了。一棵瘦瘦的小枣树，这般殷勤地结了满满一树脆甜的红枣子，我怎么可以残忍地抽打呢？况且它一年四季还替我照料着这荒旧的院子。内心的不安使我放下竹竿，改用双手环抱了树干摇晃，枣子“吧嗒、吧嗒”地落下来，有的掉进花盆里，有的在屋顶的瓦片上打了个旋儿，又跳到地上，有的落进牲口槽里，董二的黑骡子正在埋头吃草，它就那么稀里糊涂地把一颗新鲜的大红枣捎带进嘴里去了。我诧异地问了一句：“好吃吗？”它一边咀嚼一边不动声色地用黑眼珠子盯住我看。大约是没听懂我的话，或者没嚼出枣子的滋味。又过了半晌，我才突然想起，它对这枣子才不稀罕哩，一天到晚说不定哪阵风吹过来，就给它往嘴里送几颗。

多么热闹的果实啊，转眼就拾了一大篓子。可惜这院儿太空了，没有谁来抢食，连野鹊都提不起兴致。这一番忙活之后，是一阵说不出的失落和疲倦。我就地坐在树下，让午后的阳光迎面泼在脸上。一只黑蚂蚁不知从什么地方爬过来，扇动着触角打探方向。我赶紧从篓子里挑了一颗又红又软的枣子，拦腰掰开，把肉多的一块给它，我吃剩下的。不料它只是凑过来嗅了一嗅，便绕道走开了。是啊，它哪知道我是这院里的主人，难免陌生。不知怎么，我突然想到《平凡的世界》里一年一度的盛大节日：庙坪的打枣节。要我说，那个热火朝天的场面里，最要紧的人物该是少平的奶奶，没有那爱子孙又肯操心的老人家，这枣子便不是个味儿了。

我回屋去看兰姑姑，她正在午休。听得我进来，她吃力地扶着炕沿坐起来，问我是不是想喝水。她这么问，我顿时倒有点局促起来。其实，其实我是想叫她到院子里跟我一块儿打枣，哪怕就像少平的奶奶那样坐在院里，等我喂枣给她吃也好。可是，她看上去显然没有这个想法，我也不好意思开口。“这几颗软的肯定甜哩，您尝尝。”“天天吃哩！”她竟这样不以为然，我只好把装在兜里的几粒枣放在炕头，讪讪地走了出来。

靠厨房的院角摊了一大堆芥菜，应该是董二上午刚从地里拔回来的，菜根上还带着新鲜的泥土。我把藏在芥菜间隙里的枣子捡出来，又回到枣树底下。

这院儿究竟是怎么了，明明在清朗朗的秋阳下，却潮湿而模糊。这使我一时委屈得不能自已，再次拾起地上的竹竿狠狠地打起来。没有目的，时而打枣，时而打树，时而打活得乱糟糟的自己。可任凭怎么，也打不回遗落在这院儿里的童年。那清苦、单调的童年，明明时时在揪扯着我，却终究是离得越来越远……

破败的枣叶落了一地。阳光又安静下来。兰姑姑仍旧待在屋里，一声不响。她究竟是怎么了？这世界是怎么了？一股无法言说的压抑死死地堵在胸口，让我透不过气来。多年以后，我将随着岁月的长河流走。空气还是亲亲的空气，院子还是亲亲的院子，秋也还是秋。只是，谁都不知道，曾经有一个真诚的女子出生在这方小院里，在一个梨花淡白的日子。窑洞里喜气盈盈，奶奶满心指望她能把这院子守住，守出一门繁华似锦，岂料她也不过是历史里的一个呼哨，无法左右如水的光阴。

兰姑姑不知什么时候来到我的身后，她摇摇晃晃的影子愣是把我吓了一跳。“这枣树是俺哥种的。种下树，就没吃上枣。”她说的是我的父亲。她这一辈子无论跟谁说起父亲，都是称“俺哥”，她打小嫁到麻糊村，父亲就是她的娘家依靠哩。即便在我面前，她也觉得他们之间要近些。我没有理会，兰姑姑就兀自喃喃地往下说。原来这树是父亲真正花了心思的，他不知怎么认识了一个柳林县来的外乡人，听说是从黄河滩枣的产地来的，父亲就央求人家无论怎样给弄棵枣树苗。父亲一辈子做乡村医生，他给病人用药讲求道地药材，大枣是再常见不过的药引子，又数黄河滩枣和新疆灰枣两种最佳。就为这个，他便上了心。好在那人也牢靠，第二年开春就真给带了一棵来。听兰姑姑说，父亲像伺候爹妈一样精心照料这小枣树，眼看着“噌噌”地往高长。可最后，父亲也没等到结枣的年头。

“树是棵好树，年年结得稠洞洞。”兰姑姑一脸惋惜地说着。可没了医生，谁还要它做药引子用！结得再好，也只是一篓子不太要紧的平常吃食罢了。兰姑姑好像在偷偷地啜泣，她背对着我，面朝那一堆鲜芥菜。这时，我才在芥菜的那一头，看到废弃的厨房里摞着一叠新锯开的木板。我不禁倒吸了一口冷气，怎么就轮到兰姑姑头上了？村里人有这规矩，自觉上了年纪时，就会早早地给自己准备一副寿材。好点的占松木，新拉开的木板散发出浓郁的松香味。次点的占杨木，味道腥涩却也新鲜。小时候，我总是偷偷钻在敞棚里看奶奶的寿材，那是一副搁置了好些年的杨木板，板的侧面褪去粗树皮的部分风干以后，能剥下一层层薄如粉练纸的细皮。我把那细皮揭下来，在上面抄诗、画画、做算术题。直到后来无意中听得大人说那一摞板的用处，便停止了这些来自大自然的美好。不知什么时候，兰姑姑就悄无声息地回屋去了。我又进敞棚里找出簸箩，把枣儿倒进去，摊匀晾晒。这些枣儿该是要找个应当的去处的，我联系了研究中医的朋友。医者同仁，他会善用的。

天还早得很，一弯浅浅的上弦月就已经挂在了树梢。小枣树上这会已是稀稀拉拉，如挂着一只只灵泠泠的眼睛，有的是叶儿，有的是枣儿。那些枣儿是刻意留给鸟雀的，我怕冬天来了，这院里缺了生气。

岂料，今年国庆再回旧院打枣时，竟真的在西院墙的泥皮缝里发现一棵尺来长的枣树新苗。纤纤弱弱，却无限美好。

我也是我故乡的客人

近乡情更怯

远离故土的人，是个永远长不大的孩子。郑太高铁的开通，催生了我迫不及待想回趟家的念头。

换上郑州开往襄垣的高铁，顿时感觉心里热乎乎的。邻座一个二十上下的小伙子，见我提行李箱吃力，热情地接过去帮忙托到行李架上。心头涌上一声谢谢，话到嘴边却又顿住，转而感激地笑了笑，坐下来。

一路无话，我猜测他是哪里人。焦作、晋城、高平、长治、襄垣？不知为什么，没有再往远处想。

似乎还没来得及进入一个状态，焦作站就到了。我赶紧拿出手机，想透过车窗抓拍几张太行山的冬景。不料却是一个接连一个的隧道，偶有地面行驶，也转瞬即逝。再见天光，已然置身上党。遗憾，也惊叹这高铁的速度！

到站前约十分钟左右，我开始准备下车，收起水杯和电脑，穿上外套。小伙子仍旧热情地帮我取下行李箱，非常谦虚而有礼貌。我早早地来到车门前，窗外流过的风景越来越亲。列车缓缓地减速，停止。不经意间，余光扫到了帮助我的那个小伙，他也推着行李箱朝门口走来，我亲切地笑迎。“谢谢啊！”我高兴极了，高兴我终于说出了一声谢谢，用纯正的乡音。高兴他居然真的是从襄垣下车，我们同行了一路。尽管除了这一声谢谢，再没有更多交流。

我知道老同学在出站口，但舍不得跟他联系，想留几分钟来好好看一看崭新的车站。这是一件多么令人振奋的庞然大物！尽管它不及上海、南京、郑州等大站巍峨，但毕竟屹立在太行山区一座县城的土地上。真好！车站，以及站前开阔的广场。

有妈在，夜就暖了

每次离乡，都带着深深的内疚和遗憾。总觉得没能好好陪伴母亲，没能为她做点实实在在的事情。因而这次回乡前，就已经做了周详的计划，先把家里的事情办妥，再安排其他。

气温极低。室外像一座巨大的冰库，我呆滞地在新建西街的路上行走。这时母亲已经从麻糊村乘坐公交出发，约好下午六点钟左右在襄垣宾馆站碰头。

本应该是最熟悉的地方，却真实地感到非常陌生。就连找公交站都得依赖高德地图。突然间，有一点伤感，有点同情这些年的走失，有点自艾自怜。老同学发信息来，推荐了几家有特色的饭店。其实满大街好吃的，我什么都稀罕，因为在别处无论如何也品尝不到这么正儿八经的乡味儿。

这是一个多么神圣的夜晚。不知不觉转上了太行路，襄垣宾馆的红色招牌在不远处闪闪烁烁，让我突然忆起在襄垣一中读初中的时光。那个时候，我多么渴望离开啊，一心想到远方去，越远越好。有点忍不住眼中的泪水，却又恨自己太脆弱。我发信息给江南，问他为什么在本该喜悦的时候，我的眼里却总含着泪？他回信：“为什么我的眼里常含泪水？因为我对这土地爱得深沉——艾青。”我没有再继续。江南对我的了解，缘于我的作品。一个土生土长的江南人，又怎能对这复杂的心境加以透彻！

夜，神秘而暧昧。我猜想着母亲会穿哪件衣服，围哪条围巾，会在哪棵树跟前等。脚步便不自觉地加快了。挽起母亲胳膊的那一刻，我听到她长长地舒了一口气。就像一个孤独的孩子，在漫漫寒夜里终于找到了一盏灯。母亲问我冷不冷，我的眼泪突然就涌了出来。我假装笑出声，说起别的事情。其实，有妈在，夜就暖了。

火锅店的生意不是很热闹，但老板非常热情，服务也周到。店里没有合心意的主食，老板特地帮忙到附近打包了抿圪斗。我喜欢这样的清静适宜，方便聊天。刚才推开店门的那一刻，我明显察觉到母亲无所适从。她一定在担心，下馆子太奢侈。于是，我先向母亲汇报了近期收到的奖金和稿酬，然后再点菜。我总觉得，在母亲看来，写作取得的报酬属于外快，消费起来能轻松些，还有庆祝的意思。我扳着手指一笔笔计算的时候，母亲一边认真地听，一边用自豪的眼神轻轻摩挲着我的头。最后又心疼地叮嘱道，别老熬夜，伤身子。然而，真正到点菜的时候，母亲还是一遍遍念叨，少点些，别浪费。点杯饮料，她又说，不喝哩，孩儿辛辛苦苦靠写字挣个钱不容易！

坐在对面的母亲，看上去真的很开心。从见面起，她一直有说不完的话。庄稼的收成，村里的人事，没边没沿，没完没了。母亲聊得高兴，我心底却翻涌着一浪接着一浪的伤感。幸而有火锅腾起的气雾遮挡，才没有被发现。

“我和我妈在吃火锅，心里忍不住泪水，觉得太内疚了。”我发信息给在深圳的同学。

“咋了？”

“觉着吃火锅都奢侈吧？”

“我能体会。”

“你回得太少。”

他的回信让我很感动，有人能体会我此时此刻的心情。

“觉得在一起吃顿饭都难得。”我说。这是句心里话。

这位同学也是山西人，常年定居深圳。在某时某刻，他一定也有过和我同样的感受。

在故乡的土地上，与母亲面对面吃一顿热腾腾的火锅，多么踏实、欣慰。然而此刻，在某种意义上我又无比孤独，孤独到需要向同病相怜的人寻求支撑。

亲亲的黄土地

很多人都好奇麻糊村的由来。在中国地图上，它是一个压根不存在的地名，然而我却努力将它鲜活于我的作品中。

麻糊村的原形是我出生的地方，虒亭镇土落村。村子地处襄垣县和沁县交界处，一个村子的村民讲两个县的方言，两种方言完美融合，和谐共生。而我书写的麻糊村，却远远不止太行山上这个小小的村庄，而是当下中国数亿进城务工人员望不尽、摸不着的精神故乡。

多日前，就在电话里听母亲说起附近有一位老中医，医术了得，人又十分谦和，连抓药都用不着药戥子。七邻八乡的村民都认他，称他是“一把抓”。依照母亲的意思，我也去了趟老中医的诊所。

那个村子是奶奶的娘家。很小的时候，父亲带我去串过亲戚。山路弯弯，沟沟坎坎，记忆中是件十分艰难的事。步行两个多小时翻山越岭，好容易才在深山坳里找到几户人家。

开车走村道一直朝西，往沁县方向。沿路打招呼的村民，不知不觉间就由襄垣话转到了沁县话上。出了麻糊村，也就进了沁县的地界。当初那条蜿蜒在山间的羊肠小道，已被一条三米见宽的柏油公路覆盖，路的两旁是苍凉广袤的田野。北方的冬季，庄稼地像是一个刚刚完成生育使命的子宫，尽管没有一棵庄稼，却空旷得理直气壮、四平八稳。

行至山顶，我停了车，立在寒风里久久地凝望这荒漠漠的山野。蓝格盈盈的天空下，亲亲的黄土地，就那样赤裸裸地袒露在我的视线里，远山近岭层层叠叠，像一幅绵延至天边的画。其实我不愿意，打心底不愿意远行。我多么羡慕祖上的先人们，一辈子也没有走出去，没有过问山外面的世事，像一株玉米或一棵高粱，死心塌地地将自己的婚丧嫁娶、生老病死安放在这大山深处。山里的生活多静呀，多净。人们敬畏自然，顺应天地，和山里的生灵草木，日月风雨商量着，把日子过得细致而真诚。可是，我不行，我的人生从一开始就已经不再纯粹。对这片赤诚的土地，我明明深爱着，却又明明舍弃。

我拼命地回想，最初是谁带我走出了这道山梁，又走向更远的远方，使我长期客居他乡。很长时间里，我没有睡过一个踏实的觉，没有吃过这黄土地上生长的粮食，没有吹过这种能吹进灵魂深处的风。我在路边的荒草上捋了几把草籽，装进衣兜里。就是！等到来年春暖，起码可以把它们种在家中的阳台上。

母亲不能理解我的行为，在车里急急地喊，土乎乎，把衣裳也弄脏哩！我心想，这世上哪还有比泥土更干净的东西？再肮脏的物事落进土里，最后都能过滤得只剩下香香的土腥味。

逗留太久，我不得不回到车里。继续往前，一路拥抱，同时一路告别。

医生果真十分温和谦逊。诊所里来就诊的人们，认识的、不认识的都相互闲聊着，鸡毛蒜皮、天文地理。也有的相互打问对方的病情，关切的眼神，安慰的话语，总之看上去都很熟识的样子。他们对着哩！要是走出这块土地，或者再稍往远点，能有这么一屋子亲亲的老乡聚在一起，那就是一个无论如何也不可能实现的白日梦了。

人为什么需要回乡

在襄垣一中读书的时候，我也曾入乡随俗，说县城腔调的襄垣话。

那个时候觉得乡下的孩子进了城，要尽可能赶上城里的节奏，否则显得不入流。

再后来到了更大的城市，县城的话也不能支撑日常交流，便被迫说普通话。一年到头，只有梦中呓语偶尔动用乡音。这时我才意识到，能有一个说家乡话的语境，是多么难能可贵。于是即便在县城，我也说村里的土话，就是土得原滋原味，土得掉渣渣那种。或许，是想用这样的方式来证明，我是我故乡的主人。

一大早，先带母亲去县人民医院做健康体检，从登记到交费，再到每个项目的检查，全程十分顺利。体检科的医生耐心地指导我如何选择套餐，如何补充项目。

做心电图检查的时候，医生说不用脱鞋，直接平卧到检查床上即可。而母亲看到垫脚处新铺的洁白的纸板，怎么也不肯放上去，她怕满脚泥土糟蹋了白净净一张新纸。我担心医生要不耐烦了，赶紧劝母亲积极配合。不料，医生非但没有着急，反而耐心地安慰说，她们每天都要换新的纸板，第一个来检查的人都会受到这个优待。母亲这才试探着虚虚地把脚搁了上去。

我站在离检查床不远处，看着小心翼翼的母亲，心中突然涌出一股无法形容的酸楚。母亲真的是老了，老得那么谨慎克制。她在电话里，从来都是说家里一切都好，生怕给我们添麻烦。而在外面，也尽量处处自食其力，害怕因为衰老而成为他人和社会的负担。人说养儿防老，大概母亲从来没指望过我能为她养老，更不敢奢望日常陪伴了。她含辛茹苦的养育，只是为了我们能随心所欲地过上自己想要的生活。

走出心电图室，母亲悄悄地戳了戳我说，人家一听口音就知道咱是村里来的，还对咱这么好。我看了一眼母亲，觉得她和当初在县城读书时的我一样可爱。其实母亲并不知道，脚下沾着泥土的农民，更是可敬可爱的人。

以往我总是在外地买穿戴寄给母亲，不是尺码不相当，就是款式不满意，难得有机会带母亲到店里慢慢挑选、试穿。不料走到商场门口，母亲却突然改变了主意，说什么也不肯进去了。她觉得明明家里什么穿的都不缺,还要再买,实在是太浪费了。母亲对穿戴有她自己的衡量标准，旧的没穿破，就用不着买新的，只要干净、整洁、合身就好。零下十几摄氏度的天气，站在商场门口面对固执的母亲，我着实一筹莫展。不管我怎样劝，她只认她的死理儿。僵持了很久，最后借口我自己要看衣服，才终于把母亲带了进去。

然而商场华丽的灯光和崭新的气息，还是让母亲拘谨。她不好意思试穿，生怕弄脏弄坏，也不适应店员热情周到的服务。人家姑娘欢欢喜喜招待咱，试了这件试那件，到头来却说不合适就不买了，人家还客客气气送咱出门。咱这不像话！委实不像话！

每一件试穿过的衣服，母亲都会先细细地检查一下有没有沾到头发或灰尘,再梳理得整整齐齐,用衣架撑起来,很难为情地双手交还给店员。这细微的一举一动，让我顿然觉得母亲身上有太多可贵的东西，那是一个紧贴大地的农民身上高贵的品质。农家出身的我，大概早已在不知不觉中，忽略了这样的敬畏和坚守。我仿佛突然间明白了，人为什么需要回乡。回乡，是为了不让自己在他乡走丢。

我是我故乡的主人

一直想给母亲换床暖暖的软软的新被褥，这次终于到镇上的弹花铺做了厚厚的被子和床垫。

午后，暖融融的阳光从窗户照进来，落在崭新的碎花被面上。我盘坐在炕上，持针拿线学着缝被子。看上去倒很像模像样，就是手头的活儿不得力。母亲终于忍不住了，孩儿呀，你真笨！我赶紧加快速度。谁知心急吃不了热豆腐，就不知怎么地，我的指头肚上就缀了颗血珠子。

这让我突然就联想到了另一件事。赵树理当年住在下良村搞调研时，也曾被打趣过，赵大哥，你真笨！当时赵树理的对襟衣裳盘扣松了，房东女人要帮他缝，他不好意思，执意要自己缝，结果把手指头肚给扎了一针，站在一旁的女房东便忍不住说笑了。这让我突然心生一个念头，去下良村看看赵树理曾经居住过的地方。

无心插柳柳成荫。县文联的朋友帮忙联系了县里热衷曲艺创作的才俊李勇。万万没想到，李勇正巧就是下良村人，而且他是我初中室友的弟弟。一通电话，顺利约好下午两点钟在下良村和李勇姐弟碰头。

如果我去采访的话，母亲下午就得一个人待在家里。我心里内疚，试探地提出，请她陪我去下良。依我对母亲的了解，她一定会说，冷飕飕的天，我才不去受那个罪哩，光山秃岭有甚好看的！但没想到母亲竟毫不犹豫地就答应了，而且很乐意地去找围巾换外套，高高兴兴跟我出了门。虽然欣喜，却越发内疚。我明白，母亲跟我去，只是想多跟我在一起待这几个小时。这几个小时对我们来说，是多么宝贵啊！

我没有想到，这条路缀满了故事。大约一小时车程，每经过一个村庄，母亲都能讲述一段深刻的往事。每上一道梁，每转一道弯，母亲都能忆起曾经在哪里修过路，在哪处植过树。那是生产队集体劳动挣工分的年代，母亲风华正茂。我始终认为，一个人的青春奋斗在哪里，他最深情的回忆就在哪里。母亲的青春时代，跟我当下面临的情形不同，却又无异。母亲在山间开垦的土地，就像我写的小说或散文，每一锄头刨出一个汉字，一块块平展的土地里，长满了故事。母亲用土地滋养她的青春，而我用文字。谁的青春不美丽！

根据李勇的安排，我们径直前往炭精画艺术家李俊先老师家。走进屋我才得知，原来这正是赵树理在下良村搞调研时住过的院子，李俊先老师的母亲就是当时说“赵大哥,你真笨！”的女房东。李俊先老师热心、开朗，又十分健谈。丝毫不介意我们的冒昧打扰，而且非常热情地跟我们讲述了发生在这座大院里的历史故事。原来这里不仅住过赵树理，在中华人民共和国成立前也曾经是一二九师首长的驻扎地。一砖一瓦，一物一什，硝烟战火，历史人文。尽管随着时代的变迁，这座宅院已经渐渐淡出了人们的生活，但时光不老，岁月常新。阳光下沉睡的院子，始终在月色里醒着。作家赵树理在院中央那棵老杏树下构思出的小说《传家宝》，至今深受读者喜爱。

转眼夕阳已迷迷瞪瞪潜入了西边的山峦。整整一个下午，沉醉在令人振奋的历史里，仿如不经意间打开一面井盖，汩汩井水喷涌而出。只恨，时间匆匆。临别前，李俊先老师十分不好意思地说："啊呀呀，太激动了，居然没想起给你们倒口水喝。""那正好留着，下次回乡再来喝。"我是认真的。我有义务去书写，因为我是我故乡的主人。

我以为母亲会不耐烦，会感到无趣或失望。不料在返程途中，母亲却兴致极高，继续跟我探讨李俊先老师讲述的事迹，听我回忆在襄垣一中读初中时，和室友之间的交往，以及她的看法和见解。

生活中最美好的，莫过于不期而遇的惊喜。在这样一个阳光很好的午后，遇见志同道合的李勇，遇见激情洋溢的李俊先老师，遇见久违的室友，遇见另一个新鲜而陌生的母亲。因了这场遇见，我将会遇见另一个我。

我也是我故乡的客人

回乡的途中，我一路在读付秀莹的长篇小说《他乡》。书中有一句话，极能映照我此刻的心情：我是我故乡的主人，我也是我故乡的客人。

回到家乡，我是一个特立独行的存在。就像每次回到家，推开院门，鸡们会停止啄食地上的玉米粒，抬起头看着我，发出"咕咕咕咕"的声音。它们记不起我是谁，于是格外警惕。这时，我竟不由得恍惚一下子，究竟是谁的院子？

而狗不同。不论隔多长时间回来，它都记得我。即使我还没有推开街门，还走在远远的村道上，我家的狗就开始吱吱地撒欢了。它等不及地朝街门口扑，被长长的铁链扯住，折回去焦躁地转上两圈，又扑。在我往回走的这几分钟里，它一定在想，老天爷呀，咋就不能走快些哩！狗这般亲切，让我总是会梦见它，梦见它摇头摆尾地迎我的样子。

当然，我是无所谓它们把我当成了主人还是客人。说到底，这院儿是亲的。不过有一件事，着实令我不知所措。如今，我们麻糊村常年住在村里的人极少，从东头到西头，男女老少统共加起来也不过三五十人。平日里我不在家时，村里人总习惯到家里来找母亲说话，有时女人们也在一块编排节目跳广场舞。而我一回来，他们就商量好了似的，不约而同地远远绕开我家的街门。墨蓝的夜空下，我独自在院子里踱步思考。被零下十几摄氏度的空气包裹着，思维格外清晰。其实，即便是同村的乡邻，也有很多是好些年没见过面的。在生活中某个不经意的瞬间，偶尔想起，也会让人思念得发疼。

说到底，是我需要他们，而他们不需要我了。就像下午路过集市，碰巧遇见一个远房亲戚。他是奶奶的侄子，我该叫叔。打老远望见他，我便激动地过去打招呼，又赶紧买了蔬菜、水果和烧饼。一阵忙活之后，才注意到他一脸平静，似乎并没有因为偶然遇见而感到欣喜。我却并不失望，因为从他身上看到了许多久违的亲人的影子，还勾起小时候许多关于他的回忆。叔的生活并不富足，穷困潦倒，打了大半辈子光棍儿，如今上了年纪成为五保户。我想他即便欢喜，更多的也是庆幸有人给买了吃的。他从小就生活在这个村子，跟自己的乡邻居住在一起，尽管清贫，精神上却有所依。或许在他看来，我这个晚辈远不及几个烧饼珍贵。但这并不影响我对他的感激。当我走进他家的院子，看到那棵光秃秃的枣树，我想起了幼年跟奶奶来走亲戚时，总是在这枣树下拾枣子吃。叔赶上牲口车送我们回麻糊村时，奶奶把我包进她的藏青大围裙里。一路上，他们一问一答地说话，瓮声瓮气。我钻在围裙里，透过狭窄的缝隙看他们脸上变化多端的表情。叔还住当中的窑洞，窑里仍旧暗得让人发晕。所幸那盘老土灶还在，灶膛里的火光通红，告诉人们生活还活着。我需要这一抹火光，来滋养我的精神世界。

晚九点刚过，我就钻进了被窝。的确挺早的，对于我平常的作息来说。然而，整个村庄都已经进入了梦乡，我却还醒着，就显得更加格格不入。况且，明天早上五点一过，鸡就叫了。在这件事上，鸡是最有能耐的。每天早晨它一叫，村里的物事睡够的没睡够的，就都得醒来。我也得听它的，因为我也是我故乡的客人。

故乡渐远渐近

我以为这次把家里的事情都处理妥当了，可以安然远行。而事实上，并不如此。昨天才取到母亲的体检报告，按照常规，体检报告应当再请全科医生看一下检查结果的，可惜今天就得启程。

原计划是早上我直接把车开到市里，交还老同学，他再送我到高铁站。晨起后，我临时改变了主意，决定还是把母亲送到县院，请同学去找医生看体检报告，我再去市里高铁站。否则，我会内疚的。幸而老同学夫妇包容和理解我的任性，为了保证赶上车子，他和爱人放下家里所有事情，急急忙忙接棒开车把我送到了高铁站。他们在专心开车，我的心情五味杂陈，提前半小时到了进站口。

抱歉！此刻不宜聊天，怕忍不住泪水。我对江南说。于是，挂了他的电话。江南是台湾女作家三毛的好友。我猜想，他对流浪这个词，该是有独特领悟的。然而此刻，我又笃定他不能理解我的感受。他不能明白，一个即将远离故土的女子，站在长长的站台上，迎着晨阳遥望故乡远山的复杂心情。

其实已经有太多次这样的经历了。匆匆还乡，却又更加匆匆地离乡。仿佛还有很多事来不及做，有很多人来不及见，来不及好好地看一看我的村子，来不及数一数村里的树，就得离开。我在想，究竟是什么催促我远行？让我一刻也不能耽搁地赶到车站，钻进一条白色巨蟒一样的高铁。我恨它！恨它将我载向远方，将我带到了一个难以琢磨的世界。

时间尚早。我看见熙熙攘攘的旅客争抢着，谦让着，急于把一切都安顿妥当。他们为什么那么洒脱？看上去了无牵挂。很快，站台空了。关门的提示铃响，我才极缓慢极郑重地踏上列车，踏入另一个世界。我在车门口站了很久。目送故乡的人远去，车站远去，山远去，云远去……直到什么也看不见了，才想起去找座位，去打捞那个在故乡与他乡之间失重的自己。

我知道，家乡的人都在竭尽力量给予我支持和鼓励，他们希望我在他乡的路上走得明亮，轻松。我从包里取出朋友赠送的几本襄垣地方文史资料，在渐行渐远的列车上，它们能让故乡渐行渐近。

生活的真相

晚上给家里打视频时，母亲已经躺下了。其实一点睡意也没有，只是天冷，早早躲进被窝里能暖和点。闲聊一会儿，母亲又起身找饼干吃，说是觉着有点儿饿。我让她就点水喝，她说水在外面房间，不想出去取。我说万一口渴夜里睡不踏实。她说起来还得跟它生气哩。母亲说的是一只猫，白天总缠着母亲寸步不离，晚上它住外间，母亲住里间。母亲说，它对这个分配一直是有意见的，因而每次一开门，它“嗤”地就窜进来了，进门便直奔床底下，死活也不肯再出去。早上醒来，母亲也是尽量忍着咳嗽喷嚏这些动静，稍稍一发声，它就要来挠门，闹得人不得安生。我说，实在不行就来点硬的。母亲说，每天跟前跟后的，不想惹它生气。到头来，母亲也没有去取水喝。

其实，这就是母亲的独居日常。自从老家的院子里装了一只摄像头，我在千里之外的生活中便多了一项仪式：每天早晨醒来或晚上睡前，打开摄像头小程序，回看一天的视频记录，从中观察生活的真相。

通过摄像头鸟瞰院里的生活，像是观一盘棋。人和牲畜家禽在棋盘上变换着方位，摆出各种布阵。我则常常在那些影像里，理解他们之间的交流互动和相伴相依。

夏天在家小住的时候，见母亲在村里到处打听，想托人给留只猫。说是家里总是有老鼠，怎么着也得弄只猫吓唬吓唬，不然秋天好容易打下的那点粮就糟塌了，四季不得安宁。突然有一天，在视频通话时我就听到有尖声尖气的奶猫叫。母亲稍稍欠起身，一把探过那个只有两三个月大的小玩意儿：毛线球似的，浑身雪白，单单尾巴是黑色，倒不像是原装的，而是后来安了个配件儿。我说这只猫好看，母亲就抱着它在屏幕前，左右前后转圉晃给我看，很有成就感的样子。母亲说，领回来就一直吃鸡蛋火腿肠，我说成本太大，母亲说趁天还没冷喂得胖胖的，等下霜上冻有个戗劲儿。母亲这想法和做法，多少让我有点招架不住。毕竟在农村，是不兴这样抬举猫啊狗啊的。

近些天来，猫是棋盘上最受宠的。几乎是主人走到哪儿，它就线陀似的紧跟到哪儿，其实并不帮什么具体的忙，不过是摆出鞍前马后的态度罢了。母亲去院里泼水，它“嗒嗒嗒”跟出去。不料刚走出不远，母亲却拎着空盆折了身返回来。显然事发突然，它没注意到主人手里端着水盆，以为是要出门去，跑得太快来不及“刹车”，平白摔了个“狗吃屎”。待它反应过来翻身站起，见主人已经回到了当院，于是顾不得失落，立马又重振精神连奔带跑直追去。

这副拍马溜须的做派，惹得那些老资格的狗和鸡们、鹅们很是看不入眼。那日，母亲把客人送出街门，猫也跟了去。待客人上了车，母亲一弯身就把它捞起来，掐着往回走。那些好事的鸡“狗仔队”似的尾随在后，它们一时没闹清这个“新来的”到底犯了什么事儿？主人又打算拿它怎么处置？母亲看不惯这副幸灾乐祸的德性，冲它们一扬手，鸡们便象征性地四下散开，佯装在院里悠闲溜达，却仍旧探头探脑一眼一眼往这边偷瞧，总想弄个究竟。不料，到头来母亲却只是弯下身子，小心地把那猫搁在了地上。真扫兴！这下它便越发放肆了，一拧身，满院撒欢。

那只“非原装尾巴”的猫何止遭鸡狗们嫉妒，有时连我都忍不住想隔着屏幕从屋顶上跳进院里，跟它理论两句。它居然那么自在，颠儿颠儿地满院跑，不是出溜窜上梨树，就是倏地钻进柴垛，转而又扑到芍药花盆里，仰倒在地上打起滚来，幸福得简直不知天高地厚。在我这个客居他乡的主人面前，竟丝毫也不避讳着点，在这院里我都不曾像它这么嚣张过。究竟它是主人还是我是主人，反了天了！

正当我愤愤不平时，母亲从厨房走出来，她拎着半桶水，一拐一拐。母亲给芍药花浇水，她的动作很慢，有时腰弯下去舀水，好半天直不起来，须得用手扶着停顿上一阵儿。起初我以为网络信号不好，视频卡住了，后来才弄明白，是母亲又老了。这个时候，母亲的心里一定非常恐惧。

母亲对衰老的恐惧是很私密的，她从没有说出口。直到今年夏天回家，我才第一次见母亲流露出对老的害怕。她怕，我就更怕了。原本买的周六的火车票，周四下午我在屋子里收拾行李，母亲一趟一趟进来拿东西，拿了好几趟以后，她终于开口了。

“孩，要不你星期天再走哇？”母亲是浅浅的、试探的语气。

“咋来？”我一边往行李箱里放东西一边问，头也没回。说是问，其实心里是否定的。

“我是说，反正你星期天也不上班。”母亲的语气，轻描淡写。

“那还不一样？在哪都是歇一天。”

“我是说能在家多住一天哇。”母亲的声音明显弱了下去，但语速很促，她自言自语着匆匆出了院子。

她放弃了。

我继续收拾。

周五的下午，我带母亲去仙堂山游玩。她一路都很高兴，到景点后却越来越没了兴致，最后，干脆在路边蹲下来。想必是累了，我便陪她一块蹲下，眺望远处的风景。母亲似乎心不在焉，她猛然转过脸看着我说：“孩，你能不能迟走上一天？”就在母亲话说出口的那一瞬间，我的心像被烙铁烫了一下，沉重的自责转化成一种近乎窒息的疼痛，让我一时不能面对自己。原来，母亲是这么在乎这一天！她明知无望，却还是鼓起勇气做最后的争取。然而这句话，她又是多么艰难才说出口啊，未开口之前还有一丝丝幻想,生怕开口后连这一丝光亮也熄了。征求？询问？尝试？母亲虽然用了“能不能”，但语气却远远够不成商量，而是抱着死马当活马医碰碰运气的心理，甚至干脆应该说，就是祈求。母亲的眼神里，的确就是祈求。我想，母亲说出这句话时，她的心一定提到了嗓子眼儿，她既怕我拒绝，又怕我答应。

这个时刻的母亲，让我想起在镇上亲戚家寄宿读小学时的自己。有一次,亲戚出了远门,母亲临时来照顾我几日。亲戚要回家的前一天晚上，我也有过这样的心情，很想让母亲多待一天，却又觉得不现实，害怕母亲不答应，又怕答应了耽误家里的事。我睡在母亲身边，心里挣扎了一整夜，最后天都亮了还是没有说出口。

“妈，我这就退票，星期天再走！”我果断地说。其实我想说的不是这些，我是想说对不起。可是不知为什么，我最终也还是说不出口。

“不要退了孩，就星期六走哇。妈只是说说。你走哇。”母亲反悔了，她在强烈地责怪自己。

“你就星期六走哇，多住一天有什么用？退票还得扣退票费哩。”母亲努力说服我，她的眼神里全是慌乱和懊悔。

“已经退了。”我很快在手机上重新买了周日的票。

“妈，我应该星期天再走才对。昨天是我没多想……”其实我想说的也不是这些，我还是想说声对不起。可是不知为什么，我最终仍旧没有说出口。

母亲不再坚持，她垂下了头，随手捡起一块小石头，一边在地上随意地划杠一边说：“孩，不知咋，妈这次就想让你在家多住上一天。”母亲终于说出心里真实的想法，终于面对自己了。她心里既欣喜，又懊恼。

“妈觉得今年身体不如往年……”母亲的嘴角抽动了一下，眼里就洇出了泪水，她说不下去了。

我顿时明白了母亲心中巨大的恐惧。她像个长期处在孤独无助中的孩子，终于说出了心里的秘密。

我一度认为，自己这么大个人晚上还跟母亲睡在一起，是件很肉麻的事。然而事实上，当我躺在母亲的身边时，根本想不到“肉麻”这个词。村庄的夜越来越静，越来越净，我和母亲并排仰面躺在一起。月光从窗户流进来，漫到我们的碎花被子上。

我和母亲的聊天在空旷的屋子里生出隐隐的回音，一递一声。内容很具体，母亲问我在单位的情况，工作能不能啃得动，领导和同事们好不好相处；说写作要量力而行，不能多熬夜，永远把身体放在第一位；又教我一些勤俭持家的具体方法，以及人情礼往的经验体会。月亮不觉已经升得老高，清凌凌地挂在街门外的大杨树上。母亲说，睡吧，不早哩。我说，嗯，睡吧。屋子里顿时更加安静，能听到鸡舍里的鸡们挤挤攘攘的响动。

月光在屋子里静静地流淌了许久。母亲突然又说，孩，人这一辈子啊，就一个字，熬！

我以为母亲早就进入了梦乡，正在等她的鼾声响起。不料她这么突然一出声，我反倒被惊了一下。

我没有再回应，而是在心里久久地咀嚼这个“熬”字……

一觉醒来，晨光熹微。院子里，鸡狗们的动静窸窸窣窣。就在翻身的当儿，透过米黄色碎花窗帘下的光亮，我突然看到了身旁的母亲。她还在安睡，呼吸均匀。没有了睡意，我索性坐起身，就着淡青色的微光细看我的母亲，揣摩她脸上那些纵横交错、深浅不一的褶皱，是怎样渗入了人的肌肤、标记下生活的苦痛，推断母亲的自然卷头发是沿袭了老辈儿谁的基因。母亲习惯仰躺着睡，她把右手压在胸前，像信誓旦旦，又像扪心自问。母亲的手不太像一只手，而是像一个在岁月里待了很久的物件，看上去不圆润也不饱满，干瘪粗糙的暗黄色皮肤疲沓沓地搭在几根鼓凸的青筋上。指尖微屈，像在盘算着什么。这时我突然意识到，在我成长的过程中，母亲一定无数次用心地看过我，看我的五官长相，分析我的性格脾气，琢磨我的心思，憧憬我的未来，内心里一遍遍求神拜佛，希望我是受照拂最多的人。而我，却从来没有像这样仔细地端详过我的母亲。

天刚亮，我便驱车来到村外的山上。薄薄的晨雾里，飘忽着新鲜泥土和青草的腥气，曲折盘旋的柏油路从遥远的墨绿深处长长地延伸过来，一直爬到我脚下，转而又倏地甩到了我身后的远方。道路两旁的玉米地像绿墙似的，密密实实。再往坡根儿走，一个急拐弯下去，左边是谷子，右边还是玉米。我给那些紫红色、黄绿色、褐粉色、浅棕色的鲜玉米须盘成各种式样的发辫，又簪上素雅的小野花，它们顿时就成了一伙能说会笑抢着争俏的小闺女。蜘蛛在植物的枝叶间织出一张张精美的蛛网，却是美了夜露水。均匀的细露珠缀在网上，在阳光的折射下发散出颤微微的七彩光泽。突然，一只草褐色的野兔窜出来，在草丛里连蹦两下，没等我看清它就不见了踪影。再走出不远，又看到一只白颈红胸脯拖着细长尾巴的山鸡，大摇大摆地在山路上溜达。我正准备隐蔽起来，却已经被它发现了，谁知它竟像没看见我一样，仍旧闲庭信步。我想起母亲说过，近几年野猪野羊猖狂得厉害，成片成片糟蹋庄稼。或许，野兽们也嗅出了当下农村的变象，趁势拓展它们的生存领域。

抓握着庄稼命脉的从来都不是人，而是季节。就像人永远不能掌握生老病死。

霜降过后，远山之外青色尚在，近处的田野里，秋意已经浓得不行。成片的玉米谷子金灿灿的，直晃人眼，顺带着瓜瓜豆豆们的意思，长了嘴似的一遍遍催促人们，得赶着日子忙起来，该收秋了。

我在录像里看到母亲从山墙上摘下一顶草帽，戴在头上，又去西屋拎了一只篓子，便关上街门下地去了。跟母亲一块走的，还有那只猫。院里只剩下狗和鸡们鹅们，它们不再把注意力放在谁身上，而是自觉地各行其是，各尽其职。这时，我陡然意识到自己才是个局外人，随之而来竟还有一丝偷窥者的羞耻感和罪恶感。于是，我逃也似的匆匆关掉了视频。

原来，在漫长的岁月里，实实在在地参与母亲生活的，是山间那些草木鸟兽和这一院的动物静景，而不是我。它们熟悉母亲的脾气性格，深谙她的内心秘密。在它们面前，我不过是这般低眉顺眼，且卑微惭愧。我顿时理解了母亲宁愿整夜睡不好觉，也懒得惹那只猫生气的心情，毕竟它在母亲的生活里是出了力，实实在在做了贡献的。

桃核手串

麻糊村难得热闹，是在清明祭扫的日子。乡野的土地醒了，浊漳河水哗哗地流淌起来，在外工作的人大多赶早回到村里。他们是祭祖来了，也是让祖宗瞧瞧自己。

四野静寂，沟沟坎坎净是先人留下的往事。各家的亲人结伙走在山路上，手里提着香烛供品或伤感的空篮子。闺女媳妇们眼圈红红的，碰见熟人躲躲闪闪有些不好意思，也有的假装去路边挽一丛野小蒜或低头摘下裤腿上的苍耳籽。离开村子很多年，在村道上、庄稼地里碰见的许多年轻媳妇和半大孩子们，我已经弄不清他们是谁家的人了，打照面尽量作势热情，却也只能力不从心地笑笑作罢。这时心里就很恼，恼自己对村里的人事不能像以往那般如数家珍。

从坟里回来，我竟魔魔怔怔去了旧院。来到街门口，两扇走风漏气的破门扇拦了去路，才从恍惚中回过神，意识到心里还装着一腔深情。院儿早已经荒了，东边的山墙倒塌了一段，坚守着的半截墙壁上，泥皮剥落得所剩无几。门上着一把黄铜锁，其实也只是个形式，证明这院还有所归属。我使劲扒开门缝，把一只眼睛贴上去看院里的景象。三孔土窑在明晃晃的阳光下显得越发灰头土脸，门窗残缺不整，像一副副牙齿脱落的口腔。一把长满锈迹的小挖锄乖顺且顽强地趴在西窑的窗台上，仿佛一个从泥潭里捞上来晾晒的光屁股娃娃被大人遗忘在那里。旁边那只破瓦罐我很熟悉，曾经是奶奶用来储放鸡蛋的，后来被我家的猫趴倒打了个豁口，母亲就拿它种花了，种过玻璃翠、蝎子草还有倒挂金钟什么的，这会儿里面是几根枯败的狗尾巴草。院当中横竖躺着两根木头，约莫是母亲拿来抵山墙用的，看起来很久没动过了。记忆中我家的厨房就很破败，现在更加破败了，烟囱上的烟灰还是黑黢黢的。我来回替换着两只眼，努力转动眼珠子，尽可能扩大可见范围。目之所及，尽是荒凉。突然，一片灿烂的粉花龄姑娘般越过塌毁的山墙闯进了我荒漠漠的视野。我的心头猛然一惊，思绪陡地跌进一个遥远的梦里。

热杠杠的午后，大人们都在歇晌，我趁机溜出了院子。岂料才刚挤出狭窄的门缝儿，老天爷就忽地变了脸，疾风骤雨伴着轰隆隆的闷雷。紧接着，就听到奶奶的声音。她在寻我，叫我回炕上给她挠痒痒去。这是奶奶的法子，每次一给她挠痒，她的手就要把我摁到炕上。于是，我故意不作声。忽听“啪”的一声响。我回头望去，呀！居然是一颗熟透的大红桃子落进了院里，墙头被打疼的瓦楞草还在摇摆，果浆软软糯糯爆了一地。我提起裤腿，踮起脚尖，迫不及待虾腰朝那一摊子鲜甜跑过去。“回来！脱鞋上炕。”才跑出两三步，就被奶奶呵住了。

灰心丧气地蜷在奶奶那只手下面，耳边风雨雷电混杂一片，迟迟等不到奶奶的鼾声，我竟不知不觉地睡着了……我兴冲冲地把那桃子端在手掌心，用指甲在桃尖处轻轻一掐，就欠起一小块果皮。真真是熟透了，才两三下，整个桃子就剥得精光。一口咬下去，甜美的果肉果汁便在唇齿间漫流开来……可就在这时，一声炸雷突然把我惊醒了，原来是个梦。外面天已放晴，刺眼的阳光照在墙头水晶晶的桃树叶上。奶奶不在屋里。我赶紧翻身跳下炕，去院里捡桃子。谁知，桃子早已经被鸡们啄得面目全非，周围一堆泥乎乎的鸡爪印杂乱不堪。死鸡！

一直到第二年春天，我在帮奶奶打扫院落时，无意中发现东墙跟儿竟有一棵小幼苗。奶奶说，这是东院大娘家的小桃树。说话间，就已经将小桃树连同周围的一大团湿泥土挖起来，包好，让我送到东院去。我小心翼翼地捧着那棵小树苗，感觉像是捧了一树熟透的桃子。人虽然朝大娘家走，心却万般不舍，只盼着大娘能把它送给我，或者说她不要了。在走到大娘家的这几分钟里，我甚至已经想好了要把小桃树种到院里的哪个位置，方便它享受到充足的阳光，还要用砖头砌一个好看的树池。可是，大娘丝毫没有客气，更没有拒绝，而是笑盈盈地把小桃树接了过去。这让我无比失落，一路上从心底里埋怨大娘真小气。

然而我万万没想到，大娘竟悄悄将那棵小桃树种到了两家之间的水井边，还用两片瓦“人”字形对扣呵护着。小桃树的周围，修整出碗口大的洼池，看上去才浇过水的样子。这口井常年只有我们两家人取水，一棵小桃树长在井边儿，总比旁处多了些福气。不管谁到井上挑水，总会顺手给它浇上一两瓢，得空了再放下担杖，嫁接，修剪，施肥。

印象中，每到桃子快要成熟的季节，奶奶就常常坐在井台上看守树上的果子。那个时候村里孩子多，他们总是惦记着趁大人不注意时结伙成群地去摘瓜偷果。倒不是怕他们吃，主要是糟蹋得厉害。奶奶走了以后，是大娘看。我却从来没有吃到过这棵树上的桃子。到它结果的时候，我已经离开村子到外面上学去了，节假日回家，也难得赶巧。后来，大娘家搬到了新居，东院就空了。有一次在电话里听母亲说，村里灰塌塌的，人们都闹着进城，连个来偷桃的娃娃都没了。再后来，我家也在别处建了新房新院。前后才二三十年工夫，进城的进城，离开的离开，两院儿热腾腾的生活说熄就熄了，屋舍生出蛛网，墙院相继倒塌，墨绿的青苔悄悄爬满了老井，只有那棵桃树兀自鲜活，替我们繁华着。

麻糊村并没有因为这一树桃花的繁盛而停止衰败，这棵桃树却随着村庄的落寞成了一道稀缺的风景。每年春上桃花盛开的时节，人们从老井旁经过，总会驻足流连一阵儿，谈论花开的景象，猜摸这一年的收成，不经意间又想起两座旧院里的事和人。如今常住村里的人家少之甚少，是再没有个专门经管桃树的人了。桃子将熟的季节，悠闲的老人们常常三三两两地来看桃。他们曾经也是跟旧院里的某一辈儿主人，一块儿上山打鸟下河摸鳖在麻糊村长大的娃娃。看桃，也是看人，物是人非的人。约莫像我一样，隔门看这一院空寂，也能看见一院丰盈。秋季摘桃像过节似的。按照母亲的意思，人们先把一树桃子全部摘下来放在大笸箩里，再按各家情况分配。熟透的软桃先挑出来分给年纪大牙口不好的人，留下硬的脆的给儿孙在附近村子或镇上县里的人家。

我从街门口退出来，提着空篮子来到桃树下。低眉抬头，满目霞粉。空气里弥漫着淡淡的、悠长的香味，成群的蜜蜂在花间嗡嗡嘤嘤。我从来都不知道，旧院竟有这般惊心动魄的春天！

突然想起小时候常听奶奶说桃木辟邪纳福，于是我在枯败的柴草间捡了一些桃核，坐在井台上仔细地将它们打磨均匀，准备用来做成一串手串随身带着。

一

丈量一座山的高度

我说不好，具体是从什么时候开始，父亲从骨子里变得不再那么强硬了。不再像往常一样执意坚持自己的观点，而是适当持保留意见，甚至隐忍。

他把摩托车从屋子里推出来，手提着安全头盔站在院子里和我商量：“爸爸去南岭大表姐家拿甘草，你一块儿去吧？”

“我去干吗！”

“难得假期回来，亲戚之间多走动走动。”

“不去。”

“你表姐夫把腿摔伤了，你也该去看看。”

“有你去就行了，我一个小孩子去做甚？”

“那不一样，你大了。”

“没有合适的衣服穿，都洗了晾在外面呢！”

“大表姐又不是外人，随便穿件旧的就好哩，犯不着讲究。”

“反正就是不去！”

极不耐烦的一句话直呛过去，院子里顿时安静了。一股凉飕飕的秋风从街门道里钻进来，在鸡窝旁打了个旋儿，卷走几片干枯的扫帚叶和一根花鸡毛。我背对着父亲坐在梨树下的石板凳上，只听得摩托车“嗡”

的一声闷响。待我回过头，父亲和车子已经不见了，甩下一团憋屈的尾气弥漫在街门口。鸡们被吓得飞跳到鸡窝上，院墙上，李子树上，咯咯咯地慌叫着。父亲的耐心终究没有耗得过我的固执。但遗憾的是，他仍旧没有爆发出来。

秋日的阳光，像看透了人间百态的老人的眼神，凛冽、犀利。泼辣辣地照在凋枯的丝瓜蔓上，把隐匿在丝瓜瓤里的一粒粒黑种子都晒得干瘪、焦灼。唉！我的父亲他是多么令人焦躁啊。刚才对我的不顺从明明反感至极，他却一遍遍压抑着心底的情绪，找各种理由说服，直到我忍无可忍。然而，即便我已忍无可忍，他到头来还是重新再忍，丢给我一院莫名的恼火和失落。

鸡们又从高处蹦下来，试探着踅摸到我跟前，佯装出啄地面的架势，借机别过脑袋用一只眼睛紧盯住观察我的脸色。那表情像是质问，又像是责怪，盯得我不觉陷入了沉思。细细回想，父亲的话不无道理。平日里不在家，难得回来一趟，是应该多去亲戚家走动走动，毕竟各家有各家的日常，将来不管走到哪里，总不能疏远得断了根儿呵。可是，真烦人！父亲他为什么不能像小时候那样霸道地训我一顿呢？或者直接把我拎起来走就是了，哪来的商量！可是父亲他偏偏不，他非但不强拉硬拽，反而闷不吭声地一个人走了，这会儿早该在大表姐家吃刀削面了。我无心吃饭，饿着肚子出了院门。

中秋时节，乡野四下都是忙着收秋的村民。因而我没有走大路，穿过一片谷地直接上了村子对面的山顶。这里有一座小小的土丘，不大，但从我记事以来也从未见变小，足够承得住一个人的心思。这个地方十分开阔，北望正好能将整个村子尽收眼底。南面是层层叠叠的梯田，梯田顶部有一座烈士纪念亭，为上党战役中牺牲的数万英烈而立，那里是太行之脊。梯田的底层连着一条大路，这路就是从村里延伸出来的，伸进了更深的大山里，那里是庄户人家的天然粮仓。我相信，生在农村的孩子和长在山里的庄稼是一脉相承的。从小到大，不论心里搁了再难的事，只要看着那漫山遍野的庄稼，一切就都释然了。风从村东的河面上翻山越岭赶过来，泼在我的脸上，痒酥酥、凉飕飕的。突然感到饿得一阵心慌，我站起身，跳下小土丘，从董二家地里扯过一株芝麻，朝手心里一抖，便是一小撮白芝麻粒儿。把这一口新鲜的香味儿嚼碎，咽下去，心绪顿然开阔。

这个季节的阳光是极富韧性的，像一张细密的金色丝网，把天底下的生灵树木山河一囫囵吞罩了进去。村庄在这广袤的苍穹之下显得多么渺小啊，简直就像是一团土灰色的马蜂窝。小的时候，我就钻在那黑黢黢的窝洞里，进进出出，听父亲的话，做长翅膀的梦。在那个年纪的眼睛里，周围的大山就是全世界，山上有四季，有山水，有沉浮，有鬼神，有英雄之魂。我虔诚地信奉山里的一切，就像敬仰我的父亲。然而此刻，巍峨的太行山竟心甘情愿地蜇伏于我的脚下，不卑不亢，静默无声。

仿佛思绪才刚回童年时代打了个晃儿，天就忽地暗了下来，空气里泛起阵阵潮湿。对面的村庄陆续亮起了灯，星星点点，灯火里裹挟着隐约的劈柴声，挑水声，嘈杂人声，牛马嘶叫声。我张开双臂，试图拥这朦胧的夜入怀，却又扑了个空。近在咫尺，远在天边！谁说不是呢，离开家乡，在城市漂泊的这些年，曾经有多少个梦是沉醉在这样的夜色里啊，却也仅仅是梦。我执拗地揉了揉双眼，再细细瞧去。土灰色的蜂窝里，死寂沉沉，没有一丝响动。现如今，村里大多都是老人，连秋都收得拖泥带水了，更何况回到童年的村庄哩。不复存在，不复存在哇！

人总是要长大的，要远离，要失去，要独立，要懂事。不然父亲为什么要说服我去大表姐家呢？然而，然而什么呢……什么也没有！我固执地制止了心底的自责和恼恨，可冰凉的泪水却不争气地顺着脸颊滑进了脖颈。这时我才察觉到，不知是饿还是冷的缘故，我竟然蹲在了地上，蜷缩在这黑洞洞的夜色里。黑的夜幕，黑的山，黑的庄稼地，黑的树影。你知道吗？当这黑从黑暗里醒过来的时候，吓得我直打哆嗦。我回想起那些年，半夜常常能听到从猪圈传来“吱溜吱溜”的尖叫声，那就是有狼进村了。这个时候只要父亲在家，我就一点儿也不担心，因为世界上没有什么能敌过我的父亲。但他肩上担着一份“乡村医生”的责任，使他工作、出诊总是不分昼夜、不问寒暑。一听说方圆有谁生病他就坐立不安，得即刻出门。然而父亲一走，夜又变得复杂了。隔着窗户上的麻纸我仿佛看到，远山的豺狼野兽相继朝村子狂奔而来，近山上藏着各种妖魔鬼怪的黑魅魅的暗影。院子里静悄悄的，盖玉米穗的塑料膜下明明鼓胀着阴阳怪气的邪风，却如游丝般一动不动。多么诡异的夜啊，父亲正在外面出诊，而我却从未担心过他的安危。

今日之前，我从来不知道一个人行走在深山夜路上，竟有这般恐惧、孤寂。不敢在山顶久留，更不敢折身往回走。但几番挣扎，还是不愿意打电话给父亲。只是把手塞进衣兜里，紧紧捉着手机，把他的号码找出来,时刻准备在必要时能马上拨通。在山村,遇到困难是不兴拨打110的，即便打了，也绝不能得到像来自父亲那样的帮助。“咋一个人在这儿？”是父亲，没来得及紧张，我已辨出父亲的声音，像一股强大的电流，瞬间击碎了人在恐惧状态下的脆弱和倔强。“爸爸！”我没有想到父亲此刻真的会出现，在我最需要的时候。他手里拎着竹篮，篮子上横了一把镰刀。“爸爸给你摘的酸枣，带去给同事吃！”他兴冲冲地把篮子递给我看，语气里丝毫没有了下午的不快。我伸手划拉几下便可确定，这大半篮酸枣是在柳家架（地名）摘的。谁不知道，村里只有柳家架的酸枣长得最好，个大、肉多、核小，硬的脆，软的甜。唯一的难处，柳家架是高山圪梁，那些酸枣树尽长在红土崖壁上，一般没人去冒那个险。然而父亲却毫不畏惧，就因为去年秋天我随口提过一句同事说老家的酸枣好吃。

我走前面，父亲跟在我的身后，始终不近不远，像一座行走的大山。黑压压的树林里传来猫头鹰的叫声，显得格外阴森。然而，瞬即又被父亲沉稳的气息挡在了几重大山之外。我不慌不忙地走在泛白的羊肠小路上，暗自丈量着身后这座山的高度……

一

父亲夜路上的光明

大雪将夜封实的时候，郭六六趴在窗台上画圈圈。窗镜为纸，手指当笔。憨傻了大半辈子的郭六六只会画个圆，他说那是一颗长在歪脖子树上的小太阳。

小太阳就在窗外遥远处的雪夜里，那是一盏长明灯。解放战争时期，常有部队夜间打村口经过，老支书就把马灯挂在了歪脖子树上。直到今天，那盏灯仍旧醒着，彻夜照亮人们的新生活。

狼渠沟这个地名是有来历的。两座山夹着一道沟，沟里常年蓄有一潭子清凌凌的空山水。山清水秀，确是一方滋养庄稼的好地方。层层梯田攀附在山体上，凌空鸟瞰，美丽壮观。然而，深山里的豺狼虎豹也相中了这块宝地，时有狼群出没。早年间曾发生庄稼人被野兽残害的事，村民们不得不忍痛割爱，舍弃了这座丰饶的粮仓。荒芜之所，猛兽愈加肆无忌惮，常常结伴到水潭里沐浴嬉戏，人们便把这块凶险之地称作“狼渠沟”。村中不论大人孩子，无不畏惧。

顺着狼渠沟一路向南，爬到最高处的山圪梁上，有个叫老岭的小村子。村里只有十几户人家，家家都是极好的性格。邻里和睦，生活丰足。唯一的不便，就是地处深山，出行困难，日常用品都得绕大路下山到麻糊村来采买，往返一趟就是大半天。针线布料、油盐酱醋这些不打紧的物件耽搁两日倒无大碍，而那年郭四爷得了急病，紧赶慢赶还没下山人就走了。事后父亲说，要是能早上个把时辰施行抢救，郭四爷不至于丢命的。那件事以后，老岭村人决定沿着狼渠沟豁出一条捷径，直通到麻糊村。不图别的，就当给老岭的村民修条救命路。然而，也有人说那是送命路，多少年前人类就输给了狼群。

父亲一辈子在麻糊村从事乡医工作，人们相信他的医术，更敬重他的人品。

路修成以后，郭三爷特地来嘱托过他："娃儿，三爷我知道这路不好走，可路上铺的是人命呀！"父亲郑重地点了点头。他从小就常跟奶奶到狼渠沟干农活，对于其中凶险，自是十分清楚。况且这是一条怎样的路啊，在当时科技落后的条件下，人们尽了全力也不过是在荒山野岭上铲草填坑，夯土垫石，勉强掘出一条羊肠小道。晴天朗日尚且通顺，遇到雨雪或是夜晚，即便没有狼，光走路就难上加难。然而，这是一份丝毫不容推辞的责任。面对全家人的愁容，父亲坚定地说："只要我还在村里，就得对岭上人负责。"

仿佛那些刻不容缓的情况总是出现在天色阴沉的傍晚。有人气急败坏地从老岭下来，慌慌张张说谁家的谁病得紧急，痛得厉害，要父亲务必赶紧上去看看。一场沉甸甸的大雪噙在老天爷眼里，随时都可能铺天盖地。全家人都紧张起来，母亲把围巾手套摆到炕头，奶奶打开老洋柜翻找父亲的棉大衣。父亲在药房里备药，不知病人究竟是咋个情形，总之尽可能多带点，有备无患。爷爷把马灯搁在灶台上，添足油，又就着灶坑里忽忽跳动的火光，用棉布一遍遍擦拭玻璃灯罩。直到父亲从药房出来时，屋内的手忙脚乱才顿时停下来。父亲披上大衣，背着药箱，提起马灯，一闪身跌进了阴沉沉的暮色里。母亲见围巾和手套还落在炕上，赶紧抓起来跟了出去。"来，赶紧喝口热……"奶奶端着一碗热腾腾的小米粥来到炕角处，才看清父亲早已出了门。她又摸索着把粥倒回锅里。

昏暗的窑内，一颗颗泪珠无声碎裂。

母亲赶上时，父亲已到了山脚下。狼渠沟像一张黑洞洞的大嘴，肆无忌惮地裸露在天地之间，随时准备把人们的恐惧和担心一口吞进去。围巾手套换成了马灯，情急之下母亲不敢拒绝，怕父亲动怒。可父亲一米八的高大身影转眼就化在了夜色里，着实把她吓了一跳。

“慢点。”

“快回！”

有回应就好，哪怕近乎训斥。心里的石头终于落了地。趁着这两个字的热气，母亲赶紧把马灯点起来。

这一路，仿佛走了一辈子。夜像一块凝固的实体，父亲屏住呼吸，一脚一脚蹚在这黏稠的固体里。他把大衣的人造毛领子竖起来，头尽可能往围巾里埋下去。思维暂时停止，视觉得不到发挥，只有听觉出奇的敏锐。山风呼啦啦地喘着粗气，四下一有异动，父亲就警觉地蹲下身细听，确定无碍了再站起来继续往前走。突然间，遥远处挤出一星光亮，鬼魅、缥缈。父亲的心“嗖”地提到了嗓子眼儿，关于妖魔鬼怪、豺狼猛兽的各种想象从四面八方汹涌而来。使他禁不住把指甲深深地掐进手心，牙齿咬得咯咯响。那颗光点却在寒风中冷峻地摇晃着，越摇越大。

走近了才看清楚，原来是一盏马灯，挂在老岭村口的歪脖子树上。一股强大的暖流顿时将父亲从恐惧中唤醒。他终于狠狠地松了一口气，小心翼翼地把灯从树上摘下来，掬在手里，回望来路。啊！那一星极其微弱的灯火，还定定地凝在寒夜里……

“快回——”父亲朝山下喊了一声，便转身赶去了老岭。

两处灯火在辽阔的夜里遥相辉映，像一双眼睛在黑色宇宙间流转着温情，又像一个缥缈如隔世，永远也无法醒来的梦。

父亲给老岭村一个病人医治食道癌那年，郭三爷亲自送来一把手电筒。这是上海汇明厂出产的大无畏牌电筒，镀金外壳，大脑袋，长尾巴，可装三截一号干电池。崭新的玻璃镜上无一丝杂尘，晶莹剔透的小灯泡卧在鲜亮的反光罩中心，看上去精致而小巧。方圆几十里内，该是再也找不出第二个这样精美的物件了。父亲明白这项使命，这手电筒是老岭村民的信任，也是对他更大的期待，是专用来照亮狼渠沟那条羊肠小道的。

行走在这条路上的滋味，兴许只有父亲才能真正明白。那已经是二十世纪九十年代初了，狼渠沟也成了一个只是听起来令人发怵的地名，不再像旧时那样真的三天两日群狼出没。夜间出诊，父亲总是先骑自行车来到山脚下，把车子往庄稼地一扔，步行上山。

山路磨薄了父亲的鞋底，父亲的双脚一遍遍夯实崎岖的路面。岁月吃力地将人们的生活一寸一寸地推向幸福安宁。那条路涩涩的，在手电筒的光圈里与父亲喃喃细语，拉呱着四季里的百姓，还有百姓们的百味春秋。走着走着，父亲突然唱起歌来。歌声时而激昂，时而凝重。突然不知从哪个方向蹿出一只野兔，跳进这歌声里慌慌糟糟地扭了几下屁股又跑开。父亲总是娇惯着这些生灵，在山里行医多年，他们早已成了熟悉的老朋友。这深情的歌就是唱给那些草木、庄稼、野兽甚至坟冢听的，一路唱到歪脖子树下。

在那个风雨莫测的秋夜，我也听过。父亲出诊回来时天已黑透，一到家得知老岭郭三爷家的羊痫风儿子郭六六患了急性肠炎，没顾上吃晚饭，备好药就又出了门。父亲走到院中央，突然停下来喊我把手电筒拿给他。没想到，父亲接过手电筒时竟然问我要不要跟他去。在我的童年记忆中，父亲每天除了关在药房就是赶在行医的路上，能和他待在一起是多么难得啊，我兴奋极了。

有父亲在，狼渠沟的夜欢快而美好。不管夜有多黑，手电筒的光都能将它喂饱。父亲在后，我在前。手电筒的光束在我脚下有节奏地荡漾，我刚踩上去，它就跑了，我再去追，却是怎么也追不上。远山外的天空中镶着半片月明，我和父亲一路说笑，压根没顾上跟它打声招呼。秋粮食眼看就该收了，成熟的香气在风里胀得鼓鼓的。不知不觉便走到了郭三爷家的门口，手电筒的光亮才从门缝挤进院子，就听见有人出来开门了，一块儿出来的还有股浓烈的骡马味。在农村，这是丰足的气息，勤劳的气息，兴旺的气息，也是讲究人家的气息。我带着各种各样的想象，随父亲进了郭三爷家。

诊查之后，父亲给郭六六打了一针，安顿他服下几粒药，又坐下来观察。父亲说，如两个小时内没有症状出现，就基本算稳定了。可谁都没有料到，还不到一个小时外面就下起了雷暴雨。几声雷打下来便突然停了电。屋子里黑黢黢的，郭三爷进进出出忙个不停。两个小时之后，郭六六的病情倒是顺顺利利控制住了，电却迟迟没来。郭三爷出去了一趟回来说，风把电线给刮断了，眼瞅今晚得摸瞎！“小太阳！小太阳！”郭六六傻笑着对父亲嚷，他说话向来疯疯癫癫，没人去理会。雷暴雨说来就来，说走就走，这会儿天上又挤出几颗星星。出门时，父亲把手电筒留下了。郭三爷原本坚决不肯的，父亲说这是以防郭六六的病情半夜复发，应急用的，他才勉强接受了。

星星会说话，可惜它不能照亮。下山的泥水路走起来身不由己。起初是父亲在前面探路，我跟在后面走。遇着脚下打滑的地方，父亲就把我拎起来提溜过去。但我总觉得身后有歹徒，有猛兽，有万丈深渊，有妖魔鬼怪，它们都虎视眈眈地注视着我，只要父亲稍不留神，随时就准备把我逮走。我似乎还能感觉到一股古怪的推力推着我，使我不敢张眼看远处的风景，也不敢放慢脚步。我想把这恐惧告诉父亲，却又不敢开口，生怕被那些鬼怪听见抢先下了手。父亲仿佛察觉到了我的心思，他停下来回过头说：“到前面来！”我像得救了一般快步走到前面去。夜，瞬间变得温暖而充实，如同钻进了一间暖屋。“亮处是水坑，暗处是路。”父亲在身后叮嘱。这是他的经验，他深谙这路上每一粒泥尘的心思，也熟悉它们一年四季里的性情。我小心翼翼地走了一段，就不安分起来，故意将脚伸进黑处去验证父亲的说法。谁知一脚下去竟摔了个四脚朝天。这时父亲伸手想拽住我，却生生扑了个空，他也跟着滑倒了。我眼睁睁看着他顺着枯湿的草坡溜进深沟里去，吓得顿时失了声。“闺女？闺女——”看不见父亲，许久之后才听到他惊慌的遥远的喊声。好一番挣扎，父亲才回到路上来，满脸擦伤，两脚空空，鞋子被沟底的山洪水卷跑了……

为此，我偷偷把那手电筒扔进了地窖里，任凭父亲大发雷霆，都没松口交代。小小年纪的我以为，父亲是因为它才不得不给老岭人看病，因为它才吃尽苦头。不料，手电筒的消失并没有阻断父亲上老岭的路。仿佛那条路上的星星月亮、鱼虫鸟兽都成了父亲借以照亮的忠实伙伴。不，三十年的行医历程，那条路早已深深刻进了他的脑海里，哪怕是闭上眼睛，也同样轻车熟路。

父亲去世至今整整十年。我想，他临终前最不舍的一定是狼渠沟这条路。他宁可重新感受一遍它的艰险、泥泞，重新为乡亲们默默奉献三十年，也不想长眠于路对面的山坡上，在另一个世界里担忧地凝望啊。

父亲走后，我曾经多次专程去过狼渠沟。春夏秋冬，阴晴雨雪，黑夜白昼，在不同季节，不同天气，不同心境下重走父亲走过的路，试图体会父亲在医路上的各种心境。有时是一弯上弦月，满天星辰。仿佛那漫天星月都由一根线牵着，线攥在我手里，轻轻一拉，天地就大亮了。不知父亲是否有过这样的诗意？也有时漆黑一片，如黑锅倒扣，我打着手电筒，在这黑的宇宙里害怕得想尖叫，想蹲下身蜷起来。不知父亲是否也曾这样不敢进不敢退，在原地怕得不敢呼吸过？我突然想到，父亲一定舍不得像我这样耗电，他定是过险处时才打开，过去了又关掉。于是我也关掉，在这条路上反复走，不知不觉夜路竟走出了白天的光明。

最近一次到狼渠沟，是去年仲夏回乡。麻糊村年初被列为农村综合改造试点村庄，狼渠沟风景秀丽，自然环境优美，头项工程就是修路。那条路已然不再是从前的艰难险阻。路线依旧，三四米宽的路面用崭新的柏油铺就，路两旁每隔 25 米一盏太阳能路灯。延伸到村口的那一盏，刚好倚在歪脖子树上。道路宽阔平整，驱车行驶毫不费力，轻踩刹车便一路顺风。沿途的山水风景依然是从前古老的纯朴模样。父亲是幸福的，早在几十年前他就拥有了这一路的绿水青山。在这条路上，他曾有过多少我不能明白的沉醉和想象啊！但那个时候父亲无论如何也想不到，在不久的将来，此地会成为山外人稀罕的旅游胜景。更不敢相信这条曾令人闻风丧胆的深山小路，有朝一日会洒满阳光，迎来四方游客。

虽然父亲早早就离开了，但他一直在注视着家乡这些年日新月异的变化，深情回味那些镌刻在他脚下的平凡岁月。曾经被歪脖子树上的小太阳照亮的那条山路，永远蜿蜒在父亲的视线里，融入了人们的新生活。

父亲还缺一双鞋

那个清晨，已经悄然过去。月色很不情愿地沉了下去，太阳只在遥远处缓步颤动久久不起身。父亲脚上的那双一直起早摸黑在乡间山路上颠簸的布鞋停在了那个早晨，停在父亲的脚上。我也好像一直停在了那里。习惯了忙忙碌碌的鞋此刻变得安静而寂寞。粘在鞋帮上的草屑、沙尘仿佛还在赶路。我的悲痛被它净化得只剩下单纯、沉重。

父亲在女儿眼里，非常有，非常无，非常精美！

长留在乡野小路上的脚印记载着峥嵘岁月，一缕从河面上吹过的山风擦拭着父亲的艰难和厄运。父亲的忧郁如此辽阔。他小小的诊所，其实就是我们家匀出来的一块空间，简陋狭小，装不下万丈阳光，却是满村庄人点燃生命希望的灯盏。我还是从父亲的鞋说起，每每看见它我就会想起父亲，还有父亲生前的一箩筐遗憾。闭上眼睛回想那双鞋子更加清晰：黑灯芯绒鞋面虽然布满风雨雪霜的痕迹，但依然可以看出它曾经是那么崭新；沿着鞋帮的那一圈白条，似乎总在感叹，这山高水长的路何时才有尽头；麻绳纳的千层粗布底，分明比旁人家的敦厚好多。父亲就是这样好强：生活是多大的鞋子，我就有多大的脚！他穿破了一双又一双这样由母亲千针缝万线纳的跑山鞋，走了一辈子的转山路，留下了我一辈子也享受不完的出诊里程！

那年冬至之前，我正要为父亲寄去御寒的棉衣、棉鞋，不料他去了远方。父亲是突然病逝的。离开的前一天，我的手机上显示出父亲的短信，他让我关心一下有关“乡医五盼”的一则新闻，说是讲乡村医生福利待遇和执业资格认证等方面的事情。而且父亲还特别强调，是在央视“朝闻天下”栏目看到的，不是其他的小媒体。没等我回复，他又打来电话，还是这事。足以见得，这则新闻在父亲心里有何等的分量！这让我有些惊异，父亲总是简单而不屈地活着，从未对自己的待遇名利诸事挂过心。甚至在有些同是乡村医生面对光鲜的场面或头头脑脑，都喜欢留下自个的影子时，他呢，寒风有些凛冽，身子萧瑟，脚上的那双布鞋依然不动声色地如石夯般踏实在村野的土地上。那么，三十年来，父亲对他这乡村医生的待遇疏忽了？遗忘了？还是麻木？而我，他的女儿，常听人不屑地把他们称作“赤脚医生”，却也从未曾想过父亲这种付出的回报。为什么就没替他考虑过，像父亲这样的“赤脚医生”们也应当穿上一双像模像样的“鞋”！

父亲是祖父母的独子，尽管生在一个贫困潦倒的农村家庭，但他从小就是方圆几十里公认的“好娃娃”。父亲为人踏实可靠，行事稳重细致，村里人都说他适合耍算盘（当会计）。高中毕业时，正赶上一九七七年恢复高考制度，村里强烈推荐他这名“好娃娃”去参加高考。用老支书的话说，到正经学校里去学当会计，将来准能有大出息！然而，就在这么个节骨眼儿上，一幅改变了父亲命运的画面，无意中落入了他那双仁慈的眼睛。天寒地冻，北方农村的地里基本没什么可干的活儿。但实行土地包产到户之初，农民们的勤快劲儿一家赛过一家。即便是上了冻，大家也不肯闲下。各家的男劳力争着赶上牲口车往地里送粪，好为来年开春的播种打个肥底子。父亲就是在地头亲眼看到喂牛大爷的老胃病犯了，疼痛不能忍，趴在冰冷的地里痛苦地呻吟着，连连翻滚。在当时极其落后的农村，这样的事情可谓是家常便饭，没有人把这当成个病，疼过这一阵也就搁浅了。但农家人这种无奈和凄苦却成了深深刺进父亲心里的一根针，他当即决定放弃参加高考的打算，想办法找到矿务局总医院的专属医校学医。

二十世纪七十年代末，矿务局医校任意一位毕业生的前途，都沐浴在充足的阳光里。留在矿务局总院或拨到本县的县级医院，都属于正常分配，但父亲坚决要求回农村。明知满地荆棘，他仍旧义无反顾，放弃太阳的光辉，光着脚板走上了这条坎坷的山路。老支书史三爷拼力制止，并表示村里出不起工资。即便如此，他仍旧卷着铺盖踏上了山村的路。二十五岁起便待在山仡佬的小诊所里，而这一待就是整整三十年。悲喜交加，风雨兼程。

一张医校毕业证书，实现了父亲埋藏在心头多年要为村民医伤治病的心愿。当这个自找苦吃的使命压在肩头时，善良的老人才感到只靠穿着千层底的跑路鞋是走不了多远的。从古到今村里就没有医生，更别说医院了。他要从起点上创业。架在父亲背上的铺盖卷突然变得从压肩至压心，他提了提捆绑铺盖的背带，原想松松肩头，没想更沉重了。

越是走近村里，这种压肩的沉重感越是加剧，他终于心急腿慢地走到了村口。不见一个乡亲，空空的村庄里只有一条黄土路穿村而过，两旁是挤得紧紧的村宅，一只小黄狗远远地迎他而来，他不认识它。小黄狗舔了舔他的裤腿，鞋，随后跟着父亲走，直至我家门口。重担压肩的父亲仍然是昂首挺胸地进了他数十年出出进进无数次的我家那简矮的门。

贫穷，荆棘，曲折……

仿佛是父亲带给自己的，又好像是山村送给他的见面礼。这是他每天必须面对的现实。当天夜里，父亲走出我家那个矮矮土墙围起的小院落，站在村口一个类似小山包的土堆上，仰望天空，星星挤星星布满夜空。谁来了都难分辨这些星星，但是星星们从来不迷失自己。天空的美才是一种力量。苍天在上，大地辽阔，天地足以容纳父亲那颗不安分的心！

手中的这张毕业证，就是走通所有崎岖的通行证！

入夜，家人睡定，父亲才轻声关上门，关上心头那些理还乱的往事，把“我”从此完完全全交给村民。一切从头再来。

在我的记忆中，父亲就像个行走的活雕塑。成日背着他的旧医药箱，沉默而热烈在自己的世界里，被一双厚重的破布鞋紧箍着，奔走于七邻八乡的村庄之间，里里外外地忙碌。他少言寡语，但常有各种表情，有时阳光明媚，有时急风骤雨。病人的情况，全都写在他的脸上。隐约记得有那么一回，是个秋日的下午，母亲坐在院子里拆洗被子。刚套好棉花的被子平铺在一张大苇席上，母亲弓着身正准备动手缝，父亲急匆匆地赶回来，小跑步踩着被子就冲进了药房，落下一路黄土灰脚印。我看了看脚印，又看看母亲。母亲的脸色也“唰”地变得凝重。院墙外的杨树叶在枝头窸窸窣窣响，秋风扫过树梢，凉飕飕的。要是换作平时，母亲早该数落了，而这时，父亲慌乱的情形显然是个不祥的兆头。大家谁都没顾上言语，父亲只管取了药便又急急地出了村。那个下午，院子里格外凄清。

在我家的街门上，一直悬着一块重铁。拳头大小，没棱没角，长年累月被摸得像个光溜溜的黑土豆。记得小时候，我有好几次嫌它碍事想要取下来，都被父亲制止了。直到后来才听说那没模没样铁疙瘩，是父亲很多年前从南庄村的老医生家带回来的。当时老医生病重得厉害，父亲像儿子一样贴身照顾。直到老人家弥留之际，还担忧南庄村离得太远，怕父亲日后行诊有难度。父亲为了让老前辈放心，特地从他家找了块铁回来，发誓说将来若南庄村的村民请不动他，就拿这铁砸了我家的门。多少年来，父亲行医的范围何止是隔着十多里的南庄？就是再远的地方，只要人家来寻，他也总是有求必应。父亲坚持把这块铁挂在门上，说是方便病人敲门。所以，我常常是深更半夜，在迷迷糊糊中被这块重铁的砸门声惊醒。接着就是父亲边扯开嗓门应声，边披着衣服向院子里奔跑。这种时候，来人焦急万分。家里的患者，不是幼小的孩子，就是年迈的老人，要么就是重病不便动弹。总之，都是需要父亲外出行医的。父亲询问病情的同时，径直引着叫门的人去了药房，瓮声瓮气一阵对话以后，父亲就把自行车推出来，和那人相跟着走了。然后母亲把门闩上，我们又进入了梦乡。迷迷糊糊间，我梦见街门上的铁块渐渐膨胀，再膨胀，最后膨胀成一座巨大无比的黑铁峰。父亲在这黑铁峰面前，像极了一只渺小的蚂蚁，顽强而孤独地攀爬着，一点，又一点……

我每次回到家或出门时，总会不由自主地朝父亲那间从我们家西房里匀出来的不足10平方米的诊室兼卧室望一望，几乎没有一次不看到他在忙碌地接待病人，或炮制他带领我们三姐妹采来的草药。这是父亲一年中每天都重复的工作，看不出他有丝毫的腻烦。常常能听到他说的一句话：“给乡亲们看病，就是庄户医生的饭碗儿，我不端谁端！”小诊室太小，进来两三个病人就紧巴得打不开转身，就这父亲还特地在墙角里摆放了一个小方桌，上面放些瓜子、水果之类的小吃，好让来等候看病的乡亲消闲时间。

一次，我从外地回到家，老远就听见父亲和一位病人对话，便顿足听了：

“二婶，我已经安排好中午巡诊时先去给你换药，你真不该自己跑来，绊绊磕磕地走一段路，多不方便！”父亲说。

“我这寒腿毛病害了我十多年，多亏你操心给治疗，好多了！现在能下炕走走了，省得叫你老跑路。”二婶回道。

“咱是庄户赤脚医生，不怕跑路的！”

…………

母亲这辈子，对父亲抱怨最多的就是他的鞋子。“人家穿一双，给你做三双都不够！”“城墙厚的底子，你都能磨破！”“跑上一辈子，也没人给你买双鞋，瞎跑！”这样的话，从小听到大。尽管母亲一有工夫就忙着做鞋，尽管每双鞋底都比别人的厚，但似乎从没见父亲脚上穿过一双像样的布鞋。不是鞋面上糊满泥浆，就是鞋底下结满冰雪，要么帮子和底子分了家，父亲只好用荆条把它们绑在一起穿回来。母亲埋怨时，他也不辩驳，常是那句歪理："穿着破布鞋心里才踏实！"其实，父亲出诊的第二天早晨，我一看晾在屋门口的破布鞋，就知道他是度过了一个怎样的夜晚。骑着自行车急急忙忙地赶到山脚下，找个僻静的山窝窝把车子一扔，就跟着来的人马不停蹄地上了山。在高度紧张中折腾一个晚上，索性忙到凌晨倒也罢了，至少下山时天已经开始蒙蒙发亮。而大多时候往往是半夜三更，一个人走在深山老林里的那条羊肠小道上，伴着清冷的月光，淅沥的小雨，漫天大雪或是黑得看不见任何东西的黑。这样的夜晚是多么可怕啊，可怕到我至今都不敢具体地想象。随时都有可能遇上饿狼或山猪，也有可能一脚踩空就跌进深山沟里送了命。所以时至今日，每当我走在家乡山间的雪地里，总有一种无法言说的感动。我打心底想跪下来磕头谢恩，感恩那艰险的山石从没有伤害过夜路上的父亲；我想虔诚地亲吻那一行行狼爪印，感受在彻骨的寒夜里唯一陪伴过父亲的温度；我想深情地拥抱山间的风，感受它在漆黑的夜晚曾经抚摸过父亲的手。因为父亲每次出诊回来，总是他一个人。

父亲是个好面子的人，说话和风细雨，做事慢条斯理，向来讲究。独独在矿务局总医院慌里慌张乱过方寸。我记不清那天是半夜，还是已经到了凌晨，只记得是个积着很厚的雪的冬夜。一阵人命关天的打门声没经过院子，就直接闯进了屋里。父亲一个激灵跳下炕，光着脚板就冲了出去。来者是两个陌生人，男人用两手紧捂着一颗血淋淋的脑袋，女人从旁搀扶。说是搀扶，她自己先哆嗦成了一团烂棉絮，用听不太懂的口音哭哭啼啼地说，刚才骑着摩托车在山路上翻进了沟里，人们让她快来找父亲。父亲在灯下察看男人的伤情时，母亲早已经把处理伤口的药具盒准备好，又赶紧去烧水了。但这次是头部严重骨折，乡村诊所简陋的医疗设备远远不够。情急之下，父亲只好带他去了矿务局总院，但夜间科室里只有值班医生，父亲无奈打电话给他的班主任求助。这位年近五十岁的女大夫是手术科的主任，父亲知道她有把握顺利完成这个手术。

这种时候的父亲，行为慌乱，出言无状，没有形象，更不顾面子，他倒像个失去了理智的莽夫，在医院里奔跑、狂喊、求救。直到那名陌生男人脱离了生命危险，他才想起自己还不知道救的人是谁。这样的事情，父亲做过很多次，把乡下的病人带到矿务局总院拜托他的老师或同学。因为那个时候，父亲的同学中有好几位已经担任起了院长、副院长等高层领导职务。大家对他的情况十分了解，除替他当初的选择感到惋惜外，也非常理解他这样的行为，都很乐意尽力。而父亲为了患者，哪怕因鲁莽地冲到医院的马路中间拦截院长的车，被不知情的保安抓起来当众怒喝，指责他"乡下人！没素质！"，他也从不委屈。

对于父亲来说，放弃前途回到农村不委屈，村里不给一分钱工资不委屈，穿旧鞋赶夜路不委屈，被人指责乡下人没素质也不委屈，而他心里直正的委屈，却是那简陋的小诊所根本无力承载的。我不能确切地断言他的医术如何。毕竟是在那样一个简陋的农村卫生所，没治过什么大病，也治不了什么大病。然而，就在这个特殊的条件下，父亲所品尝到的却是世事无常，人生百味。记忆中，最让他犯难的就是手里的一沓厚厚的药方，那是他扛了一辈子的重担。这些药方，有的磨去了边角，有的已经泛黄，都是别人欠了医药费的凭据。对于一名普通的乡村医生而言，靠十来亩地养家糊口，数以千计的外欠款，足足称得上是一座沉重的大山，而且有的一欠就是大半辈子。每次面对急病中的患者，父亲总是先治病用药，等情况缓解了再结算药费。长期如此，则演变成了人心的较量。父亲好面子，他不愿打直跟人提要钱的事，每到年末就让我们姐妹拿着药方出去讨账，而大多时候往往是空手而归。我年少经历不多，就仅仅眼见到的一些事情便让我于心不安。对我而言，恐怕更多的是体谅父亲从医的不易。生活中总少不了这样一些人，只在生了病，遭受病痛折磨时，才会想到医生，哪怕给医生下跪也情愿。病愈之后，不但好了伤疤忘了疼，还会好了病痛忘了医生。我曾亲眼看到，穷困的农民面对钱的事时是何等的难以捉摸。村里的消防安全主任，开春时为了给老母亲治病，把诊所的门槛都快踢断了。今日肿，明日痛，不分昼夜地来叫父亲出诊，还有几次是半夜急可可地求父亲去救命。然而一提到医药费，却总是满脸难为情地说有困难，再等等，父亲便不好说什么了。下次人家情急找来，他就又是不假思索地赶了去。我曾一度猜想，治病救人在父亲的心里究竟是个什么概念，是义务？是天职？还是他自己也从未思考过这个问题。是谁赋予了他这个使命？是什么给了他这般无怨无悔的动力？又是什么让他对百姓的疾苦有了如此深的责任和情感？使他谁都不肯怠慢，唯独能忽略的只有自己的苦累和压力。那一年父亲不知往主任家跑过多少回，直到入冬时老母亲的病才终于医好了。记得腊月二十八我和妹妹去他家讨医药费时，老奶奶正喜盈盈地坐在炕头剪窗花。不料主任竟翻了脸，故作恼羞成怒的模样站在院子里破口大嚷说父亲成心多用药，是为了讹他的钱，还径直冲到卫生所，不由分说地把药柜里的药物胡乱刨了一地，又顺手抄起柜台上的一碗墨汁泼到了父亲脸上。父亲是个多么好面子的人啊！我永远记得在那片墨黑背后，父亲的表情，是那样的无辜却又不愿多做半个字的解释。年幼的我就躲在门后面，胆战心惊地看着这是非颠倒的世事……父亲默默地回里屋打了满满一盆清水，很仔细地把脸洗净。在那一盆至黑至亮的静如明镜的墨水里，倒映着一个至清至净、刚强不屈的父亲。后来好一段时日，我看到父亲每天一个人站在村东的河边静静地眺望，眺望新升的太阳，眺望晚归的月亮，眺望当初那个背着铺盖卷执意回村的自己，眺望隔河对岸那条通向城里的公路。我不能完全理解父亲当时的感受，但我相信那种感觉一定很痛，很痛。

当然，也有可喜的时候。在我大概十来岁时，远近的村里就有流传说，父亲是神医，能治得了百病。我知道，那是因为父亲治好了里汉村的一位食道癌患者。那个时候，乡里人称食道癌是绝症。我已记不清具体的治疗过程，但我能记得那位患者的六个子女用牲口车拉着一车的礼品大张旗鼓上门致谢的情景。车子里有罐头，有点心，有呢子大氅，有军用翻毛皮鞋，还有一只小猫……可见，他们是花了十二分心思的，因为那个时候老鼠常常钻进父亲的书柜里张狂地糟蹋他的医书和笔记本，那可是他心头的肉哩！我不知道人家是从哪里弄来了这些，总之都是庄户人家最稀罕的吃食和用品。但除了猫，其他的父亲一样也没有收，原封不动地让这六位孝子把礼品带回去了。在父亲看来，那是他的职责，是上天对他风里来雨里去，黑天摸地行医的肯定。他只求给自己一份心安和踏实，而不需患者给任何回报。

我不知道父亲到底算不算神医，也不知道该如何来准确判定一名医生是好是坏，但我肯定他是尽了全力的，无论医术、医德，还是经验和智慧。在农村，父亲几乎没有任何学习和交流的机会，他在医学方面的成长和进步全靠自己点点滴滴的摸索和积累。有些来自书本，有些来自实践，也有些是急中生智想出的怪法子。那年村里的小木匠在做工时不小心吞下了一枚铁钉，他的爷爷一把拖起小木匠就往我家跑。父亲第一次遇见这样的情况，着实犯了难。村里人围满了院子，老人家吓得一脸铁灰。父亲好半天不吱声，只是摸着小木匠的光脑袋沉思。正当人们吵嚷得乱纷纷时，他竟开口问小木匠："俺孩这会儿最想吃甚？""饸饹！"小木匠的话刚出口，父亲便兴奋地命母亲快去炒菜、和面、压饸饹。尽着小木匠吃到他产生便意。父亲蹲在地上，亲自用手扒拉开那一堆堆恶臭的粪便，一星不落地摸捏过去。小木匠的爷爷实在过意不去父亲这般做法，几次阻拦要自己来找，终拗不过父亲，没料这办法当真找出了那枚钉子。到头来老人家愣是发下誓，以后父亲出诊遇着收秋打夏，就让小木匠来帮忙。这个习惯，一直延续至今。尤其是父亲走了以后，他越发尽力尽心。

闲暇之余，父亲总是独自坐在药房的柜台前，认真地研读厚厚的医书。父亲这个人说来很怪，他的记忆力是有选择性的。平时丢三落四，忘东忘西，有时出诊回来连外套都记不清落在了谁家。但说起药方来，他可真真是随口即来。任何时候跟人聊天，只要聊到什么病症，他当即就能对症下药说出一剂药方，还喜欢对其药理常识详细解释一通。还有一些没有科学依据的土方他也知道，比如用蒲绒止血、雨道土除痱、桑蛾抗癌、人参头治小儿腹泻，等等。生活中这些看似没用的东西，甚至是有毒性的东西，只要用对方法和比例，它就真的能治愈顽疾。我们在父亲的衣兜里，时常能掏到几样药材，不是一支柴胡根，就是一把菟丝子。哪怕是在田间地头无意中看到一株很平常的药草，他也会当宝贝似的采回去，说这东西关键时刻能救人命哩！我就是在这样的影响之下长大的，但我对医药学知识却只是一知半解。每次就着父亲的话题想进一步深究时，他总是说，别问这些个没用的，当个医生有甚出息？有那时间就好好学习去，将来还能为国家做个大贡献。我只以为，父亲说出这般狠话，也许是爱之深恨之切吧！也是古话里所说的“干一行伤一行”。兢兢业业治病救人，在21世纪还是每天拿着一元钱的薪水，奔波在乡间崎岖不平的山路上，他是不愿再让女儿继承他的伤痛。但我从来没有想过，父亲在说这些话时，他的心里该有多么悲凉。洗下来的那一盆子黑墨水，是长期积压在他心头，却道不出口的满满一盆苦汁啊！

我曾努力帮助父亲走出农村，想在我定居的城市给他找份工作，尽量弥补他此生在乡医路上所受的委屈。2007年年底到一家新开的私立医院应聘，经一番了解之后，医院负责人对父亲的医术给予了充分的肯定，但由于没有国家认证的执业医师资格证，最后被无情地拒之于门外。走在干净明亮的医务大楼里，父亲情不自禁地感慨：“在这儿当个医生真好啊，哪怕做个清洁工也好！”我震惊地望着父亲的脸，那是一脸的羡慕和失落。我不禁感到一阵心酸。父亲此刻是忘记了，他自己也是一名医生，一名伟大的可敬可爱的医生啊！他沉默了半晌，又给我讲起白叔叔的故事。白叔叔是父亲在矿务局总院读医校时的同桌，毕业后分配到县人民医院工作，后来又调到市第三人民医院。现在不仅做了中医科的主任，还在三院附近开了一家中医专科诊所。不知为什么，我的脑海里这个时候突然浮现出一个极具体的画面。父亲穿着一双沾满尘土的破布鞋走进白叔叔的诊所，在推开玻璃门的那一刻，室内锃亮的地板“嘎”地将他抬起的脚止在了半空，父亲犹豫再三还是折身退了出来。我一次次拒绝这个不近人情的画面，它却一次次固执地穿过我眼前浓重的泪雾直袭而来，把我的心揪得生疼。“您当年也该留在城里！”我说的是许多人曾对父亲说过的话。“大家都留在城里，咱这乡亲们咋办？”看着父亲那一脸的严肃，突然发现，我以前从来都不懂我的父亲。

父亲留在诊所的遗物，至今未动，也无人能动。每次回到故乡，我总是把自己关在这间小小的诊所里，用眼睛一寸一寸地抚摸父亲生前这片辽阔无边的大天地。柜台上整齐地摆放着跟随了他一辈子的医药箱、血压表、听诊器、研药槽，贴满了胶布的快要散架的算盘，还有一副旧款式的老花眼镜。那是父亲这辈子做医生的家当，其余的就都在他心里了。药箱里，有一包父亲亲手做的中药蜜丸，还有配好了药剂的注射包，大概是准备出诊时用的。老花眼镜至今还固执地将两支腿搭在算盘架上，等着父亲回来帮它收……对，还有阳光。满屋子的阳光。三十年来，父亲每天都是走在一条未被阳光覆盖的路上，如今他终于可以停下脚步，偎在这暖暖的阳光里歇息一下了。那沓厚厚的药方，放在抽屉的角落里，看上去很久没有动过了。我随手翻开一页——“1989 年 2 月 17 日，顾三文，慢性支气管炎，总欠 14 块 7 毛 4 分”。这片笔迹已经模糊不清，上面用蓝色圆珠笔打了一个大大的叉，最下面写着“93 年秋已故”。我把这沓药方用报纸紧紧地包裹起来，塞进书柜底层，愿我的父亲再不要看见，再不要为这沉重的包袱伤神。这是父亲最应该献身的记录。在漫无边际的这个冬日，世界向它的艰难跋涉者展示着广漠的荒凉。只是他已经筋疲力尽，无需跋涉了！街门上的那块重铁，依旧安静地悬在那里，经年累月，已然滋生出斑斑锈迹。过往的村民每每看到它，便忍不住驻足良久，而它始终无憾无悔地贮立在原地，从不为人们的唏嘘声所动。

凄厉的哀乐响彻天际，十里八乡的村民们挤满了院子。镇上的卫生院送来了花圈，村委会的干部献上挽联。乡亲们惋惜地抹着眼泪，风尘仆仆地赶来为父亲送行。婶婶大娘们红着眼圈赶做了一大摞新布鞋，每双鞋子布料不一，手法各异，却都是清一色的白底黑面子。那崭新的黑，像是用父亲洗下来的那盆黑墨水染过似的，至清至净，不染一尘。父亲终究在平凡的乡医道路上，走完了他短暂的一生，尽管最后仍没能穿上一双像样的“鞋”，依旧赤着双脚，无名无分，但我深信有乡亲们送来的这一摞新鞋，父亲在另一个世界定能走出更深刻的路。

醒梦

久别之后再次回到昆山，走在熟悉的街巷，我的身体里涌动着一种真实的触感，如同恋人之间若即若离的肌肤碰触，忍不住那股灼烫的灼烫。像是失足跌进一个恍惚的梦，又像是从睡梦中猛然惊醒。熟悉的气息一下子将我拉回旧时光，黏稠的往事抽丝剥茧般一件一件从岁月里苏醒，款款走进那个初涉世事的我。我拖着半旧的老式行李箱，一路丢弃一路捡拾，到头来却发现，我早已不再是我自己。生活如此琐碎，如此具体，如此生动，又如此残缺，我们不得不一边接受遗憾，一边勇往直前。

路的温度

许多年后我才明白，水秀路在我的人生中是多么重要。在那个阴雨连绵的深秋，我就是按照“水秀路 199 号”这个地址找到昆山的。我简直不能形容，当时的内心是多么激动又多么忐忑，一路伴随着逐渐生疏的秋景来到江南，在一个叫“昆山”的站点下了火车。从那一刻起，开始了一场辽阔的走失。起初，出租车司机直接将我带到了北门路 999 号。当我拿出入职通知书时，被门卫室的保安拦了下来，才发现走错了地方。原来，这里是集团旗下的另一个分公司，还有好几个这样的分公司，分别坐落在昆山的不同方位。我一下子明白了世界之大的大，长路漫漫的漫。

直到现在，我仍旧觉得水秀路是我在昆山最亲切的……最亲切的什么呢？它不是一条路，它是我的一个亲人。在我远离了家乡之后，又拥有了许多位亲人，但它们大都不是人，而是一条路、一株草或一棵树，在某个时段或某一时刻，给过我亲人般的感觉。那是一个书信往来十分日常化的年代，“水秀路199号”就给了我强烈的归属感，它是我接收四面八方来信的唯一窗口，是我生活中最热切的期盼。每天下班第一件事就是到公司门口的收发室取信，取回远方的思念和牵挂。有的时候，我坐在公司体育场的看台上，遥望天边的云彩，我在心里再三对云说，千万要记住我的地址。我觉得自己像是一根掉进大海里的针，生怕被世界遗忘或抛弃。也有时候，我在水塘边扦插一枝夹竹桃，或在路边的土壤里撒一些草籽。我给这些地方做上记号，每隔几日便来看一看有没有长出新的枝叶，它们让我在陌生的土地上有了牵挂，有了亲情。我把我的地址也告诉它们。

同心路这个名字多好啊，在举目无亲的土地上，我与我自己不离不弃、同心同向。在这条路上，我给自己租过一间屋子，很简陋，没有太多的家具和电器，但四季都有阳光，有花香和自由，它让我在异乡的日子开始有了生活的味道。在同心路上，真正滋养我的是那些同病相怜，抱团取暖的异乡人。我们是来自五湖四海的鱼，沿着不同的河流游进了同一座城，看似各自独立，却又不动声色地关心着彼此。我的隔壁邻居是一位迟暮的老人。燥热的夏夜，我和她坐在宽阔的露台上聊天、吹风。我很羡慕她有一把破旧的蒲扇，进进出出从不离手，却从来也不敢给自己买一把，觉得摇蒲扇这样的闲情逸致专属于蹚过了岁月苦难的人，我还没有资格享有。老人仰坐在躺椅里摇着蒲扇，用绵延婉转的四川话跟我聊她经历过的事和人。就在那些琐碎的故事里，有一种东西在鼓舞着我，持久而有力。这股力量让我始终对自己十分苛刻，即使有了一间单独居住的小屋，却也从不懒散，而是时时努力在这间屋里塞满奋斗的青春。当时我还不明白，她其实是我生活中的一尊佛。

同心河与同心路相依并存，河两岸种着些我大多叫不上名的菜蔬。我与它们并不亲切，常常将视线隔过这些江南菜蔬去抚摸悠悠流淌的河水，说不定那些河水是从故乡而来，或奔故乡而去，它会带着一些消息。寂静的黄昏，鸟们忙着唤儿归巢，空气里弥漫着炖肉的香气。我常常趴在桥头，将自己倒映在河心，看着颤颤的倒影被风吹起褶皱，吹向远方。我静静地目送自己溯流而上，回到浊漳河畔的故乡。

去人民路是进城的象征。从水秀路出发，向南转上萧林路，经过一座宽阔的杉木桥，出了桥洞就是亭林公园。有一个常年在桥洞口叫卖黄桥烧饼的摊主，他推着一辆三轮车，车斗里是一个烤烧饼的油桶炉子。每从三轮车前经过一个人，摊主就热情地介绍一遍黄桥烧饼。我是进了很多次城，听了很多遍他的叫卖声才弄明白"黄桥烧饼"几个字的。当我仔细去留意时，黄桥烧饼不太能勾起我的食欲，它更能让我想起家乡的关公烧饼，还有卖关公烧饼的街巷和烤烧饼的老人。旁边的古董摊老板则不同，不论有没有人从摊前经过，他都是一副高深莫测、非诚勿扰的姿态。亭林公园旁的算命先生却超脱得很，他坐在一个小板凳上，守着一块写有"十元一卦"的黄纸板。我快走到他面前时，他执着且肯定地说我最近有喜事发生。我的脑海里便飞快地开始盘算最近有可能发生的喜事。家人来信、周末双休或领导表扬？实在想不出值得投入十元钱成本的喜事，我便云淡风轻地走过去了。看得出算命先生有点失望，但我并不内疚。亭林路与我无关，亭林路两旁的品牌店，动辄大几百的消费是我跟这条路之间无法逾越的鸿沟。我会义无反顾地穿过亭林路，拐到人民路。我和同事们的许多生活必需品都是在人民路采购的，还有回家前在这里给家人挑选礼物。

人民路也可以是回家的象征。人民路上有一个公交站点叫三角塔。

在昆山，每当听到这个地名，我的心里必定会柔软下来。因为三角塔的下一站是终点站昆山火车站，一过三角塔，感觉离家就近了。我到昆山后第一次回家，是个春节。拖着行李箱在1路公交车上正被挤得七荤八素时，突然听到售票员报站“三角塔”，我干脆从车上逃下来，步行最后一站，顺便买些路上吃的零食水果。买苹果的时候，水果店老板看我要行远路的样子，热心地说火车上不方便清洗，还是买香蕉橘子这些更合适。我现在已经记不清老板的样子，但这件事让我记了很多年。后来才发现，它很可能是我选择留在昆山的原因之一。

食的姿态

从亭林路拐到人民路，过了正阳桥，一大团白色气雾便从一间小店铺里滚出来，裹挟着浓郁的甜香。那是一笼刚刚蒸熟的青团子，翠滴滴、软糯糯，腾云驾雾从仙界落入凡间的绿宝石般，一颗一颗滴在蒸笼里，每一颗盛在半片箬竹叶上。这云雾缭绕的场景让我突然想起故乡的母亲，想起我的家乡过年时，每家每户都会蒸一锅黏黏糯糯的黍米团子，工艺和口感都跟青团子十分相似。因此，青团子成了我在昆山品尝的第一道江南点心。每年到清明前后，我都会专门为青团子进一趟城。再后来有同学或朋友到昆山，但凡碰上初春时节，我也必定推荐青团子。

有一次，我去正仪乡下买刚出笼的青团子寄到北京给周明先生品尝。先生隔天收到后十分惊喜，打电话来说他咬到了第一口春，继而问我怎么会想到寄这个，我一时不知该如何作答。其实我并没有想过为啥要寄青团子，只觉得好，就答，因为我觉得好吃。引得周明先生在电话里大笑不止。最后，他笃定地说，背后肯定有故事。

青团子之所以好吃，不只是单纯的口感软糯味道香甜，更多的还是在我最孤独的时候，它曾带给我的那些丝丝缕缕的慰藉和陪伴。我想，我真正想与周明先生分享的，是它的温度以及它温暖过我的那些青春的年华。

在昆山，真正刁难过我的不是当地的人，而是一只大闸蟹。第一次跟着作协的前辈到阳澄湖参加文学活动，其中一个环节就是品尝刚开捞的阳澄湖大闸蟹，同时欣赏大闸蟹专题诗朗诵。领导特地挑一只大的蟹给我，膏肥黄满，说是照顾新会员。所有人都有条不紊地给大闸蟹解了绑，品得津津有味，怡然且悠然，只有我心里暗自犯难。几首诗朗诵过去了，我面前那只肥硕的大闸蟹还被香草五花大绑着，端端地趴在精致的瓷盘里，原封没动。仔细琢磨下来，这个家伙浑身上下不是钳子就是爪子，全方位包裹着坚硬的壳，我实在不知道该从哪个部位下手，才能打开它的机关。我不得要领，又不好意思向别人请教，心下就不由得对大闸蟹这个物种生出厌恨，恨它对我的刁难。这时，台上朗诵的诗歌题目正好是《与一只蟹对峙》，而我恰恰正在与一只蟹尴尬对峙。邻桌的文友大概以为我太斯文，好几次客气地用眼神或手势招呼我享用，这反而让我更加尴尬了，只好客气地端起杯子呷口茶以示回应。好在返程途中，邻座的文友一路教了我大闸蟹的食用方法和步骤，后来我按他教的方法耐心地品尝一只大闸蟹，果真美味得很。

提到面食，我又想起刚到昆山时的固执。由于吃不惯公司食堂一日三餐的米饭，我整整啃了一个月面包，直到面包也难以下咽了，不得不回头向米饭妥协。当时真拧啊，抑或是过于天真，以为面包可以啃一辈子，或者啃几日面包就可以返回家乡继续我的面食人生。我一直以山西的面食为傲，固执地认为出了山西再没有真正的面食，以至于到昆山十二年之后，我才第一次被动地接受当地的面食。到文联办事，结束后正好赶上饭点，顺便跟文联的朋友在旁边小食堂吃了中午饭。客随主便，吃得是爆鱼浇头红汤面。碗大，汤多，面少，面条和浇头很快吃完，肚子已经基本填饱了，还剩一大碗酱色的汤底。按照山西人的饮食传统，有原汤化原食一说，吃面喝汤是个系统工程，通常吃完面条之后都要喝上半碗面汤才算了结。但这碗红汤底，不光量大，口味也重，我勉强喝了少半碗便自觉投降，主动向朋友赔不是：不好意思，我今天可能要浪费了，这汤实在喝不掉了。朋友原本埋头吃面，听我说得一本正经便赶紧抬头回应，不料当场哭笑不得。原来，他们吃面通常是只吃面和浇头，不喝汤的，因为汤底由多种调味料调制而成，重口味对健康不利。我顿时感到如释重负，也庄重地接受了地域之间饮食文化的巨大差异。这时我发现，一直对昆山的面食近而远之的不是我的味觉，而是对故乡固执近乎偏执的忠诚。

不可思议的是，后来我不仅喜欢上昆山的面，还对紫竹路上一家锦溪乡村面馆欲罢不能。几乎每隔一段时间，就约办公室的同事去吃一碗红汤面。后来我发现，在吃红汤面的时候，我是不会联想到家乡的拉面、扯面、刀削面这些的，两种不同风味的面食就像我对故乡和他乡的两种情感,它们分别生长在我内心世界里的不同地块,各自舒展成不同的姿态。

花的气象

在江南，我认识了许多种新鲜的植物，它们大多喜温喜湿，具阴柔之气象，同时也结识了许多秉性与这些花草十分相似的人。第一次见到结香，在亭林公园。是个早春，与一位南京籍的女同事同行。当时我并不知道世界上有一种叫结香的植物，也不知道还有植物打结游刃有余。一丛鹅黄的小花球突然拦了我们的去路时，我不得不停下来仔细看它一眼，不料靠近路边的枝条几乎通通被打了结，甚至有的一根枝上缀着两三个，且那些花球在扭曲盘旋之余仍旧开得若无其事、欢欣鼓舞。我吃惊地端详这些大小不等的结，直截了当的心疼之余，更多的是好奇。同事却很漫不经心，浅浅地丢下两个字：结香。然后就继续往前走开了。看来在她眼里，这是司空见惯的。她说，那些结并不是结香自己打的，而是路过的男女就着它柔韧的特性顺手而就，寓意喜结连枝，以期长长久久。结香并没有让我联想到爱情，却是联想到来自不同地方，有着不同性格的女同事们。她们也有着结香一般的芬芳美好，各自为了不同的梦想来到昆山这个城市，每个人的心里都主动或被动地锁上了不同缘由的结，一个、两个、三个或许多个。无论这些结承载着多少愁怨和怅惘，她们始终坚定地执着于心中的追求，不卑不亢，甚至越挫越勇。我清晰地记得2008年夏天的一个晚上，我在正阳桥遇见过一个西安女孩，她刚到昆山没多久，工作还没找到就身无分文了。我问她接下来打算怎么办，她倔强地笑了笑说，活下去。我去小卖铺买了两个冰激淋，我们坐在桥头一边吃冰激淋一边聊了很久。我不知道她是谁，就把她叫成了一朵结香花。

认识琼花，也是在亭林公园，特地为探寻昆山三宝而往。琼花是昆山三宝之一，其余二宝是昆石和并蒂莲。琼花清香淡雅、洁白如玉，是我接触过的多位昆山女子所特有的气质。潜意识里，琼花是我在异乡的一位挚友。昆山的许多公园都有种植琼花，其中亭林公园的最为繁茂。每每有认识的人在春天里到昆山来，我必定邀其一起赏琼花，就像介绍我最信任最贴心的闺蜜一样坦诚。

琼花形似盘、色如玉，每朵花由八只花瓣组成，每只花瓣又是一朵洁白小花，宛如八仙汇聚瑶台，十分端庄秀丽。昆山有一个文学社团叫琼花女子文学社，由当地女作家和女性文学爱好者组成，在文学社发展的鼎盛时期，诗文作品堪比琼花绽放，朵朵风姿绰约，朵朵钟灵毓秀。而我身为其中一员，却颇有滥竽充数之嫌，自愧配不上琼花之名，更觉身为一名女子，尤其是长期居住在昆山的女子，当以琼花作为自我修行的标尺。

最早听说铜钿草，是在古镇参加一个采风活动。说有一位周庄作家写过一篇小说，题目叫《铜钿草》。我不知道什么是铜钿草，只觉得名字十分有意思，也对这个陌生的植物有了各种想象和猜测。我在网上找到了这篇小说，内容却不以写铜钿草为主。文中对铜钿草的描写也只疏疏几笔：我的家乡，有一种乌油油的绿叶，形似铜钿，乳白色的叶脉纵横交错，枝枝蔓蔓地蔓延开来的野草，我们叫它“铜钿草”。它的叶子，用手指一捏，便会渗出一滴一滴的白色汁液，清凉扑鼻，可作中药。读罢，非但没有弄明白铜钿草究竟是一种什么样的植物，反而让我对它有了更深的好奇，于是只好到花店去买一盆来。

只有精心伺弄过一盆铜钿草，才能真正读懂《铜钿草》，才能理解一位懵懂少年探索生命与成长的心路历程。也是从这件事起，我习惯了不管在哪里住，身边总要养一盆铜钿草。它像是我写作中的一个常用汉字或惯用标点，给了我亲切的拥抱和支撑。其实我不是喜欢上了铜钿草，而是喜欢上了作者笔下长铜钿草的那个家乡。

人生是现实与理想之间一场求而不得的挣扎和跋涉，岁月是一个蓄谋已久的盲盒，只有在拆开之后才能看到它的内容。我从来没有认真地规划过昆山的生活，却已经在不觉间度过了许多个春秋。即便离开，即便再回来，我也从来不曾刻意地对她亲近或疏远，而她却早已经于时光流转间成了我无法拾起，也无法舍弃的一个醒梦。在这一场浩大的梦里，我又确确实实地留下了琐碎而真诚的印迹。

第二辑 钩沉

落在浩瀚岁月里的尘

分月亮

记事起，家里共有六口人，奶奶、父母和我们姐妹三个。每次有什么好吃的，大家都是分着吃。

中秋节晚上，家家户户都要买月饼和水果来供月神，一直到夜深了准备休息时，才收拾供台。这是我们最期待的时刻，要分月饼啦。散开的红色油纸里，整齐地斜躺着四只黄灿灿的月饼，饼面上刻着方方正正的“中秋月饼”四个立体字。我两眼直勾勾地盯着那几个字，几乎已经看到了月饼里的核桃、芝麻、葡萄、冰糖、花生、青红丝，真诱人！侧眼看妹妹，她的眼神也锁定在红色油纸里，丝毫不比我怠慢。母亲才不管我们的馋相，一样一样慢条斯理地拾掇着，把供品挪到小矮桌上，再仔细地清香炉，擦供台，擦了一遍又一遍。我们姐妹几个看在眼里，急在心上。

奶奶抄起手里的蒲扇指了指桌上的月饼，催母亲：“待会儿再收拾那些，先分给馋猫们尝尝！”母亲向来很尊重奶奶的意见，特别是在我们面前。即使是奶奶做得不好，她也从来不计较。听到奶奶这么说，母亲忙放下手里的抹布，去厨房洗手。

三双眼睛齐刷刷地盯着母亲的一举一动，从斜躺的那摞月饼里取出最上面的一只，垫着红油纸，先对半切，然后将其中一半分成三等份，另一半没动，然后把手里的刀平放在小矮桌上。我顿时明白了那三等份之一应该是属于我，因为家里常常是这样分好吃的，奶奶吃大份，我们姐妹三人分剩下的小份，父亲和母亲都不舍得尝一口。妹妹早已迫不及待地将“馋猫爪子”伸到了那大半块旁边，正在她准备捏起时，被母亲“啪”一声打了回去。我和姐姐在旁边笑她异想天开,妹妹有点不好意思，半天才红着脸吞吞吐吐嘟囔了句：“我是想拿给奶奶吃嘛！”母亲明知她是找托词，还故意趁机“抬举”了她一回：“难得你有这份孝心，还不快先送给奶奶！”

其余的三小块，每人各领一份，只可惜眨眼工夫就不见了踪影。我都还没尝出味儿，就已经吞进了肚子里，正打算闭上眼细细回味一下，却刚好瞅见奶奶那块大的还被她夹在干瘪枯瘦的手指间，半晌没动。

其实奶奶是喜欢甜食的，尤其是像月饼这种香甜酥软的糕点，可我捉摸不透她此时为什么不吃。奶奶只是气定神闲地看着母亲把剩下的供品按次序搁进竹篮子里，盖上帕巾，拎回厨房放好，又把脏抹布洗净拧干晾在院子里的铁丝架上，重新坐回到小矮桌前。

“娘,咋不吃？”母亲问。奶奶笑了笑,把那半块月饼搁在左手掌心里，右手小心翼翼地一瓣一瓣往下掰，掰下大小基本相当的五等份放在桌子上：“都尝尝！孩子们多吃口。”然后，奶奶边示意母亲拿去吃，边把剩下那份最小的放进自己嘴里，用牙齿已经全部脱光的牙床慢慢抿着细细品尝，还不住地点头。

母亲从桌子上拿起一块，回屋送给父亲，又递给我们姐妹三人各一块。等奶奶吃完她那一小口月饼，再把撒落在左手心里的碎末扒拉在一起，仰起头倒进嘴里后，母亲才把桌子上的最后一块月饼又送给奶奶说：“娘，你吃吧，厨房还有。”

奶奶硬是不肯接，母亲却非要奶奶吃了她心里才高兴。推辞了好一会儿，最终那块月饼还是给奶奶吃了。

夜深了，空气里泛起淡淡的水汽。一块中秋月饼被分了又分，天空的月亮却是越来越圆，银盘似的悬在深邃的夜空，照耀着人间温情。

在我的记忆里，家里似乎每次吃稀罕的东西都是这样推让。奶奶在世时，父母亲都敬着奶奶，奶奶离开后，便是父亲和母亲之间互相推让。如今父亲走了，我们姐妹三个也都长大成人，每次都把好吃的留下来孝敬母亲。也许，这只是穷人家养成的穷习惯，但习惯了这种一家人共同分享的感觉，每当我独自面对美味的东西，总有一股温馨涌上心头。

一

初二姥姥初三姑

说是“初二姥姥初三姑，初四初五看丈母”，但在麻糊村拜年实际上从大年初一早晨就开始了。拜天地爷，天地爷赐于人类阳光空气、风雨雪霜，生长五谷杂粮、树木花草；拜各路神仙，仓神、门神、井神、仙家及传说中的牛头马面；拜先人祖宗，列祖列宗繁衍了一方血脉；拜辛苦养育自己的父母；拜看护自己平安长大的街坊邻居；拜平素生活中关照自己的亲朋师友。人们在社会生活中坚强却也脆弱，之所以能够顺顺利利地度过日月，是得到身边所有遇见的呵护庇佑。因而，拜年的习俗年年岁岁传承不息。

年初一起床第一件事，先给天地爷神仙祖宗烧香磕头，再开门放鞭炮。鞭炮放罢，节奏消停下来，就按部就班地开始过年。吃过早饭换上新衣，大人们才领着孩子到村里本家去拜年。村道上干干净净，年前扫尘时家户与家户之间都接了头，使得村子每个角落都被拾掇得整整齐齐。门上、树上、井上、柴垛上贴了新的红对联，喜庆极了。父亲往上三代单传，同姓家族五服以内只有三爷爷辈分最大。三爷爷是爷爷的堂弟，在我的记忆里，年初一拜年最主要的就是去他家磕头。然而对我来说，磕头的事远不及对压岁钱和糖果的期盼。给三爷爷拜年可以获得一块钱压岁钱和好些吃食，有时还有核桃、软枣、柿饼子那些稀罕物。每年进了三爷爷家的门，总是见他盘腿坐在炕席上，端着一杆长烟袋就着煤油灯笑盈盈地抽水烟。见我们来，三爷爷高兴地让座，三奶奶就去窑掌的洋柜上端小笸箩。这小笸箩才是我最大的念想。还没看清里面究竟有些什么，父亲已经在窑掌的蒲团上跪下磕头了，嘴里说：“三爹，侄儿给您磕头。”三爷爷衔着烟袋高兴地“噢”一声。接着父亲又磕一头：“三娘，侄儿给您磕头。”我们姐妹三人是按排行顺序磕，说：“三爷爷，孙闺女给您磕头。”“三奶奶，孙闺女给您磕头。”这个时候三爷爷幽深的花白络腮胡里，总是埋着一张开怀笑的红脸膛。成年后再次回忆起这个场景，我才更加理解了来自血脉深处那份被尊敬、被孝顺的喜悦，毕竟那个时候他们膝下还没个孙辈的一男半女。三奶奶一遍遍提醒我们吃小笸箩里的好吃的，走的时候又大把大把抓出来塞满我们的衣兜。其实她平日里十分节俭，而在这件事上却是真心实意的。我们去三爷爷家拜年不吃中午饭，磕过头玩一小会儿就出来了，接下来才去村里别的人家。

初二拜年在我的童年记忆里是冰火两重天。父亲和母亲两头的姥姥家同一天都要去，我们姐妹三人头天晚上就得抽签决定谁去哪里。父亲的姥姥家在沁县，说是跨了县，实际距离不足三公里，而且一路平坦，沿途山水相伴，亲戚家还有好几个年龄相近的孩子可以一块儿玩耍，因而都争着希望自己能抽到。抽不到就只能去姥舅家，一个叫阎家岭的村子。虽说是在同一个县，去一趟却是跋山涉水。阎家岭离我们村总共三四十公里，天还黑洞洞就得起身，大衣围巾手套包裹得严严实实，在村口坐上公交车，将近一个小时到了大平，再爬上一座很大的山才能到姥舅家。

记忆中大半个童年都在过年，而我的年味多数留在了那座山上。进山时，天已经亮起来，虬曲的山路上空荡荡的，我们像几只大大小小的山羊在旷寂的山间缓慢地走动或静止。过去亲戚之间拜年带的礼物是馒头和黍米团子，一份礼通常十二个馒头、十个团子，满满装一大篓子，再盖上一条干净的花毛巾。如果是去姥舅家，除此之外还得另带些水和干粮。山路漫长，得走整整一个上午，常常要到中午甚至午后才能到。最开始，我们都抢着拎精心装点过的篓子，觉得那是个体面活儿，即便抢不赢随手捡根柴棍抬着走也十分起劲，一路打逗着说笑着，天气好时，还循捷径从大块冬闲地里横穿过去。这时，水和干粮显得格外多余。然而随着身后走过的路渐渐拉长，人也疲乏了。走一段就得找个地畔坐下来歇一会儿，这时干粮袋反而成了最抢手的。记得有一年去姥舅家拜年，是个大晴天，才走到半山腰，厚重的棉大衣就变成了累赘，一个个脸蛋红扑扑的，后脊背上蒸腾着热腾腾的白汽。水很快就喝完了，只好到积雪地里掬一捧残雪或在枯草里找一块雪水凝成的冰片含进嘴里解渴。天暖起来时，山路上的行人也越来越多，三三两两，花花绿绿，大人们带着孩子翻山越岭去拜年走亲戚。山路上常常能遇见熟人，或是看着面熟，忽地想起哪年也是走亲戚，在这山上打过照面、讨过水喝。于是，干脆找一处地埂坐下来拉一会儿话。东家长西家短，牵扯一番才知原是村上谁家媳妇娘家的亲戚，且说今儿要去拜年的阎家岭那两家子也是连着亲的。这回则更加熟络了，不知从哪句话又聊到自家村上的好后生好闺女们。山乡里的春信儿就在这不经意间传了出去，保不准明年正月又能多几对新人回娘家拜年了。大人拉着话，小孩们早已经在空旷的玉米地里耍成了一团。闺女们文静些，不过是坐在一起分着吃干粮，比比新衣裳新手帕，再不就是把头上的新发卡拿下来相互试戴瞧瞧好不好看。小子们却野得很，早忘了才刚穿两天的新新儿的新衣服，狼崽子似的，棍棒加身灰眉土眼追赶着打闹着。不知谁突然放了个小炮，“啪”的一声响，在这深山里显得格外震耳，惊起不远处一群山鸡扑棱乱飞。这时大人们也蓦地回过神来，赶紧止了话头，起身叫上自家孩子快走赶路。

爬到山顶就是阎家岭，太阳已经到了正头顶。远远地望见姥舅家贴了红对联的圆拱街门，顿觉身心轻快。小黑狗不知怎么最先得了信儿，大老远跑到坡下来迎我们。没一会儿，姥舅也出来了，他高兴地接过母亲手里的篓子，领我们进了院儿。姥妗是个身材矮胖的女人，干活儿却十分利落。炕上、红木箱上、小矮桌上，她早已经摆上刚包好的几大簸箕饺子等着我们。见我们来，她欢喜得又是倒水又是拿糖果。趁跟母亲说话的当儿，姥妗剥开一块橘子糖按进我嘴里，顺手扳过我的脸腮狠狠亲了一口，腻腻地说，俺这小亲圪蛋儿！铁炉子上一大锅开水哗哗翻滚着，随时恭候主人下达任务。姥舅家有三个小子，我该叫他们舅舅，最大的十三四岁，最小的比我还小半个月，总是很难叫出口，所幸进屋没见着他们，算是免了一场尴尬。待我们把身上的围巾外套褪去，刚脱鞋坐上炕，小舅舅们就前脚跟后脚陆续回来了。小孩长得快，像拔节的庄稼似的。一年没见，一年也只见一回，乍看到都有点生。他们缩在姥舅那边，我们缩在母亲这边，原本不大的小炕桌瞬间隔出一道隐形的分界线。别别扭扭地吃一会儿，身上渐渐暖和起来，分界线才开始融化了。

“吃饱就下炕玩去吧。”大人早就看出孩子们的心思，终于发话了。我们一个个小猴儿似的跳下炕，趿拉上鞋就跑了。童年的快乐唾手可得，场里院里到处都是现成的土玩具。除去姥舅家的三个小舅舅，还有他左右邻居家的以及邻居家来拜年的亲戚家的孩子也陆续加入进来，顿时热闹起来。

我们正玩在兴头上，母亲和姥妗就已经把锅碗收拾好了。极不情愿地被叫回屋，围巾棉大衣裹起来，帽子手套戴起来，匆匆踏上返程的路。斜阳里，下山路上格外安静，即便熟人相遇也只是简单打声招呼就各自赶路。母亲心里有太多的担心，怕误了公交车，怕天黑前到不了家，怕天晚路上了冻。她一遍遍念叨，快些，快些。玩得有些疲累的我，像只呆鸡似的在母亲的催促声中嘚嘚嘚嘚快步往前走。

大多时候是顺利的。然而有一年，却是我经历过的最糟糕的一次。是为了找压岁钱。在吃午饭的间隙，姥舅从炕角的被子底下拿出提前准备好的压岁钱，给了我和妹妹每人两元。我明明清楚地记得当时不好意思收，姥舅硬塞进我的上衣兜里的，来到院里我还特地摸了摸才放心地去玩，结果下山的路上再掏就不见了。两元钱在我的童年时代是有分量的，光挨母亲一顿训骂显然不能作罢。尽管已经快到山脚了，还是得返回去寻。那天晚上又冷又饿，再次从山上下来时早已经精疲力尽，公交车没有了，好不容易拦到一辆拉煤的大货车捎我们一段路。两元钱最终也没有找到，母亲却不再生气了，她紧紧地牵着我和妹妹的手，在漆黑的夜里一边无声地流泪一边往家走。本以为到家会再挨父亲一顿训，不料父亲什么也没说，只是默默地从炉子上给我们端来一锅热腾腾的小米粥。年还在继续。

仿佛就是过了初二，拜年这件事就打心底松弛下来。每年初四或初五去姥姥家都像是一块糖，自始至终甜蜜着我的童年。再往后去小姨姑姑这些跟父母平辈儿的亲戚家就更轻松了。没有过多的规矩，早一天晚一天都不很要紧，表兄弟姐妹们也相互盼着见面。从前的生活很慢，不光是去姥舅家拜年要吃饭，即使离得很近甚至邻村的亲戚之间走动，也是要留下来吃一顿午饭的。大人们叙叙旧，拉拉家常，孩子们在一块儿玩玩闹闹，巩固巩固感情。那个年代通讯还不发达，亲戚之间没有特别的事是极少打电话的。于是，人们一早起来就格外留意自家门口的杨树上有没有喜鹊叫，在心里估摸着中午谁会来，要备多少菜和多少面。却也有好巧不巧的时候，两家都在同一天到对方家里走亲戚，路上碰见了才知道这积蓄了一年的闲叙又错过了，孩子们再聚到一块儿玩耍也将是再长高一截之后的事。这种情形下通常不会临时改变行程，而是带着遗憾继续去了对方家里。

那个年代，人们把年过得很虔诚。单单拜年走亲戚这件事就要忙上整整一个正月，有的甚至还忙不迭。然而无论如何，在二月二龙抬头，年的余韵真正收尾开始操务农事之前是必须得完成的，否则就有失礼之嫌了。

正月拜年是过年的重要仪式，是亲戚之间的必要礼节，也是沟通信息和交流感情的宝贵时机。在那个风不吵阳光不燥、生活很简朴的年代，正是这些看似传统繁琐的年俗喂胖了我的童年。

绿皮火车经过的村庄

在太焦铁路的北段线上，有一个叫虒亭的小站。站小，站台也小，只有慢车经过才会停靠几分钟，快车和运煤列车都是匆匆而过。从站台上向西眺望，隔着浊漳河对岸是麻糊村，就是我出生的地方。

麻糊村是上党山区一个落后的小山村，坐落在山西省襄垣县西部，与沁县接壤处，属虒亭镇管辖，村庄不大，民风淳朴。村里百余户穷苦人家散落在坐北朝南的半面山坡上，东临水，西靠山。在村委会大院的土坯外墙上，用白石灰写着一行大字：再穷不能穷教育。教育在我们村人的心目中，是件大事，却也是件难事，比伺候庄稼不知要难上多少倍，但他们信奉知识改变命运的道理，在念书识字这件事上，大家齐心协力且无怨无悔。

1990 年夏天的一个傍晚，父亲从村委会讨来一个装糨糊的空瓶子，里面盛上煤油，将一根粗棉线穿进用洋铁皮卷成的灯柱，瓶口处也是一块用洋铁皮剪成的圆片卡着。麻糊村没有电，孩子们到学校念书都要自己带灯。父亲给我做了一盏灯。尽管灯芯很短，灯光如豆，但足以照亮他心中的那个梦。

我们家是三个女孩。按照农村的常理，女孩家从娘胎里出来，天生就是要嫁人的。娘家吃穿缝补到二十出头，依自身条件尽可能找个好人家嫁出去，狠狠要一笔彩礼回来，也就圆满了。至于上学念书，就该顺其自然，念到哪里算哪里，哪还有人家撅起屁股供女孩念书？然而父亲却不甘心，他梦想着通过教育来改变女孩们“嫁汉嫁汉，穿衣吃饭”的传统。父亲坚定地把这盏自制的煤油灯交给我，开启了我的读书生涯。

村里只有小学三年制。三个年级的孩子加起来不足三十人，挤在一间土窑洞里。课桌分左中右三列，每列一个年级。窑窗走风漏气，桌椅缺胳膊少腿，窗户上没有一块完整的玻璃，但窑里的读书声很大，孩子们笑得很爽朗。学校只有一名教师，她叫王国兰，大约四五十岁，很朴素。为了年级之间互不影响，通常是一个年级上课时，另外两个年级放到院子里背书。这是个十分有趣的做法，孩子们各自找喜欢的“据点”，门墩上、窗台上、花墙上，像麻雀似的散落一院。用麻糊村方言背起书来，似读非读，似唱又非唱，总之有一种特殊的调子。父亲对这个教学模式从没有过任何疑义，因为我们麻糊村所有念过书的孩子的童年都是从这个模式里走过来的，他感到天经地义。然而不同的是，父亲希望我能从这里出发，走到大山外面去。

虽然只是一所简陋的乡村小学，但我们接受的教育却丰富而又饱满。王老师对教学工作十分重视，尽心竭力地培养村里的每一个孩子。除去数学、语文两门主课，她还要教音乐、美术等学科。劳动课主要是带学生营务学校的两块自留地，一块种玉米，一块种土豆，春华秋实，大家都乐在其中。除此之外，我们还有一节特殊课堂——看火车。每天上午10点27分，太焦铁路虒亭站有一趟慢车经过。王老师在10点20分之前就组织全校学生来到学校窑垴上，等火车来。我们所有人都兴奋地争着往前面挤，想抢先站到碌碡上视线最佳的位置，但老师挡在最前面，挡出一条安全线，不允许任何人越界。火车开进视野之前，先是听到声音——优越的、狂野的呼啸，像是要在太行山上划开一道口子。这时，嘈杂声突然安静下来，所有人都伸长脖子朝河那边张望。呼啸声刚刚散去，一列绿皮火车的车头便冒着浓烟从左边的一片树影里钻出来，看上去它像是很累了，爬得越来越慢，最后不得不停下来歇息。它一边喘气一边有零零星星的旅客从车厢里钻出来，又有的钻进去，看不真切那些人的模样，但我们都觉得他们肯定是城里人。这一番“吞吐”之后，火车又恢复了活力，开始像蛇一样匀速向前蹿，向前蹿。有趣的是，它正骄傲地沉浸在对我们的展示之中，后面竟断了尾似的，突然空洞。它只好尴尬而又无奈地“哐当、哐当”地呻吟着，逃走了。最后，整个尾巴都被拽进了右边的一片树丛里。同学们个个还张着嘴，一双双眼睛齐刷刷地望着火车远去的方向。过了好半天，突然有人问，火车去哪儿了？所有人这才都回过神来。有的说，你刚才没看见吗，不是让那片树丛给吃了？有的指着远处一大朵白云说是蹿进云里了，也有的说火车跟蛇一样，肯定是钻进那些山洞里去了。一年级的三三没弄明白来龙去脉，一屁股坐在地上哇哇哭起来，嘴里嚷着:“火车把人吃了，火车把人吃了！”王老师哭笑不得，蹲下来跟她解释说，火车不吃人，是把人载到山外面去了。老师您看，山外面明明还是山呀！王老师没有辩解，她笑着说，你们好好念书，将来自己坐上火车去看看山外面究竟是什么。这时，我们每个人对山外面的世界都有了自己的一份憧憬和向往。王老师又说，孩子们，你们要好好读书，将来改变咱们这个小山村的命运。这是我和我的同学们最早的志向，改变麻糊村的命运。尽管我们当时并不知道具体该如何去改变一个村庄的未来，但我们记住了老师的话，好好读书。

“六一”儿童节，是孩子们的节日，也是我们全村人的盛大节日。为了让三十几个孩子过上一个快乐的儿童节，全村老小各尽其能，加入到了筹备工作中。妇女们放下手里的农活和家务，都自觉聚集到学校来，帮忙缝制表演节目的各种行头，男人们从库房里把锣鼓乐器翻腾出来，提前晾晒清理。然而，我们的家当总是有破损或残缺，不是鼓面被老鼠咬破，就是鼓锤折了半截，要么大头娃娃头套脱了漆。匠人们便自告奋勇，着手修补。直到“六一”节当天，一切都准备就绪。校园正面的土墙上，用玫红纸黑字写着一排大字：六一节快乐。孩子们都穿上最漂亮的衣裳，戴上飘出皂香味的干净红领巾，兜里塞满葵花籽、红薯干或煮鸡蛋到学校来跟小伙伴们分享。节目是师生们自编自演，歌舞、相声、小品、朗诵什么都有，除了老师和学生，村委会的干部也参与进来，各显其才表演节目以助兴。这一天，麻糊村的鸟雀野兽们可以大摇大摆地去庄稼地吃喝，丝毫不用担心被逮住，因为村人们全都聚到学校来了，谁还顾上下地呀，今天他们是麻糊村小学不可忽缺的观众。颁奖是最隆重的环节，最大的奖由村主任颁发奖状和奖品。奖品是村民们自发捐出来的，一本带着樟脑丸香味的笔记本，一支英雄牌钢笔，或一个做工精巧的花布书包。村民们舍得拿出自家这些金贵的物件，作为对孩子们的奖励，因为他们巴望着这些孩子们给麻糊村争光。我上二年级的时候，得到过一个很特别的奖品，是我们村的木匠叔叔给王老师制作的一盏煤油灯。油灯倒也平常，就是常见的墨水瓶子，但灯座很别致，是用酸枣木雕琢的，镂空的蛋壳造型，精巧玲珑。对这件教师节礼物，王老师十分喜欢，但她还是割爱贡献了出来。而我又是多么幸运，恰恰好获得了这份珍贵的三好学生奖品。

“天上飞着一对鹅，地上走着你和我，要想我俩友谊断，除非地球停止转。”麻糊村的孩子从四年级起，就得到外面去读书。1993 年夏天，终于要离开土得掉渣的麻糊村，出村去念书了，我们既兴奋又有点不舍。大家相互赠送花花绿绿的明信片，写上各种难舍难分的话，有的还把那列绿皮火车画在上面。班上大多数同学都去了相邻的虎口村小学，来回走读，离家近，费用少。也有一部分成绩较好的，老师建议家长送到浊漳河对面的赤壁村小学，远是远了点，但教学质量高。对于我，王老师是特别上心的。按老师的意思，村里能出这么一个勤奋上进的好苗子实属难得，应该要重点培养，最好是到镇上读，全虒亭镇最好的小学虒亭完小，每年有三五个能考上县重点中学。王老师担心农家人重男轻女观念重，怕父亲不同意会耽搁了我的前程，因而她专门到我家里来，跟父亲商量我升学的事，结果没料到父亲的打算正跟王老师不谋而合。于是，我顺利地完成了在麻糊村小学的学业，带着父母、老师，还有乡邻们的希冀去了镇上，县里，市里，从此渐行渐远。就在那一年冬天，我们村通上了电。

再穷不能穷教育。村里人抱团取暖，陆陆续续供出好些优秀的人才，他们终于踏上绿皮火车，走出了大山，走到全国各地，走进各行各业。每一棵苗子的成才，都是我们一村人的骄傲和喜悦。2018 年，麻糊村被列为山西省农村综合改革试点，在我们村日新月异的美丽乡村建设进程中，那些从村小学成长起来的孩子们争先恐后加入反哺家乡的行列，遵照王老师的嘱托，各尽其能为改变麻糊村的命运添砖加瓦。

如今，村小学早已撤并，村委会也另迁新址，但每次回村，我仍旧习惯到原村小学的窑垴上看一列普慢火车从虒亭站经过。只不过，它已经不再是村里孩子们的向往，而成为现代人体验慢生活的一道风景。

记忆或传说

麻糊村是坐落在山西省襄垣县虒亭镇宝锋湖西岸的一个小山村。村庄不大，民风淳朴。百余户人家散落在半面山坡上，数百年来世袭繁衍，耕读传家。在村里，有个叫道场寺的地名。荒山野岭，风貌与别处并无不同。然而关于此地，却有一个妇孺皆知的传说，自祖辈流传至今。

关于道场寺，村中年约八十岁以上的老人或多或少均有记忆。道场寺原本是一座寺院，始建于清朝中期，是宝峰寺建成后支修的三座寺院（即元明寺、道场寺和二神寺）之一。寺院坐落于村西头的北面半山腰上，东临小龙山，西傍龙宝山，南面一马平川，数里之外是东西横亘的南坡山。整座建筑呈长条形，高出地面五十余米，东西约两百米见长，南北约一百米见宽。远远看去，宛如自平地腾空升起，地势险峻，十分壮观。

进入寺内，顿觉一股宁静祥和之气。北面是正殿，南面是南殿，东、西两侧各有大场房，南北殿两旁均有耳房。院内四周都设有长廊，大门建在寺院东南角上。正殿前东西分别植一池牡丹花和一池刺梅花。这株牡丹根茎约有碗口粗，在寺内僧人的精心照料下，每年四月初八前后花开最盛。数百朵白牡丹怒放枝头，花大如盘，洁白无瑕，香气袭人。花瓣层层叠叠，全周还镶有金灿灿的花边。然而，到民国初年，随着道场寺日渐落寞，牡丹花因长年无人料理，便只长叶不再开花，最后渐渐枯死、凋朽。一直到民国十五年(1926年),牡丹花池内竟又发出一株新枝。次年农历四月初八那天，白牡丹花再度盛开。因而村里至今仍有“白牡丹又回来了”之说。白牡丹“回来”后，细心的张忠则老人主动申请负责看护这株珍贵的牡丹花，日常接待前来赏花或到寺里烧香的客人。为此，村公所还研究决定每年在四月初八这天举办牡丹花会，以庆贺白牡丹花二度繁盛。

寺院外，三面都有走廊，走廊外另砌有围墙，整体看来宽敞通透，美丽壮观。寺院东边是一片空地，供往来香客周转。空场北面依山建有两孔土窑洞，专供守寺人居住。窑洞前有一棵老梨树，树龄足足逾百年。老梨树主干粗壮，三个人且合抱不拢。在大约两米高处又分成南、北两枝叉，南枝结细梨，北枝结粗梨。每年农历八、九月间，守庙人都要挨家挨户给村里人送梨。前来拜佛的香客，也都能品尝到寺里的香甜梨。

据传，道场寺建成后，曾入驻过众多僧人、道士，是方圆几十里内规模较大的一座寺院。大约在光绪、宣统年间最为兴盛，到民国初期逐渐衰败。大约在二十世纪五十年代初,道场寺被拆毁,很快夷为一片废墟，白牡丹花也被移至他处。遗憾的是，移栽后的牡丹花终未能成活。

毋庸置疑，民国二十五年（1936年）农历四月初八这个日子，必定深深镌刻进了麻糊村那一代人的记忆里。因为在这个名不见经传的小山村，这天曾隆重举办过轰动省内外的牡丹花会。时至今日，村民走在省城太原或中原洛阳，偶尔仍被人问及白牡丹的来龙去脉，以及牡丹花会后来的情势。岂料往事如烟，道场寺的牡丹花也早已成为人们心中永远的牵挂。

民间有一说，麻糊村的白牡丹是北魏名将邢峦自京都洛阳带回夏店镇邢村的。当时共带回两株，一株为粉红牡丹，一株为白牡丹。后邢峦不慎犯上，惹得朝廷来抄家，白牡丹被“惊吓”而“跑”到了虒亭镇麻糊村，惶惶落足村西头。后来建造道场寺时，特地保留了这棵千年白牡丹并尊为花神。此举令白牡丹深受感动，为报答麻糊村村民的救危之情及不灭之恩，便开出奇美之花供人们欣赏，并在寺内赐香客以灵丹妙药，造福百姓。

牡丹花在麻糊村百姓心目中，不是一样植物，一种花卉，而是一尊神仙，是一位至亲的亲人。之所谓亲人，是因为其间有过耐人寻味的渊源，留下一段传奇佳话。

千年白牡丹自民国初期衰亡之后，村里人都感到十分惋惜。时有善良的人到牡丹池前烧香祈祷，向空池内浇水撒肥，奢望牡丹花能起死回生，再现辉煌。张忠则老汉就是其中之一。张忠则当时大约五十多岁，鬓发花白，粗衣布衫，头扎白羊肚手巾，是个地地道道的庄稼汉。民国十五年的春天，张老汉赶着驴车过河到对岸的玉米地送粪。就在他卸完粪正准备跳上空车返回时，扭头忽见一白衣女子站在面前，柔声细语，楚楚动人。女子向张老汉探问麻糊村的道场寺该如何走，并表示愿意付钱来搭他的毛驴车。张忠则老汉心地善良，见天色已晚，便答应将女子送到道场寺。张老汉牵着毛驴走在前面，白衣女子坐在车里，见她一路深情地打量路边的房屋院落、庄稼树木，老汉不禁疑问："姑娘以前来过俺们村？"女子慌忙收回视线，仿如从梦中惊醒。她喃喃说了句："一言难尽……"便不再多语。张忠则老汉拉着驴车把女子送到道场寺时，天已黑透。他刚把驴车停稳，欲将女子领入殿内，回头却发现车上空空。环顾四周亦不见人影，只见香台上留下几文铜钱。当时，张忠则感到很奇怪，却也没再细究下去。第二天，他把事情的前后经过一五一十地告诉村民和干部。大家都感到十分奇怪，却又无从解释。不曾想数日之后，当张忠则老汉再次来牡丹池浇水时，池内居然又长出了牡丹新芽。为了庆贺白牡丹"回"村，老百姓在村干部的带动下，自发募捐，于牡丹花盛开的日子——农历四月初八隆重举办牡丹花会。

麻糊村白牡丹远近闻名，每到花期，专程来道场寺赏花拜药者络绎不绝。上至内蒙古，下至中原，常有宾客闻讯而来。每年花会上都是两台戏对唱，村里村外、道路两旁都停满牲口车辆，人山人海，热闹非凡。其中，民国二十五年的牡丹花会最为鼎盛，相传这一年花会上，仅仅三天人们就把麻糊村的几口水井都喝干了。尽管故事充满神话色彩，但足以折射出人们对千年白牡丹的敬畏和景仰，以及这一事件在民间的深远影响。

寺院拆了，牡丹花谢了。惋惜之余，值得庆幸的是村民们的善念生生不息，人们对佛教文化的信仰传承不灭。

新中国成立以来，先有七十多岁的岳安邦老汉接棒守寺，后有三十多岁的刘跃刚砌砖垒庙，去年六旬老人顾宪珍又添砖加瓦扩建，建成一座高约两米、宽不足一米的简陋小庙……他们在沧桑岁月里倾己之力，用一双粗糙的手反复修缮，修补的不只是心目中的那座道场寺，更是祖祖辈辈村民一桩迟迟未了的心愿。尽管结构极其简陋，规模也十分有限，但足以代表百姓对善心善念的信仰，对道场寺昔日繁华的怀念。为了弘扬宗教文化，传承爱国爱家思想，村中八旬长辈、老教师魏计锁、魏富兰夫妇不惜耗费心血，将关于道场寺的记忆执笔成文并托付晚辈，希望老少合力推动乡村文化复兴。麻糊村的新一代年轻干部对此事更是高度重视，极力寻求各方资源，联络在外地发展的乡贤回村商谈，畅想恢复道场寺原貌。

多少年来，即便道场寺早已流于传说，仍旧吸引村里村外及周边县市众多善男信女前来烧香拜佛。任凭曾经熙熙攘攘的空气、蓝天、白云，如今繁华落尽，空寂荒芜。然而正是这片空寂、这片纯净，才让每位香客虔诚跪拜于天地之间，一心向善。这是一片净土，但绝不是虚无。尽管故土空空，但充盈着爱、善良与和平。他们带走的抑或是一抹尘灰，一缕夕阳，一份祈祷，一场禅悟。大无则大有。

一

亲家开花襄黎多

背井离乡的人，格外重视乡情。每到年底，山西老乡会都会张罗在江浙沪一带谋求发展的同乡聚会。一来促膝叙旧联络感情，二来互通有无增进合作。于我而言，更多的是想在这个交错复杂的氛围里，换个角度认识乡愁，听听被江浙沪化了的晋语。你知道吗？它比原滋原味的乡音，还更亲。

来到前台签到处，蓦然想起第一次参加老乡年会的情形。大约是十五年前，一个暖阳照耀的冬日。按照新人签到的格式，我刚写下籍贯“襄垣”，还没来得及签名，便不知从哪个方向传来一阵热情的招呼：“来啦？小姨子！快进里头哇。”一个约莫大我十来岁的男子，大腹便便从不远处走来。还没等我反应过来，负责签到的美女老乡接话解释道：“你小外甥，黎城的。”我顿时恍然大悟，原来他是在开玩笑呢。怎奈这个玩笑就算开得七荤八素，我也不能生气，这是老祖宗传下来的规矩。

在古老的上党大地，襄垣县和黎城县交界处，有一座地形独特、风景秀丽的山峰，是太行山的高峰之一。因地势高耸，直入云霄，登临其上，有开胸广志之感，名曰广志山。据传，古有一学者登上峰顶，俯瞰四周，命笔题词曰：“观漳水一条纤似发，望屏峰几叠小于拳。”可见大有“会当凌绝顶，一览众山小”之气魄。此地至少从清代以来就流传着一段有趣的民间姻缘故事，导致两县人不论在任何地方相遇，不分男女老少均以“亲家”相称。一见面一听口音即使素不相识，开口就数落，动手就打闹，双方仍骂不翻脸，打不记仇，一提“亲家”，不论两人谁大谁小，黎城人称呼襄垣人一声“小舅子”或“小姨子”，襄垣人便回应一句“小外甥”，嬉闹之中万事皆休。如遇与外地人相互争斗，襄垣和黎城两县人便会相互袒护，一致对外。

广志山苍松翠柏，一片浩瀚，山峦松涛之中建有数处庙宇。据当地民间流传，其中以奶奶庙的香火最盛，供奉着一尊“老奶奶”，香客多为求子保后、消灾免祸而来。但庙内有禁忌，不允许未出阁的姑娘进入。每年初秋，广志山上都要举行一次盛大的庙会，前来烧香的人比平日更多。

清嘉庆二十一年（1816 年），襄垣县城北有一王氏妇人叫竹桐，五十来岁，膝下有个女儿叫王凤。王氏深觉自己守寡多年，活着远比旁家女人艰难得多，广志山庙会时，她就特地上山烧香祈福。女儿见母亲要去赶庙会，也闹着要随同前往，王氏纵然平日娇惯女儿，但冲撞神仙的事她坚决不同意，最后只好将女儿锁在院里，才安心出门。百姓们都知道，上山烧香还有很多规矩，比如路上不能回头看，回头一看就不灵了。王氏诚心一片，严格按照规矩一路往前，来到庙里。烧香叩头，默默把心愿说给“老奶奶”后才敢回头。不料竟发现女儿王凤正跪在身后向神叩头，于是大惊失色，急得给了王凤一个巴掌，口中训道：“我的小姑奶奶呀，你咋来了？”王氏又气又怕，生怕“老奶奶”怪罪女儿来惩罚她。可万万没想到，这一巴掌正打在了要害处，女儿当场倒地没了气息。香客们见此事蹊跷，议论纷纷。其中一位老者说：“一巴掌就能置人死地？莫非是你女儿与此地有缘，被神主选中归天成神了？”王氏听了，百感交集。这一程就是为祈神保佑这心肝宝贝才来的呀，只见她悲痛地大叫一声“苦啊”便气绝身亡。

庙内住持将姑娘葬于庙旁，立碑记叙此事，并塑本人包骨像三尺多，放在山腰的开山殿内，称为“小奶奶”，修了梳妆楼，在山顶设置望乡台。每年十月初一，抬“小奶奶”神像到望乡台望家乡襄垣。当地有个风俗叫“说骨亲”，是指生前没有婚配的人就算到了百年以后，家里人也要尽量给他买个异性尸骨埋在一起。也有一辈子未成过亲的老年人，生前遇到合适的对象就先买下来埋了，作为将来的“骨亲”。当时守庙的老汉是个黎城人，由于家穷一直打着光棍，就有人劝他把“小奶奶”母亲王氏的尸骨买下来，也算是一桩完满的事。老汉听了人们的劝，成了这门“亲”。受“小奶奶”转世成神的传说影响，老汉和王氏这门“亲”事竟结下了襄垣和黎城两县之间的世代情缘。后来如遇天灾人祸，无计生活，两县人便相互投奔，结亲甚多。时至今日，两县人见面开玩笑已成习俗，甚至吃饭不算账，住宿不付款，坐车不掏钱也常有其事，不仅不恼不怒，还增进感情。

近几年，随着地方文化事业越来越兴盛，黎襄文化得到更大的关注和重视，成立了黎襄文化研究会，并于农历四月十八至二十日三天在广志山举办黎襄情缘文化节，将两县之间数百年团结互助的传统更加发扬光大。这种独特的情缘文化，也渐渐走出上党地区，在中国传统文化中独树一帜。

常年在他乡工作和生活，这样一场聚会称得上是一次精神回乡。可以暂时放下平日里的坚强和伪装，说出心底的艰难和无奈，在另一个远离故土的天地里互帮互助，互相支撑。因为是同路人，某些时刻仿佛比家乡的亲人更能多一份坦然和理解。在老乡会这个群体里，襄垣和黎城两县人素来更加亲近，生意合伙的、喜结连理的、拼车回乡的，屡见不鲜。在老祖宗给扎下的根基上来来往往，亲上加亲，倒也成为一股不可小觑的力量。

席间，大家吵嚷着要求襄垣的“小姨子”和黎城“小外甥”搭伙来个节目。这着实不是老乡们过分要求，生活中但凡有这两县人在场的聚会，总也少不了这个环节。虽然我跟黎城男子只是初次见面，但双方也没有过多扭捏，简单商议几句，便决定在襄垣民歌开花调中，挑出一首将黎襄情缘和《诗经》揉合一体的曲子："亲家开花襄黎多，关关雎鸠一双鞋，黎城妹妹送过来，在河之洲隔道河，窈窕淑女泣搐哭，襄垣哥哥凫水过，君子好逑搂住妹，黎韵娇声叫哥哥……"好一瓢酸不溜溜的歌词儿，却也清清朗朗、大大方方。

这边才刚唱完，那边会长又情不自禁接上了："高跷开花来来回回扭，襄垣黎城人相处最风流，祖祖辈辈称亲家呀，世世代代没冤仇，见面不管熟还生，拉拉扯扯就挑逗，黎城闺女敢拖襄垣小后生，襄垣老汉敢拉黎城小媳妇，怒嗔戏骂开尽心，打打闹闹有讲究，钢刀能砍断牛皮筋，襄垣黎城的友爱没断头，要想解散襄垣黎城之间情，除非是山川崩裂没地球！"

一

半夜里想你总想哭

桥坊上曾经是麻糊村的一方热闹之地。我们家祖上就住在这里，当时的老屋坐北朝南，紧邻后湾水库的位置，现已成为一座废弃的砖瓦窑。离岸不远处，有一座小小的岛，远看形似一卷横卧的竹简。当年，岛上有座河神庙，庙里就是村小学。但凡来读书的孩子，一进校门首先要虔诚地跪拜孔夫子老先生，即在河神殿门外孔夫子的牌位前敬香磕头，然后才去拜见老师，从此开启学生生涯。

新中国成立初期，学校里有一位很优秀的老师，姓刘。刘老师四十来岁，高个子，长相斯文，说话也十分讲究。对于生活中的稀罕事情，他总能讲出一番与众不同的道理来。比如，他说地圐圙不是羊粪蛋淋了雨变成的，是一种藻和一种菌的结合体。又比如，他说人们在野地里看到的绿莹莹的“鬼火”不是鬼，是一种自燃现象。虽然人们听不懂菌，听不懂藻，也听不懂自燃，但村里的大人和孩子都对他非常尊敬，是一种对科学知识的敬畏式的尊敬。

刘老师不是麻糊村本地人，他是从沁县来的，说的一口稀软绵糊的沁县话。有时候他的沁县女人骑上毛驴来学校看他，沁县女人长得漂亮，又干净利索，不像别的乡下女子，连她骑的驴都收拾得清清爽爽，让人赏心悦目。但她没文化，也不喜欢刘老师拿腔拿调的样子。她希望他能正常说话，正常行事。在村路上遇见人，刘老师热情地介绍说："这位是贱内。"女人一听就生气地走开了。其实大多数人是听不懂"贱内"这个词的，但人们一眼就能看出她是刘老师家里的。这样标致的女人，只有跟刘老师生活在一个窑洞里才妥当嘛。晚上在煤油灯下吃红薯米汤的时候，刘老师把红薯上的细小根须一根一根拔掉，再将皮一点一点剥去，才轻轻咬下一小口。这时坐在小炕桌对面的沁县女人不耐烦了："两人一块儿盛的饭，我都吃完半天了，你才咬上头一口！"刘老师不吭气。他是文化人，对女人从不骂骂咧咧。即使被惹恼了，顶多私底下嘟囔一句"十个老婆九吊子，还剩一个半吊子"。还没念叨完，他又觉得不妥，文化人不应该这么武断，一竿子打死一船人。沁县女人等得焦躁，她起身去把第二天早上煮粥用的南瓜洗净，切好，放进黑砂锅里，然后又坐回来。刘老师还在慢慢咀嚼那根红薯。她无奈地叹了口气，她多么希望他吃饭时能像旁人家的汉子那样大口吃、满口喝，爽爽朗朗，而不是这样像猫舔水似的扭扭捏捏。昏暗的屋子里充斥着不和谐的气息。刘老师从书架上拿了一页旧报纸递给女人，希望她能看一下上面的插图和照片打发时间。女人没兴趣，也没接他的报纸。第二天女人起了个大早，把南瓜粥熬好，把刘老师的屋子拾掇得干干净净，就骑上毛驴回沁县去了。

沁县女人来麻糊村，通常只住个三五日，每次也都是生了气走的。二人在一起绊绊磕磕，女人受不了就走了。但刘老师总是盼她来，他觉得，女人来能给自己在麻糊村撑起场面。

村里人都说，刘老师娶了个驴粪蛋子表面光，说沁县女人配不上刘老师。但刘老师不这么认为，他是欢喜的，满足的。夜深人静时，他常常用粉笔在脚地上画女人的肖像。画她好看的眉眼，画她的侧影，她的身姿轮廓。有时，他还在旁边配上两句开花调：白天里想你不想吃，半夜里想你总想哭。

端午过后，沁县女人又来了。这回她是来跟刘老师提出离婚的。她在河神庙门口把驴拴好，径直走进刘老师那孔办公室兼宿舍的窑洞，声称她要捍卫女性权利，要婚姻自由，要跟刘老师离婚，要去追求自己想要的新生活。

这让刘老师很是诧异，他没想到自己这位斗大字不识一个的文盲妻子竟提出这样的要求。她一个整天锅头灶尾，只懂得猪下崽鸡生蛋的农家妇女，怎么会知道婚姻自由？怎么懂得女性权利？还要追求新生活！这么说，她定是受了人蛊惑，打定了主意来跟他决断的。

这事很快就在村里传开了。起初麻糊村人都以为自己听错了，他们认为即便离婚，提出的也应该是刘老师才对。待事情弄明白以后，大家又说离了好，像刘老师这样知书达理、博古通今的男人，怎么说也应该找个念过书的女人才算门当户对。但麻糊村历史上只听过男人休女人，从没有过谁家女人敢向当家的提出离婚。大家不知道这情形下，该怎么能帮上刘老师的忙，就有人偷偷来打探他自己的意思。刘老师说，新中国主张男女平等，况且我还是个教书先生，更应该尊重女权。说这话时，他显得很无奈，却又尽量不失体统。女人离开麻糊村的时候，刘老师还是像以往那样，牵着驴将她送出村，又走了好一段路。直到她和驴的身影消失在山头，看不见了，他才一个人往回走。

离了婚的刘老师，更加得到人们的尊重和夸赞，都说他是新中国知识分子的榜样，把娃娃交给这样的好老师，将来肯定能有出息。但刘老师却突然变得消沉，他嘴上口口声声说尊重女权，男女平等，却整天闷闷不乐。他觉得心里有一股说不出的憋屈。夜静下来的时候，刘老师早早地吃了灰灰菜干粮和小米粥，就坐在煤油灯下练起了字。写来写去，就是一个“刘”字。一直到鸡叫二遍他才吹熄灯躺下。“文化是把刀啊！”他深深叹了一口气，院子里的月明亮瓦瓦地照在窗台上，一只野猫从半墙上跳了进来，它来寻刘老师养的那只花狸猫。

谁都不知道，温文尔雅的刘老师，天还没亮就走出河神庙，离开了麻糊村。他沿着浊漳河溯源而上，往沁县方向去了。但他没有回家，也没有再去纠缠他追求自由的前妻。

沁县女人是跟本村一个在阳泉煤矿工作的男人走的，那个男人是刘老师小时候的玩伴，十一岁那年跟随父亲去了煤矿，后来留在了矿上。男人豪爽大气，不拘小节，处事也非常活络，他身上有一种乡村男人没有的东西，更不像刘老师那样刻板僵化。他从矿上带了几张黑白照片回来，村里人就都跑去他家瞧稀罕。女人看到照片上城里姑娘穿的列宁装，随口说了句“真好看”，不料他再从矿上回来时，就给女人也捎回一套列宁装。女人要给他钱，他说什么也不肯收。很快，女人就从这个男人身上找到了自己想要的生活。

人们打听到刘老师的下落时，已经是一个多月以后了。六月十三那天，新店镇逢集，街上贴出一张大幅告示。告示上写得密密麻麻，人们七嘴八舌都在念，却也没谁能完完整整给念下来。这时有个四十岁上下的男人一边照着大声念一边从外围挤了进来。他穿着邋遢、行为怪异，但字念得顺顺当当，清清楚楚，在场所有人都惊呆了，无不对这个胡子拉碴的汉子刮目相看。

人们不知道他是谁，只是感到这个流浪汉有意思，就围住他问长问短。有人问：“你家住哪里？”他说：“家住沁县在大段，随意出门转一转。”大家互相看看，觉得有趣，对他这个回答也十分满意。又有人问：“家里有老婆没有？”他就说：“老婆是个大美人，结婚不久已离婚。”话一出，全场哄然大笑。笑声还没停，又有个站在外围的年轻人故意提高嗓门起哄：“你老婆跟人跑了？”“嫁汉名叫黑二臭，又有酒来又有肉。”他既不气也不恼，对答如流，朗朗上口，倒像是在说旁人家的闲事。

这时围观的人越来越多，大家都感到饶有兴味。就有人说：“看你不像个受苦人，你是做甚的？”流浪汉一本正经地说：“我是个算命先生。”人们觉得他是在胡诌，吃饭家伙一样没带，拿什么给人算命。他说他是测字算命，只要你写一个字或说一个字就行。在新店这么个偏僻小镇，这倒是稀奇，免不了有人上来跃跃欲试。一个三十来岁的后生，黑黝黝的皮肤，龇着一口黄板牙问："我想要个媳妇，问问今年能说上说不上？""扯淡哩，媳妇是你想要就能有的？"人群中有人说有人笑。流浪汉不理会，让那后生写个字。后生说他没念过书，不会写字。"那你就说个字吧！"后生想了想，说："就合婚的'合'字吧，你给看看咋样？"流浪汉立马接话了："真对不住！你这一辈子找不到媳妇。"后生一听，很是不快，气愤地说："凭甚？"流浪汉不紧不慢，款款道来："你一生注定是人一口。'合'字不就是人一口吗？""瞎说！"后生气鼓鼓地甩膀子走人了。众人倒是频频点头，觉得这流浪汉说得有道理。合婚的"合"写出来，可不就是人一口嘛！于是，又有人挤上来说："我倒有媳妇，就是闹着要跟我离婚，你说离成离不成？"流浪汉示意他写个字。那人在地上拿块小石头写了个"新"字。流浪汉抿着嘴看了半天才说："今年六月二十八，一刀两断。"那人大惊，问为什么时间这么肯定。流浪汉说："这不是你自己写下的吗？你看，左边是日子，右边是把斧。"众人称奇。

这天，我们村的喂牛大爹在新店的集市上买缰绳，见这边哄哄吵吵乱得热闹，便也拎着缰绳凑了过来。走到跟前，喂牛大爹才看清，人们围着的居然是在桥坊上教书的刘老师。他脸上脏兮兮的，身上还穿着在麻糊村教书时的那套打补丁的旧衣裳，只是又多了好些个大大小小的破洞。喂牛大爹赶紧上去拉住刘老师，问他这些天究竟去了哪里，告诉他村里人找不到他都很着急。不料刘老师却一副漠然神情，对此毫不理会。喂牛大爹叫他一块儿回麻糊村去，他也无动于衷，嘴里一个劲儿地喃喃自语，文化是把刀啊，文化是把刀……得知刘老师的消息后，村里赶紧派人到新店去请他回来继续教书。但找遍了整个新店镇，也没再见到他的身影。

麻糊村小学调来了新的老师，一切又都恢复了往日的平静。就在人们快要把刘老师给淡忘了的时候，沁县女人竟突然间回来了。这已经是第二年的打麦时节，傍晚红彤彤的火烧云，把麻糊村的上空照得通明。人们沉浸在丰收的忙碌和喜悦里，谁都没注意到村里来了个久违的女人。她这次来没有骑驴，而是沿着浊漳河步行来的。人看上去也不像从前那么丰润鲜亮，穿一身土布衣裤，包袱里只有几件换洗衣裳。得知刘老师已经不在村里教书，沁县女人并没打算离开，她去了我家隔壁的留德奶奶家。留德奶奶的男人早些年被日本人杀害了，她一直一个人独自守着一串院过日子。

因为跟刘老师离婚的事，村里人对沁县女人不太友善，但她似乎并不在乎，只是一心寻找刘老师的下落。离开这一年里的经历，使她丢失了在乎别人眼光的资本。煤矿男人把她诱到阳泉后，一开始对她很好，下了班带她逛街看电影，下馆子吃阳泉的过油肉炒大米，后来慢慢地就隔三岔五不回家了，再后来女人才听说他是个混子，常年跟几个女人搅和在一起，并没有打算跟她踏踏实实过日子。这让沁县女人狠狠地落了个空，她决心重新回到刘老师身边，做个安分守己的女人。

沁县女人找到刘老师的时候，他已经跑到高平一带接近晋城地界了。在一个小煤矿附近的镇上，他一个人在饭店吃杂面饸饹。开始店家不清楚他的底细，便热情招待了一番。不料他吃饱喝足后，竟然起身走了。店家快步出门去追要饭钱，他毫不理会，头也不回地走远了。一伙孩子跟在他身后又叫又跳地起哄。女人简直不敢相信，这个浑身上下破衣烂衫，寒冬腊月天露着膝盖骨在外面游逛的流浪汉，是曾经那个受人尊敬的文质彬彬的教书先生。然而，沁县女人心里却一点嫌弃都没有了，这回她要把他领回麻糊村，日日夜夜精心伺候着，今后哪怕他吃饭再拖拉，说话再别扭，全依他的。

对这个曾经心满意足的女人，刘老师是无力拒绝的。只是回村以后，他再不像从前那样斯文讲究。女人给他剥红薯皮，他抢过来连皮往下吞。女人给他打了洗脚水，他泼掉重新去打，他无法控制自己内心里对她的介意。他以为女人会因此而不耐烦，会像以前那样焦躁甚至抱怨。可她没有，她默默地忍受着这一切。这让他感到陌生，陌生得疼痛难忍。直到有一天，他又悄无声息地离开了麻糊村。

这短暂的停留不算美好，但也并不空洞。沁县女人怀孕了，这使她绝望的泪水终于得以终止，让她有了盼头。随着行动越来越不便，她不再四处奔走去找刘老师。她想明白了，在外面能让他活得轻松。

沁县女人给孩子取名学文。她说，儿子将来长大了，也要像他爹一样有文化，懂道理。村里人们念着刘老师的恩情，对学文很关心，常常接济他吃穿，留德奶奶更是把他当亲孙子一样来疼。女人手里总有干不完的活儿。她除了把家里院里收拾得干干净净，还包揽了留德奶奶所有的拆洗缝补。她走到哪儿，学文就像个线陀儿似的跟到哪儿。有一天，女人坐在河边的石头上捶衣服，学文突然就问:“娘，我爹长得像我吗？”女人顿时愣住了。这些年她当娘当得太专注了，竟然忘记了在学文小小的世界里还应该有爹。她停下手里的活儿，把学文拉过来抱在怀里，郑重地告诉他:“学文的爹是一位了不起的老师,他有文化,懂知识,会画画,还写得一手漂亮的好字。”一个陌生的爹的形象，将学文带到了另一个神奇而又崇高的世界，他用新奇的眼神望着娘的脸。但不知为什么，娘的脸上竟然爬满了泪水。“我为什么没有见过爹？娘为什么哭了？”“爹在很远的地方教书，等你长大了才能回来。”女人抹去脸上的眼泪，微笑着告诉学文。其实她知道,孩子的爹早已经皈依佛门,在五台山出家了。为此，她还专程去过一趟五台山，却也没能劝阻。

学文六岁那年，沁县女人送他进了麻糊村的新小学。桥坊上早在三年前兴建后湾水库时淹了。除了小岛上的河神庙还在，其他窑院田地都已成为一片水草滩。原孔夫子的牌位，也被请到了新校园正南面的圣龛内。女人带学文来到牌位前，帮他把香点上，让他自己将香插到牌位前的香炉里，跪下恭恭敬敬给孔夫子磕了三个头，又代他把黄表纸压在香炉下，然后再去见老师。

老师问：“学文将来长大了想做什么？”

“当老师。”学文果断地回答。

“为什么想当老师？”

“因为我爹是一名老师。”

送学文回来，沁县女人一个人在山路上心酸地唱起了开花调:《诗经》开花文绉绉，关关雎鸠展歌喉，窈窕淑女花一朵，锲而不舍把她逑。秕瓜子开花没仁仁，不进书坊不通文，哥哥常常念《诗经》，妹妹半通半不通……

一

血脉里的女人

她的人生朴素得跟黄土地一样，发不出一丝声响。

她在这世上诚诚恳恳地活了很多年，又离开了很多年以后，都没有人想起去弄明白她的名字。在那个年代的麻糊村，女人的名字似乎极少派上用场。十三岁定亲的时候，村里人只说定的是沁州家的闺女，至于是沁县哪乡哪村哪家的第几个闺女，不再细究。十六岁嫁过来，便随男人叫成了金锁家的、金锁嫂。再后来有了儿孙晚辈，就更通俗了，被称为婶婶、大娘、奶奶。男人常年在外，待儿子长成人，又随儿子被叫作富小娘。

她叫史四孩。目前这是我的耳朵听起来最生涩，我的嘴巴叫起来最别扭的一个名字。她怎么也没有一声老奶奶或曾祖母来得亲切。

我是在父亲去世十周年，给祖坟上竖碑时才知道曾祖母的这个名字。当时匠人师傅问我先人叫个甚，我顿时愣住了。不是想不起，而是压根就不知道我曾祖母姓甚名谁。我感到体内的血液以惊人的速度奔流，生出火花，灼烧着我的皮肉，使我无地自容。才不出三代，我竟然就忘了根儿。

其实曾祖父对我而言，也不过是一个十分陌生的名字。在我刚刚懂事的年岁常听父亲讲，你老爷爷人家是个有本事的，人长得也好，大高个儿，又白净。麻糊村人口中的“有本事的”不外乎两种人，一种是吃公家饭的，也就是有正式工作的，再来就是有手艺的。我那位叫魏金锁的曾祖父是个手艺人，在离石一带走村串乡打麻绳。父亲说，他的手艺不光能养家糊口，还能四通八达。

女人一直也没弄明白，男人究竟是因为在外面四通八达了才三年五载不回来，还是因为三年五载不回来才在外面四通八达的。总之，村里人早早地就把她从金锁家的叫成了富小娘。早知是这么个下场，女人当初无论如何也不会劝男人满天飞。

女人十六岁时，是从沁州，也就是现在的沁县一户富庶的财主家嫁到麻糊村的。娘家门上家大业大，兄弟叔伯们个个都是见识广、能顶事的汉子，来到麻糊村见自家男人明明揣着一身好手艺，却窝在家不肯出门赚钱，她心里总觉得不是个事，便三番五次地唠叨：麻雀旋窝转，老鹰满天飞。生生唠叨得男人不耐烦了，干脆扛起家伙什一走了之。

男人是个有志气的主。走的时候他就决心，既然出了这个门，不混出个模样绝不回来。有这样的男人，女人是欢喜的。哪怕照顾一家老小的重担全都落在她的肩上，也心甘情愿，她觉得这日子过得有指望了。她断然放下富家小姐的身架，实心踏地地在这个穷苦人家过起粗茶淡饭、粗布麻衣的平常日子，悉心照顾着一双半大儿女。

然而，安分守己的人却不容易过上安分守己的日子。男人一去迟迟不见回，村里便有了各种版本的说法。有的说管保是发达哩，早另有了家室，闹不好连娃都生下一沓子哩。有的说出门在外讨生活好比上刀山下火海，闹不好死在外头哩。闲言碎语雨点子似的在空旷的村道上流窜，落在静寂的院子里，落在女人脊背上。把她心里盼着的那些个好，击打得千疮百孔。她却坚决不承认，她仍旧倔强地过她的寻常日子，窑里院里，纺花织布，把日月过得风生水起。也有眼尖的人瞧出了端倪，私下来打探，金锁家的，这往后有甚打算没？女人浅浅笑，说等他爹回来。也有些不知耻的蹲在窑垴上，趁没人的当儿冲院里说些不知耻的话。女人坐在梨树底下纳鞋底，狠狠朝地上啐了一口骂，不活人哩，等他爹回来你试试！骂完，起身回了屋。

话虽这么说，女人心里的指望却是越来越空了。她没有等回他爹，却等到了他爹的信儿。男人开始隔三岔五地托老乡往家里捎东西，有银钱，也有贵重的物件，就是没有话，一句也没有。女人知道，他这是铁了心不打算回来跟她过了。往后的日子，就变得单调、沉闷而冗长。她只好过早地开始尝试将自己老起来，发髻上不再簪任何饰物，眉勒子也换成素黑的，不再着亮色的衣物，总是将布染成黑色或灰色，以此来避免不必要的流言蜚语。

三寸小脚沉稳而内敛地行走在孤独的村道上，女人的动作越来越缓慢，越来越笃定。她的生活里，渐渐远离了大喜大悲。至于男人有没有发达，有没有另立家室，她不知道，也从不打听。她只烧香磕头，在不同的时节，敬不同的神，拜不同的佛，许不同的愿，求神佛保佑他日日平安。

即便这样，男人也没能平安到老，而是早早地病死在了外面。消息是在人去世半年后才带回麻糊村的。这次，女人向带信儿的人多问了一句，还是没想回来？想哩，想哩也回不来哩。女人听罢，眼泪石头蛋蛋似的就从眼眶里滚了出来。她在心里暗暗发誓，这辈子咋说也要把他接回来。

离石，成了她用生命牵挂的远方。只可惜女人的生活太微观了，她习惯了在素净的日升月沉里消磨自己灰黑色的漫长年华，习惯了将生活过成一个恒定的曲调。太行山褶皱里小小的麻糊村就是她行走四季的道场，偶尔骑驴回趟沁州娘家，已经算是一场兴师动众的大事了，更何况那个遥远的牵挂，已经出了县城数百里开外。她曾经对离石这个地方有过多少猜测和想象啊，如今却只剩下一个苍白的念想。

女人的人生却是宏观的。她靠自己在琐碎日常里强硬磨砺出来的一副肩膀，扛起了男人应尽的所有责任。细致入微地伺候公婆至终老，又将一双儿女抚养成人。唯独将自己，活成了一只沉默的爬虫，在沉甸甸的岁月里负重前行，却从不曾有一句怨言。她说，自个儿欠下的债，自个儿还。

对于儿子，她不再要求他成为走南闯北顶天立地的大男人，只要踏踏实实留在麻糊村娶妻生子，安安分分过普通小日子。唯独一样，就是要去离石把他爹接回来。生为人子，这是天经地义的事。儿子才刚刚成年，女人就开始张罗起来。她带着他走了几十里山路，找到当初带信儿的人，打听到男人在外面被临时安置的具体地方，又忐忑不安地打发儿子出了门。当把家里又一代单传的男丁送上路的时候，女人心里不由得想起曾经那个远行的背影。这一走，真正是把她的心给掏走了。从夏末到初秋，一个多月的时间里，她每天都是跪在神明前度过的。无时无刻不在祈求保佑，无时无刻不是提心吊胆。往返的这条路，她早已经在心里走过了千千万万回。

一个月色朦胧的午夜，村子里静悄悄的，女人跪在浑浊的月光里烧香磕头。她的儿子悄无声息地回村了，背上驮着一个鼓鼓囊囊的麻袋，下部还用麻绳拦腰缠绑着。麻袋里装的，是他的爹。按照麻糊村的风俗，在外面非正常老死的人不能回家，也不能直接进坟，只能暂放在荒废的破窑洞里，待家里举办了丧事仪式再找个临时的地儿简单埋了，三年以后才能正式迁进祖坟。

女人把三炷香插进香炉，回到蒲团上恭恭敬敬地跪下来的时候，街门“吱呀”一声被推开，瘦脱了形的儿子侧身挤进来。他只低沉地喊了一声“娘”，脚下一软便瘫倒在了院当央。没有人知道他这一路经历了什么，又是怎样将麻袋里的爹一步一步背回麻糊村的。一辈子，他都没有跟任何人说过那一程的经历，包括女人。

男人的后事，由女人一手操办，仍旧是慢条斯理、不温不火。她没有哭，也没有伤心。就像一只麻木的、沉寂的爬虫，默默地把那副贴心贴肺地亲近过指望过思念过的骨骸，一块一块从麻袋里捡出来，放到该放的地方，行该行的礼，为他做了最后一件事。

我的父亲是女人包在围裙里从小疼大的孩子，也是她唯一的孙子。从父亲记事起，她就是一个绾着发髻的灰黑色小脚老太太。大门不出二门不迈，终日锅头灶尾地忙碌在一个近乎无声的世界里。在漫长的岁月里，她更像一个行走的老物件，不声不响，不曾给人留下太多深刻的记忆。父亲说，她极少笑，偶尔的笑容也不过是烙在时光深处一个笑的形状，并没有实质性地生出欢喜。她织了一辈子布，给自己裁衣用料却十分朴素，一年四季只有一两身换洗衣裤，冬天厚棉袄外面的袄罩子，春秋用来罩夹袄，夏天再当单衣穿。在父亲的记忆里，只见过一次她把头发松散开的样子。那是一帘垂及脚踝的花白长发，她用桃木梳一截一截仔细地梳洗干净，又娴熟地在脑后绾成髻。固定那个髻子的，是用一根铁丝弯成的简陋钗子。在她梳洗的间隙，年幼的父亲当玩具捏起来不知丢到了哪个角落，为此她曾责过父亲几句。即便是责备的话，后来也成了父亲生命里一缕恒温的星光。

直到父亲十四岁那年，在一个秋雨连绵的夜晚，这盏星光平静地完成了她最后的使命，安详地离开了人世。正值中秋节，父亲在夏店镇读书。他连夜冒雨赶回“爬虫”身边时，她已经看不到，他脚上的两只布鞋不知什么时候走丢了，脚底缀满伤口和血泡。那是她的血脉延续的见证。

当匠人师傅把这三个字刻在碑上的时候，像是将一个深刻的印记刻进我的生命。看着这个名字，我细细回忆家人口中关于她的微乎其微的描述，拼凑或想象她的容貌、性格，甚至举手顿足间的神色气息，是一种遥远的、微妙的熟悉和亲切，还有实实在在的陌生。我常常在姐妹三人的身上寻找，肤色、步态、说话的腔调和语气，寻找祖辈基因在家族中的隐秘的传承和永恒。

于我们而言，她从未靠近，也不曾疏离。

一

河上灯

在古老的麻糊村，人们信河。

河，说的是浊漳河。浊漳河属海河流域漳卫南运河水系，是山西省长治市最大的河流，被誉为上党地区的母亲河。浊漳河上游有南、北、西三大支流，俗称南源、北源、西源，南源发源于长子县，北源发源于榆社县，西源发源于沁县。西源在襄垣县甘村与南源汇合后流向东北，在小峧村和北源合流，继而转向东南方向，在平顺县出山西省界进入河南省林州市，向东在河北省涉县合漳村与清漳河汇合称为漳河。漳河在河北省馆陶县境内注入卫河，在山东临清市与京杭运河合流，在山东滨州进入渤海。

麻糊村位于浊漳河西源流域襄垣县虒亭镇后湾水库西畔。村里的很多老百姓，并不知道浊漳河这些细枝末节的流向，但他们信奉河的力量，也依从河的旨意。祖祖辈辈的村民傍河而居，休养生息，河水要淹没房舍、耕地，他们便拖儿带女迁往山头高地。待河水退去，他们又回到河畔，虔诚地种瓜点豆，春种秋收。

我出生在麻糊村地势最低处的一个土窑洞里，此处院落建于二十世纪五十年代末。祖屋原本在村东河边一个叫桥坊上的地方，有一年被河淹了，才搬到村里头。据姑姑回忆，她还是个十多岁的孩子，眼睁睁看着河水漫进院里，一寸一寸靠近屋门，她倚在门扇上，怕得紧紧抱着弟弟妹妹们。人类在大自然面前渺小得似一粒尘埃，但他们依然愿意相信自然界的慈悲和宽容。

我像一株水草，在浊漳河的滋养下长大。对河最早期最深刻的记忆，是五岁那年夏天。

那一天,雨说停就停了,天边“哗”地亮起来。鸡们试探着钻出柴垛，在打麦场上踅摸虫子吃，摇摇晃晃，醉汉似的。狗儿们“沙沙沙”地从西头蹿出来，一股脑朝东出了村。雨水刚洇下去，村道上就开始有人走动了。三三两两，手插裤袋的汉子们，有的打着口哨，有的叼根纸烟。

放学的时间早就过了，学校院子里还积着一池洪水。孩子们实在耐不住饿，见雨停便一个个从教室跳出来。卷起裤脚往水里一踩，竟淹到了大腿根儿。幼儿园新调来的年轻女老师比较谨慎，硬拦住他们，等院子里的积水排净才放走。

学校地处麻糊村东西向正中间位置，家住学校下方的姐妹俩回家是最方便的。她们不慌不忙地出了校门，先到自家崖垴上看了看。院子里静压压的，大门紧闭。鸡不在，猫不在，梨树底下的积水还没洇干。厨房顶的瓦楞草被雨水冲刷得新崭崭的，在阳光下发出油亮的光泽。姐姐仔细留意了一下烟囱，悄无声息，约莫母亲早已擀好面条，熄灭柴火，只等她们回去就下锅了。“走东头吧。”“好！”姐姐的提议，妹妹向来是不假思索地响应。

下了东头那道坡，是一片芦苇荡，此地往东是河，往西是家。朝西折回家的这段路，严格说是两片玉米地之间的一道水渠。常年从村西头下来的雨水、空山水都是流经这道渠，再往东汇进河。

坡道被冲刷得干干净净，路面伏上一层细细的湿泥沙。姐姐侧身走在前面，右手牵着妹妹。她先往平整的泥沙里踩下一步，再回头看着妹妹把脚放进自己走过的脚印里。这时姐姐嘴里喃喃着“慢慢的”，像是提醒妹妹，又像自言自语。身陷这样稀软湿滑的烂泥窝里，姐姐内心是有点胆怯的，但在妹妹面前，又实在不甘示弱。一阵风从芦苇荡里钻出来，扑向她们，卷着一股泼辣辣的土腥味。“姐姐，快看！”妹妹惊恐地指向坡根。只见来自玉米地里的无数股泥流，在此处汇合后，又一路朝河奔腾而去。脚下的泥沙越来越稀软，姐姐犹豫了一下，想尝试退回坡顶，却打了个趔趄险些滑倒。她捉紧妹妹的手，打定主意勇往直前。不料刚刚跨前一步，泥流就直接将两人拽进了汹涌的洪水里。

说到底，姐姐毕竟大了一岁。起初她还挣扎着在水里蹚了两步，后来才被卷进洪流。妹妹却是直接就被抬起了双脚，身不由己地跟着洪水的节奏向东翻滚。对姐姐来说，这是她记忆中最痛苦的画面。眼睁睁看着妹妹在浑浊的泥水里时隐时现，夹杂着麦糠的泥浆灌进她的耳洞，又从她的嘴里大口大口地吐出。每有喘息的空当，她就大声喊“姐姐”。这让五岁的姐姐突然变得顶天立地，变得无比清醒。她突然意识到，方才明明将妹妹死死揪着的，这会儿手里却空了。任凭她怎么抓摸，也抓摸不到可怜的妹妹。救命啊！姐姐声嘶力竭地喊着，无奈声音被洪水吸走了，根本传不出去。救命啊！她仍旧调度体内全部的力量哭喊，她在喊全世界，更是在喊自己。救命啊！救妹妹的命！她不能这样眼睁睁看着妹妹被冲走。当姐姐不知第几次被浪涛掀出水面时，土黄的水面上竟好半天没有妹妹，连小小的黑脑袋也没有了。她伸手想去拽一把芦苇，可手刚要碰到芦苇叶，“魔鬼”的舌头就再次袭卷而来，又将她吞了下去。然而这次是幸运的，洪水竟仁爱地将她冲到了妹妹身边。她捉到了妹妹的脚趾。她像在漆黑的夜幕下寻见一颗星星，尽管遥远，尽管微弱，但足以将她的宇宙点燃，将她的世界照亮。她死死揪住那根脚趾，吃力地拖。拖过一条腿，一只胳膊，一个小脑袋，拖过一声痛苦的“姐姐”，拖过一个仁慈的世界。“别怕！”姐姐看着那张糊满泥浆的小脸，居然幸福地感恩地微笑起来。别怕，活着就好。别怕，还在就好。此刻，她将妹妹牢牢地箍在自己身上，洪流瞬间渺小了许多。只可惜她们已经被卷到了芦苇荡的东南角，马上就要汇进后湾水库了……姐姐绝望地环视周围熟悉的山水、树木、房屋和庄稼，万般亲切，又万念俱灰。此刻，姐姐所有的努力只剩下一件事，就是把妹妹的脑袋托出水面，保证妹妹的呼吸。

雨后的阳光像初生的婴儿般，吸引着村庄和大地。妹妹显然已经筋疲力尽，她耷拉着的小脑袋，时不时钻进洪水里，又漾出来，就像浮在她们家饮牲口槽里的破皮球一样，毫无生气，随波逐流。此刻她还能做的，就是每隔一阵子吃力地看一眼姐姐，用这一眼来告诉她，自己还活着。这时姐姐就知足地笑了，苦涩的笑容从她脸上拧下一大把泥浆和泪水，扑答答滴进身前的洪流里，刚击起一个小漩涡，就被冲走了。她清楚地知道，那是冲到河里去了。

在绝望的流水声中，孩子们的双眼静静地合上，她们不再哭喊，也不再看这个无情的世界。她们像睡着了似的，两个小脑袋垂在水里一动不动了。

风冷飕飕的，从芦苇荡里钻出来。姐姐用最后的知觉紧紧地抱住妹妹，让她的身体尽可能贴着自己。她把她的头卡在自己的右肩上，这是能为妹妹做的最后一件事了，她不再说话。洪流一会儿将她们吞没，一会儿又吐出来，像淘洗着两件纠缠不清的旧衣裳。然而，就在这两件“旧衣裳”身陷绝望时，奇迹发生了。姐姐的脚下踩到一样东西，实实在在的，能够支撑起她身体的东西。她的凉鞋早已不见了，那是妈妈在“六一”节新买的凉鞋。此时脚底被扎得生疼，但正是这股钻心的疼唤醒了她。她顿时打了个激灵，惊喜地发现，是那丛马兰草！从记事起，这个地方就一直长着一大丛马兰草，春生秋谢，疯长起来简直比她还高。“抓紧它！不要松手。”姐姐使劲攀上那硕大的草丛做出示范。

大自然的善良和美丽，往往贮存在它的凶猛残酷里。

“活哩！姐姐，咱们还活着哩！”妹妹也清醒过来，她激动地大叫着。她们的上半截身子露出水面。

老井那边传来洋铁皮桶丁零当啷响。一个挑水人从半坡上滑了下来，桶滚出两处。“是跃刚！”就在她们开口要喊的时候，捡桶的跃刚也发现了她们。这个发现使他像触了电一般，拾腿就沿直立坡冲下去。尽管是个细长精壮的年轻后生，但稀烂的泥浆还是把他拖得东倒西歪，好不容易才来到洪水汇集的地方。这时他终于看清了，是两个蔫头耷脑的小姑娘。来不及多想，跃刚几个跨步蹚过去，像拔湿地里的胡萝卜似的，左右手各拔起一个孩子，夹在两侧腋下，疾步朝村里走。

这真是个要人命的事情！跃刚才推开街门，侧身挤进门洞，就听得孩子母亲一声惊呼：“主爷呀！”她在院子里瘫倒了，父亲、奶奶闻声从屋里跟出来。跃刚径直把孩子们送回屋，这屋里便乱作一团。

谁也不愿相信吧？那个无能为力的姐姐就是我自己。可这是事实。有幸在小小年纪就切身体会到命悬一线、死里逃生的滋味，得到上天的悲悯和恩泽，也懂得了绝地逢生后的感恩和慈悲，尽管只有五岁。

母亲蒸了两锅白生生的白面大馒头，又去村口供销社买上橘子罐头，扯了几尺红丝布。打点好满满一篓子，用好看的花毛巾盖起来，拎上往西头跃刚家去了。她得正式地、隆重地、诚心诚意地，好好对跃刚感谢一番。

“这是个甚事哩！还谢啥！”

“不是跃刚孩，我这俩闺女……”母亲说着又抹起了眼泪。她这是真的后怕，水火无情，要起命来可是不跟人商量的。可跃刚一家子太不以为然了，他们该上山上山，该下地下地，谁都不认为跃刚干了一件多么积功修德的事，也死活不肯收母亲的谢礼。

谢罢跃刚，母亲又到芦苇荡烧香磕头，到那丛马兰草跟前烧香磕头，到院当央给日头老爷烧香磕头。夜幕将合时，母亲特地挑了一只干净的白萝卜，切下一段，小心地在萝卜芯掏出一个深窝儿，将一根棉绳放进去，做成萝卜灯。待天黑透，她带着香纸供品和萝卜灯来到河边，对河烧香磕头。

人类对水有多依赖，就有多敬畏。在麻糊村，河是滋生万物、孕育生命的源泉，也是人们无限崇拜和信仰的神灵，他们信奉河给四季带来的风调雨顺，信奉人的生老病死与一条河相互依存。听老人说，村东曾经有过一座河神庙，村里每年都要举办隆重的祭河神活动，放灯许愿，乞求消灾除病、平安吉祥。虽然庙在抗战时期连续遭到破坏，如今已没有了一丝踪影，但河神还在，在母亲心中。

母亲来到先辈所说的河神庙的遗址，点上那盏萝卜灯。她虔诚地匍匐在地上，对着缥缈的灯影磕头感激，千恩万谢。在一个没有太多文化的农村妇女心里，磕头是最神圣和崇高的事，也是最心甘情愿的事。因为河神从来不拒绝，这头只要磕，他便收下了。也就意味着，只要你求，他就应了。他不光应了你祈求的事，还和你结下了人情，日后有什么灾灾病病大小不顺，自会多加关照。因而在磕过头之后，母亲跟河神唠起了家常："人说大难不死，必有后福哩。咱不敢奢望大富大贵，只求河神爷日后多照应些，让娃们平平安安长成个人儿。""还有跃刚孩，保佑孩……"母亲一时竟想不起要保佑跃刚些什么，"咳！就保佑一生平安，身子壮实。"母亲为自己能在关键时刻想到这么关键的内容而欣慰不已。圆满的祈求之后，母亲放心地扶着膝盖起身。不料她才刚站起，又慌乱地晃荡了一下，"扑通"重跪在地上，"河神爷呀，忘了最要紧的哩！还得保佑俺跃刚孩将来说个好媳妇。"说罢，母亲又不折不扣地补磕了三个响头……在五岁以后的人生中，我和妹妹但凡经历稍要紧点的事情或取得一点成绩，考学、远行、结婚……母亲都要到河边去祈福、还愿、谢恩。

倒映水中的灯影顺着悠悠的浊漳河漂进了遥远的夜色，河依旧静默无声地守护着两岸的百姓苍生。每当人们有捉摸不透的心思，河边就会亮起一盏灯……

檀木香

在班里，我的情况比较特殊。我是我们虒亭小学唯一一名借读生，寄宿在镇上的老姑家。爸妈不在身边的生活，是灰色的。

灰色的借读生活中，期末颁奖大会最让人期盼。盼校长和老师的表扬，盼同学们赞赏的目光，盼鲜艳的大奖状，盼珍贵的奖品，盼爸妈满意和自豪的笑容。我的奖品是一个浅蓝色笔记本，封皮上印着一小簇雪白的米兰花。尽管到虒亭小学以来，我常常获得一等奖，但像这样精致的笔记本，还是第一次得到。在颁奖大会上，我激动地摩挲着好看的封皮，但当着那么多人的面，不好意思打开内页。放学一回到老姑家，我便迫不及待地从书包里掏出来欣赏。实在太精美了！我一个五年级的小学生，怎么能拥有这么高档精美的笔记本呢？太奢侈了！我小心翼翼地翻看着内页，抚摸那细腻厚实的纸张，欣赏彩页上的风景画和景点介绍，分别是中国四大园林。隐约间，闻到本子里还有一股淡淡的檀木香气。正当我沉醉于苏州拙政园的美景时，一样东西突然滑落到地上。我捡起细看，心猛然一震。是岚卿老师的小像。标准的一寸黑白小照，四周裁着整齐的花边。岚卿老师烫着精致的大波浪卷发，发梢及肩。一双澄澈、温柔、灵秀的大眼睛正笑盈盈地看着我。不，岚卿老师不光看着我，她在对我说话呢。还是她常说的那句“人活得要有志气,有骨气,有目标,有追求!”清脆、干练的话语从岚卿老师洁白整齐的齿间飘出来,萦绕在我身边。哦,一阵清风吹过，照片上散发出淡淡的檀木香。

我知道,檀木香是一种很不一般的气味,它是奢侈的,是有代表性的。这种香味，我在奶奶的老洋柜里闻到过，家里只有奶奶认为很贵重的东西才能住进那个老洋柜。为了驱虫防蛀,柜里特地放了檀香木球。我猜,这个精美的笔记本在奖励给我之前，它也是被岚卿老师视作珍宝一般收藏的吧。为了给学生鼓励，她竟割爱把它奉献了出来。

那么，照片的事她一定不知道。至少现在还不知道，否则岚卿老师应当要拿去的。我把小像用一张红纸仔细地包起来，放进文具盒里，打算开学的时候还给岚卿老师。我突然觉得，这个浅蓝色的本子也应该还给岚卿老师。对嘛，只有岚卿老师才配用那么好的笔记本。但当我看到扉页上的“奖品”二字以及清晰的虒亭小学红印章时,又打消了这个念头。我想，这件奖品我永远都不舍得用。

好容易等到开学。我一到学校便将岚卿老师的小像送到了教师办公室。不料得到的消息竟是“岚卿老师调走了”。我鼻子一酸，没来得及跟老师打招呼便跑出了教师办公室。红色纸包里的小像，被我紧紧地攥在手心，它却突然变得很空洞。我不知道岚卿老师调到了哪里，只好把小像照原样夹进蓝色笔记本里，每天都把本子放在书包里随身带着。我猜想，老师应该会回来开会、办事或监考吧。说不定期中考试就是岚卿老师监考呢，因为平时经常见其他学校的老师来虒亭小学走动。

我还记得第一次见岚卿老师，是我刚转学到镇上读书时。开学的第二天上午，陌生的教室，陌生的班级里走进一位陌生的老师。原本在陌生里多一点陌生，并不稀奇。但走进来的岚卿老师长得很漂亮，嗓音也清脆。更特别的是，她走进来时带着一脸亲切的笑容。岚卿老师教我们数学，那天讲完课做练习题时，她走到我的课桌旁俯下身轻声问 :“你叫什么名字？是从哪里转来的？”“小小。麻糊村。”我原本以为自己会紧张得不敢回答或语无伦次，但岚卿老师的笑容让我很轻松，我甚至是微笑着对她说的。听了我的回答，老师用手轻轻抚了抚我的脑袋，脸上的笑容更温暖了些。岚卿老师什么也没有说，又静静地回到讲台上继续上课。那一堂课以后，陌生的虒亭小学悄悄为我这个寄读生，滋生出一丝暖意。

严格来说，岚卿老师对我并没有什么特别。我与她的接触，和其他每位同学一样，都是通过练习册和作业本。作业本上清一色的红色对钩，是我对老师的尊敬；练习册上飘逸的红色“优秀”，是老师对我的肯定。一个学期里，我和岚卿老师就这样波澜不惊地交流，她是校园里一道清新的风景，我是来自麻糊村的借读生。

后来有一次课上，岚卿老师突然说让大家买一本数学奥林匹克习题集，第二天就要开始布置习题集上的作业。那个时候我没有零花钱，需要买什么东西都是周末回家告诉爸妈，他们买好了我再带到学校去。老师突然交代的任务，让我焦急万分，因为我从来没有让岚卿老师失望过，这次更不想。放学后，我到书店找到那本习题集，看了看标价是 2.16 元，又放回去了。从书店出来，我一个人在街头徘徊了很久，怎么也想不出该到哪找 2.16 元钱。老姑家只有两位年迈的老人，他们根本拿不出钱。家又离得太远。最后，我只好来到街心的十字路口，试图碰上村里的熟人，借点钱或托人捎话给爸妈。可是，天色越来越暗，街上的人也越来越少，我失望而归。这使我彻夜难眠。清冷的月光从窗户照进来，落在我睡觉的厨房里。锅灶上，橱柜上，砖头地面上。夜，悄无声息。我蜷缩在靠墙角的一张小床上，想象明天数学课岚卿老师会不会失望，甚至生气。

然而事实上，当我把情况如实告诉岚卿老师时，她丝毫没有责怪，而是很温和地宽慰我：“没关系，先安心上课。”悬在心头的一块重石顿时落了地，我突然很想放声哭一场。那堂课上，老师仍然像往常一样从容平静，而我的眼眶里却始终忍不住感激的泪水。下课后，岚卿老师把我叫到办公室。万万没想到，她竟然主动借给我 2.16 元钱。“拿着，放学去买书。”岚卿老师的语气那么平静，我的心情却是澎湃汹涌。我不知该用怎样的语言来表示感谢，最后就那样木讷地红着脸离开了。

岚卿老师对待别人的真诚，是让人说不出“谢”字的。中秋节那天，同学们偷偷把美味的水果和月饼带到晚自习课上相互分享，只有我例外。我拿不出可分享的东西，也没有人与我分享。所以那个晚自习我格外孤单。或许是过节的缘故，老师没有像平时那样坐在讲台上监督我们朗读课文。教室里整个夜晚都弥漫着读书声，嬉闹声，热烈的烛光和食物的烹香。我坐在第一排最中间的位置，被身后的喧闹刺激着，引诱着，排斥着，既冷清又伤感。我故意放大声音读书，反正谁也听不见。

突然，喧闹声戛然而止。我无心理会，顾自读课文。直到教室里静得只剩下我一个人的读书声，我才不好意思地停下来。岚卿老师不知什么时候，已经悄悄地来到我身边。教室里鸦雀无声，每一朵烛光都冷静下来，轻轻摇曳着。一个油纸包在我的课桌上渐渐舒展开来，里面放着一个月饼和一小串葡萄。我一时慌乱，正要站起身，右肩却被岚卿老师紧紧按住。我顿时哽咽了。在模糊的光影背后，我仿佛看到了妈妈，正在朝我微笑。

再见岚卿老师，是在镇上的公共汽车站。那是一个周末的黄昏，我来到车站门口时，一辆白色的公共汽车正从站里开出来。我抬眼刚好看到一个熟悉得不能再熟悉的身影，坐在最后一排靠窗的座位上。岚卿老师！就是岚卿老师！我赶紧朝她挥手，但老师正在和邻座的乘客说话，丝毫没有发现我在喊她。况且离得太远，待我跑过去时，车子已经开走了。岚卿老师淡蓝色的背影，在我的视线里越来越远……

那天一大早，班主任把一份县委机关报拿给班长，让大家传阅。传到我们这一桌时，我才知道报纸上有关于县优秀教师的报道，标题下面是一张醒目的大照片，岚卿老师正在给一个小女孩辅导作业。啊！原来岚卿老师调到了县第二小学，还被评为优秀教师！我心里无比激动，眼里却不知怎么涌出了泪花……恍惚间，我觉得那个小女孩是我。就是的！因为我分明闻到了熟悉的檀木香。

一把老镢头

这是一把有些年份的镢头。柳木镢把被打磨得溜光水滑，镢板已经用得只剩下拃儿长，镢刃却明晃晃的，如家常用的锋利菜刀。镢铆里打了三四个楔子，有旧的，也有更旧的，龇牙咧嘴，宽窄长短不一，记录着几代人用过的痕迹。镢把和镢铆的缝隙间塞了些破碎布，不过辨不出是什么颜色了。我正准备转身离开的时候，发现木楔里竟然还夹着一根枯草，叫不出名字，却很有韧劲儿地在风里摇晃，它似乎还醒着，绿着……

素青开门从屋里走出来，好几年不见，仍旧憨厚面相，瘦高个儿，黝黑结实，上身穿一件军绿半旧衬衫，黑色宽裤子，一路带风。他说，今年春上乔迁新屋的时候，特地把这老镢头带进了新院儿。这会儿挂在街门楼雪白的墙壁上，活像一个土乎乎的老农坐进城市里的写字楼，很是不协调得厉害。但素青很珍爱它，老镢头挂在这处，他每天进进出出，抬眼望见它就像见到了他爷，关键是想起他爷那句话：土地是咱农民的命根子呀！

爷说这话是在十四年前，那会儿素青正跟村里几个年轻后生在市里干装潢，活多时候一个月的工钱，就能赶上他家种一年玉米的收入。素青省吃俭用，好容易攒够了钱在县里买下一套两居室楼房，那时候农村在城里买房的人还不多，他很是得意地把他爷跟他奶接到城里去享福。没想到，爷在楼房里住了几天，电梯不敢进，暖气不敢碰，燃气不敢开，马桶不敢用，怎么也住不安生，还总说楼在晃。爷住不安生，素青就没法安生，最后只好作罢，干脆让爷又回了村。当时，爷就是抡着这把镢头，硬铮铮地对素青说，土地是咱农民的命根子呀！素青不甘却也无奈地接过了老镢头，爷那副木锨似的手掌顿时赤裸裸地袒露在他的眼前，宽大、粗糙，结满大大小小的老茧。这时素青陡然明白，爷这辈子是把自己的血肉都楔进这柳木镢把里了。

素青的爷是一名老党员，在大集体时代给生产队喂牲口喂得好，从那时候起村里人就把他叫成了“牛把式”。“牛把式”原本不是我们村人，是二十世纪六十年代从中原逃荒来的。离家的时候，他的爷把这把镢头交给他，告诉他不管走到哪儿，只要用镢头去好好伺弄土地，就不愁活路。“牛把式”扛着镢头，挑着铺盖卷来到麻糊村，一镢刨下去就扎了根。那个时候，他专门在屋前种了几棵小柳树，说将来好做镢把使。从艰苦年代走过来，“牛把式”深知土地的重要性。他常说，只要有了土地，还怕什么！捅破天就是把力气的事，庄稼人有的是力气。春耕，夏种，秋收。一入冬，北方的土地就上了冻，人们都窝在家里享受难得的清闲，可“牛把式”每天都要赶着牲口车从我家门前经过，一车一车往冻疙瘩地里拉粪。冬天先把粪撒下去，明年开春土一醒，肥就化进去了，一刻也不用耽误。他甚至恨不得把自己也连同粪一块撒进地里，陪着哄着这些土地，让它们一年四季都活泛起来。热腾腾的汗气从“牛把式”的旧棉袄里冒出来，在苍茫沉寂的黄土地上氤氲着万物生机。即使地里再没活儿干的时节，他也不肯歇下，村子的前山、后山、山外还是几层山，遍地都有“牛把式”开的荒。手起镢落，土地吃短了镢头，拉长了岁月。

“牛把式”家总共七十多亩地，就有近五十亩是开荒开出来的，土地让他终于过上了丰足的生活。为此，每年收罢秋，他都要按自个儿的方法对那把老镢头举办一个供奉仪式，往镢头上系一条新红绸带，把它供在天地窑前，用五个大碗满满地装上五种谷物，香炉里烧上三炷香，再带上儿孙们恭恭敬敬地跪在地上磕头。“牛把式”对素青说，娃儿呀，我是你的爷，土地是咱的爷！他家是全镇种地最多、产量最高、交公粮也最积极的庄户，每年交粮不光交得早，还专挑好粮交，而且常常比上面给的指标要多交上几口袋。也有人私下劝他，一年到头累死累活打点粮食不容易，能省就省着些才是。“牛把式”憨厚地笑笑说，我是党员，就该带好头嘛。粮囤尖了，粮食多了，他心里还想着需要帮助的人。有一年冬至下大雪，天擦黑时我和母亲在村道上碰见“牛把式”推着三袋粮进了孤寡老人五奶奶家。那次我才知道“牛把式”已经悄悄供应五奶奶吃粮好几年了，后来他一直供到五奶奶去世。

“牛把式”最是明白种地的不易，也最爱惜粮食。赶着牲口车走在路上，他从来不坐车，为的就是方便沿路捡拾遗落在地上的粮食，一穗谷，一粒豆或几颗高粱籽。他自己还摸索出许多储存粮食的经验，比如小米是当年的好，小麦是陈年的香。当年打下来的麦，趁三伏天晒得干透就装了缸，用纱布包两包花椒埋进去，再用麻纸把缸口密封起来。花椒是一种自然抗氧化物，利用它的香气驱虫，麦子存放几年都不怕坏。

1997年，县里给“牛把式”评上了劳动模范，这在我们村还是大姑娘坐轿——头一回。本该是风光自豪的事，“牛把式”却很是不好意思。有县里的女记者来村采访他，说这小小镢刃上凝聚的既是南泥湾精神，也是北大荒精神，值得全县人好好学习。“牛把式”听罢，慌忙摆手道：“可不敢啊闺女！我这可不是南泥湾精神，也不是北大荒精神，这些咱不懂，我只知道开荒种地打粮食，顶多就是个‘老镢头’精神。”那个时候，我还不太懂得劳模的概念，但我知道那是高尚的，也由衷崇拜。上学路上经过“牛把式”家门口，远远看到他抡着镢头打粪，我便走过去看。“牛把式”停下动作，把镢拄在面前，双手抱住镢把，下巴抵在手背上，歪过头跟我说话：“娃儿，你将来考上大学，也不能忘了给咱好好种地啊。”直到“牛把式”把素青从城里叫回来种地，我才明白了他当初说那句话，其实是心里发慌。他愁我们这些娃娃们念上书，将来一个个都飞了，农村的地谁来种。

素青每天清晨早早起来，第一件事就是到村对面的山头去转转。山顶有个不知是明代还是清代留下来的烽火台，站在那烽火台上北望是村子，朝南望就是漫山遍野的庄稼地，层层叠叠。现如今，它们简直是素青的命，他一睁开眼总得先瞧见土地，让田野的风吹一吹，才能安安心心地开始一天的生活。素青有时在心里暗想，我咋越来越活成我爷了？论起种地，素青果真是越来越像他爷当年那股劲儿。就像这烽火台，早些年人们都弄不清它是个什么土包，突然有一说是古代某官员的墓，结果被人胡乱挖了一通，也没挖出个子丑寅卯就撂下了，活像个被人啃了一半扔到路边的窝窝头。素青看着可惜，拽住季节的尾巴在豁开的那半面栽了几行晚豆角。

素青深知这把老镢头的分量，但光靠他耕种爷留下的七八十亩地，俨然不能适应新时代的农村。他干脆下了一个大决心，把村里一千二百多亩土地全部承包下来，贷款买了农机，又把村里的零散劳动力组织起来，实行机械化耕种。虽然最初在买农机，卖粮食等多处都享受到了国家的补贴政策，但素青仍旧吃了些亏，毕竟是个新鲜尝试，没有任何经验可循。近几年，终于越来越顺利了，他又尝试把一部分土地转给几个农业合作社，有的种植药茶，有的种植油牡丹，有的种大棚蔬菜，曾经单调地生长了几个世纪小麦、玉米、谷子、高粱的庄稼地，也变得丰富多彩，发挥出更大价值。

机械化种植效率高，却总有些铧犁撑不开，牛蹄踏不到，农机更开不进的角角落落，零散碎块，素青一星也不肯丢弃。不管是炕席大，还是笸箩大，他一有空就扛着锄头、镢头去拾掇伺弄，在这些“巴掌地”上种些瓜，点些豆。

尽管传统农具渐渐淡出现代化农业的日常，但爷留下的这把沧桑的老镢头，始终是素青精神上的依靠。这会儿，他正独自站在山头的烽火台上眺望远处的庄稼，不知从哪个方向传来一阵鸟叫，“算黄算割！算黄算割！”

素青想，麦子黄了。

一

赵树理和他的两个女房东

赵树理作品对我的影响，大约从三四岁记事时起。村里但凡有人家娶妻嫁女，八音会总要唱一段《小二黑结婚》来助兴，小芹、二黑、三仙姑等人物形象长久地鲜活着太行山区老百姓的日常。以至于上学后，每每在课文里读到赵树理的作品，我总以为书中的李有才、田寡妇、“常有理”等都是我们村上的人。在外工作这些年，但凡和文友们谈起文学创作，许多人都把目光和谈兴集中到赵树理身上，听他的创作故事，品读他充满乡土味的作品。赵树理是能在时间长河里存在的作家，他身后不寂寞，还拥有众多的当代知音。

赵树理的许多著作都取材于我的家乡襄垣县农村，乡亲们中间流传着他的不少故事。2021 年元旦假期，我回乡探亲时专程去了一趟《田寡妇看瓜》和《传家宝》的创作基地下良镇下良村，探访了他曾经的房东，一个早已逝去的时代又重现眼前。

那天，太阳在村头的河面上折射着暖洋洋的光波，树梢似动不动地拂过莹白的冰面。村口的小马扎上，一位双目失明的老人正在晒太阳。听说我想了解赵树理，老人的神情立刻警觉起来：“可不敢乱写啊闺女，说不定什么时候就运动呀。你看老赵后来多凄惶……”他的喉结重重地蠕了一下，说不下去了。我明白老人说的是赵树理晚期的遭遇，也知道他是在掏心掏肺地劝我，但我没想到这么多年过去了，这位作家还挂在老百姓心上。而且……这般分量！

老人当时只有十岁，是赵树理房东邻居家的孩子。时隔七十多年后再谈起赵树理，他仍感觉像昨天发生的事一样，滔滔不绝地讲了起来。

1948 年正月初八早晨，南山上突然传来一阵叮叮当当的声响。从这响声里，就能听出是头驴，不是马，也不是牛。甚至能听出，驴对路不熟，赶驴的人也赶得不十分顺手。这会儿，他琢磨不透来人是谁。大年初五，谁不在家好好过年，会赶上牲口到处跑？

“一出街门，我就看到有个生人牵头驴从坡底下走上来。大高个儿，长瓜脸，头戴洋毡帽，身穿半旧黑大氅，还背着个灰挎包。你说这是个甚人嘛？干部不像干部，农民不像农民。可我咋也没想到，他就是赵树理！”和煦的阳光照在老人空洞的牙床上，他好像见到了久违的亲人，高兴得合不拢嘴，“我赶紧带他进了后底院。”

后底院是赵树理当年来搞调研时住的院子，在下良村最北面，一排溜总共三串院七孔窑，都是李家祖宅。中院是老大李体华的，当初是下良村的村长。东院是老二李体贵的，担任襄垣县剧团团长。西院归老三李体成，他在郑州军分区某独立团当宣教股长。三兄弟都是早早就参加共产党，抗战时期为地下组织做了大量工作，曾经掩护刘邓首长驻扎在自家院子里，秘密开展八路军活动。后来老大老二两家搬出去住了。赵树理到下良村来搞调研时，院里就剩下三媳妇王桂英和她的婆婆。婆婆是个能干人儿，纺花织布样样在行，仨儿子培养得个个成才，三房媳妇齐齐楚楚。尤其是三媳妇王桂英，虽说小小年纪，但人聪明伶俐，思想解放。十六岁嫁到李家来，十八岁丈夫参军上了前线，她在村里也不甘落后，担任起村妇救会主任，组织妇女们做军鞋，磨军粮，洗军衣，投身支前工作，后来又参加农民识字班学文化，接受革命新思想，还被评为劳动英雄，在县群英会上受到了表彰。介绍赵树理来下良村调研的李来成，就是在群英会上认识了王桂英，他们都是被表彰的劳动英雄。

王桂英见来人满头大汗，累得上气不接下气。“这是你骑上驴来了，还是驴骑上你来了？咋累成个这哩！”一时好奇，她也顾不上问来人是谁。

“这是李体成家吧？你就是……王桂英？”

“我是哩呀，你……”

“那就好说哩！李来成你知道哇？你们都是襄垣县的英雄模范嘛。我跟他熟，我姓赵，叫赵树理。”

“啊呀呀，你就是赵树理大作家？俺们都爱读你的书哩！你这有驴咋不骑上？”王桂英双手紧紧握住赵树理的手，激动得涨红了脸。

“听李来成说你们家是革命家庭，一个比一个能干。今儿原本他带我来的，临时又有事，就打发这驴驮我来了。没想到这东西精得很，我一骑上去，人家就不走哩。”

“哈哈，驴还认生哩！李来成年前专门来打过招呼。屋里早收拾干净哩，咋不来家过年？”说话间王桂英牵过驴绳。

“进屋！进屋！”王桂英忙让道。

“祖国江山千古秀，中华大地万般新。”“花木向阳春不老，人民跟党福无穷。”待王桂英把驴拴到门口的拴马石上，进到院里，见赵树理正在念门上的对联。“好！好！”赵树理高兴地说。来下良村的这一路上，到处都看到类似这样激动人心的红对联，他打心底觉得新中国很快就要诞生了。

听李来成说大作家赵树理要来她家住几日，深入农村生活，积累文学素材，王桂英当天就把中窑拾掇得利利索索、清清爽爽。炕上铺上干净被褥，靠窗台摆了一张小炕桌，桌上是一盏铁质高脚麻油灯。

“赵作家，早几年邓小平同志也在这窑住过，当时就是这盏油灯陪他熬夜哩。你们都是了不起的人物。你瞧瞧屋里还缺甚不，我去做饭。”

王桂英出去了，赵树理一个人坐在炕沿上，打量着这家的屋里院里，心中揣摩这家人的情况。

“赵作家，俺们襄垣人讲究个上马饺子下马面。”不一会儿工夫，王桂英就端着一碗手擀面走进来，左手中指上吊着个小醋壶。赵树理嘴上应和，人却起身去了厨房。他掀开砂锅盖一看，果真是一锅稀汤面，转身就回中窑去把面条端来倒进了锅里，“你可不敢这么弄，这是撵我走呢嘛！”赵树理在农村搞调研，常常遇到老百姓给他另开小灶，后来他不管到谁家，都留个心眼儿。

刚吃罢晌午饭，村西头的喜娥就来叫王桂英：“三嫂，今儿下午练跑旱船，离了你这个主心骨可弄不成！”王桂英瞟了一眼婆婆，见脸色不大好看。她没有正面回喜娥的话，而是对赵树理说：“赵作家，你缺甚跟俺娘说就行，我一会儿就回来。”说完，她又转身笑盈盈地看婆婆：“娘，你不是最爱看人家剧团演的《小二黑结婚》吗，这个戏就是赵作家编的。”婆婆听了，脸上顿时转阴为晴，惊喜地从椅子上站起来，来到炕沿边和赵树理面对面坐下。王桂英趁势挤眉弄眼拉着喜娥出了门。赵树理察觉这婆媳二人有点不得劲儿，却也不便直接问。他和老太太面对面各噙各的烟袋，就着同一盏油灯“咝咝”抽着旱烟，聊起了《小二黑结婚》。

王桂英傍黑回来的时候，远远听到从她家传来一阵音乐响，脚下便不由得加快了步伐。进院一抬头，竟然看到赵树理坐在窑垴上，抱一把三弦，背对着院又弹又唱。再往里走，婆婆呆愣愣地立在院当中，支着耳朵正听得出神。王桂英听二哥李体贵说过，赵树理经常到他们剧团指导编戏排戏，吹拉弹唱说来就来，今儿可算是见着了，她沿窑西边的石阶路来到窑垴上。没想到场里还围了一圈人，左邻右舍，大人孩子都在愣神看赵树理表演。“太阳出来一杆高，我把行装准备好……”此时的赵作家，俨然已经成了进步青年“小二黑”，他目光炯然，精神抖擞，边唱边比划，正要找小芹去。突然，观众里有人问：“谁唱小芹哩？”只见赵树理看了那人一眼，便吊起嗓子扮演起小芹：“事情不能随心愿，坏事容易成事难……”细声细气，眉目流转。这一角色反串，把大伙逗得笑翻了天。赵树理自个儿却不笑，他唱了小芹唱二黑，转眼又唱三仙姑，唱着唱着还跳了起来。最后硬拉着邻居家的小孩——给我讲故事的这位失明老人扭了一段秧歌。

第二天一早，天刚蒙蒙亮赵树理就起来干活了。他蹑手蹑脚地拎了倒扣在枣树底下的长条石凳上的两只水筲，从枣树上摘下担杖，偷偷拉开街门走了出去。王桂英起来发现街门开着，她以为是半夜起来喂驴忘记关了。她又去厨房捅炉子，准备煮小米粥的时候，揭开水缸盖发现缸里满满的。“啊呀，人家赵作家甚时候倒起来挑水哩？”这时细看才发现院里地上淋了一路水滴，早已经结冰。多不好意思！王桂英想道谢，来到中窑门口，却从窗户里看到赵树理趴在小炕桌上写作，她又折身回了厨房。

婆婆爱听赵树理说戏，心里又怕打扰人家创作。吃罢晌午饭，她提了把钩镰来到村西头的老楸树下，踅摸好大一阵才瞅准一枝合适的。钩镰搭上去一使劲儿，老太太便称心如意了。她窝在太阳圪塄细细致致地刮了一根新烟袋，打算送给赵树理。手头有这么个小东西，找人家说戏总也好开口些。

喜娥又把王桂英叫走了，老太太跟赵树理坐在炕沿上抽旱烟。新烟袋用起来毕竟不如那旧的顺手，烟味里还夹杂着一股树腥味儿。但赵树理明白老太太的意思，他就又开始说戏。聊着聊着话头就转到王桂英身上，原来婆婆并不欣赏王桂英这样的儿媳妇，嫌她整天在外抛头露面，不织布，不纺花，一点也不像个妇道人家。为这，两人时常闹点小矛盾。赵树理知道，类似这样新旧思想冲突产生家庭矛盾的情况，在太行山区屡见不鲜，也创作过多篇反映新农村新风尚题材的小说，他暗自思谋想帮她们婆媳解决这个问题。

从聊天中得知，王桂英的婆婆原先是武乡县人，生在一个大户人家，从小见识广，也明事理。当初嫁到下良村时，婆家穷困潦倒，人丁单薄，她很快给李家开枝散叶，生了三儿两女。丈夫常年在外做生意，她持家有道，教子有方，把儿女们培养得个个出息，家庭内务也管理得井井有条。

老太太说：“我那大媳妇、二媳妇都是三寸金莲，听话孝顺，大门不出，二门不迈，稳稳当当在家纺花织布，恪守妇道。就是这个三媳妇，倒不是说她不孝顺，整天在外面风风火火，东奔西忙。赵同志，你说说，你给咱说说，这哪像个女人家！”赵树理听罢，先不直接表态，而是转移了话题：“我来之前就听李来成说您是个伟大的老人家，真没想到您这么了不起。您这些儿女们可为咱国家做了大贡献了，都是您老人家的功劳哩！”婆婆听得心花怒放，又跟赵树理讲起抗战时期刘邓首长住在她家，她的三个儿子里应外合接应八路军的故事。赵树理见老人家正在兴头上，赶紧插话：“听说，当时你们下良村的支前工作干得出色哩？”他从李来成那里早就听说过王桂英带领全村妇女支前的英雄事迹，故意把话头引出来。

“我这三媳妇桂英，别看她年纪小，那几年在村上组织妇女们磨军粮，做军鞋最有号召力。八路军早上才刚走，到半下午时南面那房里的军粮就堆得满满的。”老太太指着院南面的几间房，自豪地说。“就是哩，你们家桂英是劳动英雄，县上的领导都知道她，说她干起革命来不要命，在外面常常忙得忘记吃饭。她这是为国家，为人民啊，抗战时期国家需要她，如今更离不了她。儿子媳妇都这么能干，您老人家该骄傲哩！”

外面天色说暗就暗下来，枣树的影子在夜色下斑斑驳驳，忽隐忽现。二人都不再说话，轮流就着油灯“嗞嗞”抽烟。好一阵沉默之后，王桂英回来了。她进门先撮上一筐箩秆草去喂了驴，又进厨房把炭炉捅开。

这时老太太放下烟袋，说：“赵同志，你歇着，我去帮她做做饭。”赵树理见老人家这般，心中暗喜。

王桂英这几天睡得晚，她一边做鞋一边预备着，怕万一赵作家有什么需要，随时能叫她。王桂英突然想起这两天灯油用得多，她起身又喂了顿驴秆草后，去敲中窑的门：“赵作家，我给你送灯油。”

“噢，那你进来哇，门没闩。”赵树理搁下笔，朝门外说。

“我不进去哩，你到门口接一下油壶就行。”

赵树理搁笔下炕。

“赵作家，油不够了你尽管添。”说完，她就转身要走。

“等等。”赵树理赶紧叫住她，“我给你说两句话。”

王桂英愣了一下，疑惑地看着麻油壶后面的赵树理。

“其实老人家中意你哩，夸你能干。就是时代不一样，新旧观念差异大。”

王桂英心里一阵暖，说：“知道哩。”

这时，赵树理突然想起老太太白天讲过，抗战初期刘邓首长住在后底院的事。1938 年 3 月初，八路军总部和一二九师为执行毛泽东主席建立太行山根据地的指示，活动在武乡和襄垣境内，朱德总司令、彭德怀副总司令，刘伯承师长、邓小平政委根据当时的形势，选定一二九师刘邓首长移居下良村。刘邓首长带着相关人员悄悄住在后底院，指挥神头岭战役,取胜后在下良村大庙召开了庆功大会。赵树理提醒王桂英:“留在这座院儿里的革命精神，要好好保护起来。”说完，他回屋闩上了门。

赵树理久久地凝望着小炕桌上的高脚麻油灯，重温那段革命历史，仿佛从这呼呼跳动的灯光里看到了新中国的美好未来。他再次拿起笔，决定今夜再干一个通宵。

赵树理来到后底院的第四天，见婆媳关系明显缓和了许多。他提出要摸摸这驴的脾气，免得回去时再“驴骑人”。见王桂英端上笸箩去撮秆草，婆婆赶紧把驴牵回来，拴在枣树上。按照老太太的吩咐，“先把驴喂饱，咱再吃早饭。等半晌午太阳红出来，院里也暖和哩。”

正月里天气，寒春的湿气已经开始从地底下蒸腾出来。阳光落在院子里，有种糯糯的湿暖气息。王桂英知道，婆婆早些年回武乡娘家都是骑驴，也最懂驴的性子，话里便有了点讨好的意思：“赵作家你放心，李来成家这头驴就算再犟，俺娘也有办法给你调教顺当。”老太太听了心中欢喜，轻轻摸了摸驴的脑袋，说驴背上空空的，得垫个软和东西，王桂英就赶紧回屋抱了一条半旧褥子搭在驴背上。又说给驴嘴上套个笼头，它就能断了贪吃的念头一心瞧路，王桂英又去南房找来笼头。都准备停当了，老太太让赵树理坐上去。

“赵同志，你上了驴先捉住缰绳，身子稍稍往后仰一下，驴就知道要待命哩。”

赵树理便捉住缰绳，僵直的身子极不自在地往后微微仰了一下。

“对哩，对哩！你甭害怕，放松些。”

老太太牵着驴绕枣树转圈，先是慢慢走，后来越走越快，驴的脚下也有了节奏。

“来，赵同志，你的身子试着跟上驴的节奏巅起来，巅起来人舒服驴也舒服。”

赵树理认真体会，慎重地一巅，驴惊得抖了一下。老太太赶紧拍拍驴脑袋，调侃道：“可不敢这娇情哩！你几时驮过大作家？”驴撒娇似的摆了摆右耳朵，恢复了温顺的样子。赵树理又试着巅了一下、两下……慢慢跟驴形成了默契。王桂英奓着两只手，紧紧跟在驴的身旁，生怕驴突然犯了脾气。驴快，她也快，驴慢，她也慢下来。这时，仿佛枣树下所有动静都由婆婆的拿捏。

“对哩，对哩！你瞧驴这下高兴了哇。”老太太得意地捯着小脚，一边跑一边回头看驴背上的赵树理。驴似乎也听懂了一般，跑得越发殷勤。

“折煞我哩，让您老人家给牵驴。”赵树理不好意思地说，他却不知道该咋让驴停住。

“驴这东西，要哄！你把它哄顺了，咋都行。”老太太在兴头上，完全不理会赵树理的话，“来，咱再教教它听口令。”

仨人在院里热火朝天忙活了一上午，驴总算认下了赵树理这个主人。这会儿随他怎么使唤，要走要停它都依他。婆媳二人有了这番配合，院里的气氛更加和睦。婆婆要去街门外拴驴，儿媳妇抢了去，一口一句“娘您歇着！”把老婆婆哄得欢天喜地。她便坐在枣树下的石凳上，跟赵树理拉起家常。

“就这么个骑驴下乡的好作家，后来也‘靠边’哩。那会儿我的眼睛还没害病，村里派我们几个年轻人四处找过他。闺女，我们这里是赵树理的‘保险箱’啊，我们想把他接回村保护起来，结果好几次也没找到……”说到这里，老人激动得站了起来。我赶紧安慰他：“老人家您坐，您坐，坐下慢慢说。”

那是大年三十傍晚，天刚麻麻黑时，后山圪梁上来了个生人，捎话说武彦荣县长请赵树理到县上商量个急事。事情来得突然，王桂英一时慌了手脚。她手上有双棉布鞋，是为了感谢赵作家帮忙调和婆媳关系，特地给人家做的。这两天紧赶慢赶，也才刚纳成鞋底，还没来得及绱帮子。她进西窑跟婆婆商量：“咱娘儿俩一人绱一只，赶赶工。”婆婆听了，一百个赞成。这夜，后底院的灯光格外温暖。

第二天清晨，赵树理又是早早起来，挑满一缸水。在太阳出山前，他就已经吃过热腾腾的小米粥，穿上后底院女人做的一双新棉鞋离开了下良村……

往事在老人的记忆里非常清楚，不知为什么，我突然觉得他的眼睛在冬日的黄昏里猛地亮了起来。他双目失明，但眼光却很亮。

岁月消散在时光深处，院里仍是旧时的模样。正面三孔独门独窗的土窑洞，东西各一间青砖小瓦房。东房从窗台往下半面墙壁，明显有焚烧的残痕。老人说，是被日军烧的，抗战胜利后重新修缮时，特地留下了这“伤痕”，用以警示后人。南房倒得只剩下一圈石头根基，里面重新垫了很厚的土壤，做成一方菜地，我没有问究竟是种南瓜还是山药蛋，或者其他。院中央的枣树没了，在原地种成一棵杏树，墨黑的枝干看上去也上了年纪。树下的长条石凳还在，不见水筲。

中窑的门上是一把锈迹斑斑的铁锁，门前的石板台阶缝隙里杂草丛生。我趴在窗镜前朝窑里张望，在午后强烈的阳光照射下，屋子里黑洞洞的。我用双手罩在额前，长久地望着这一片黑，在这黑里突然挤出一星微弱的光亮。那是一盏文学之灯，豆大的光晕在漆黑里越长越大，它照亮了整个窑洞，照亮了我的文学生命。

太阳眼看就要落山了，我坐在窑垴俯瞰脚下。荒凉的院落仍旧在漫长的冬季沉睡，故事却醒着。一位头戴洋毡帽，脚穿粗布鞋的农民作家，一会儿骑驴走进来，一会儿挑担走出去，一会儿噙着烟锅问婆婆，一会儿又抱着三弦劝媳妇……我终于明白了，老人为什么哽咽，赵树理的作品为什么能在民间经久不衰。

棠梨是个“小媳妇”

在麻糊村的野果子里，棠梨是个“小媳妇”。

“小媳妇”就是小媳妇的德行，要口感没口感，要长相没长相。因而常常是实在没东西可吃的时候，才会想到它。好在整个村里就那么一树，稍显稀罕了些，再多就该遭人弃了。它很粗壮，五六米高，得两三个小孩合抱差不多。野生树木无人修剪，处处断枝残叶，就那么老气横秋地长在村东头的低洼沟渠里。即便如此，它也从不表现出沧桑或孤独，看上去倒更像是一位不卑不亢的老人，乐观、健朗、自信。

细说起来，这树棠梨最可人之处就数春天开花了。漆黑的枝干，雪白的花朵，初春时节在干枯荒芜的黄土地上显得尤为生动。由于是一树野花，也明知它结不出多么可口的果实，人们便肆意折了花枝来挥霍，插在家中花瓶里观赏。棠梨花与自家院子里的梨花差别不甚大，若仔细对比，前者的确略显小气些，带有一股子“小媳妇”的胆怯。但棠梨花耐看，她开得执着，开得诚恳。团团簇簇，朴素动人，一枝入瓶，满屋皆春。棠梨花也耐养，家花未开她先开，家花已谢她犹在。只消每日换瓶清水，她便任劳任怨迎在百花前，送在百花后。棠梨花还壮美，村里大多人家春季都会采些未开的花苞，带回家凉拌，清炒或做成梨花汤吃，有清肺、止咳、润喉、健胃消食的功效。尚未开花，就已奉献，她从不曾有任何怨言，来年依旧飞花胜雪。儿时，每到棠梨花谢，我总偷偷地跑到树下，撑起衣角接那如雪的花瓣。那是一场壮丽的谢幕，花落成尘，暗香轻浮。虽不能永恒，却在记忆深处留下太多感动。

才入夏，刚过端午，桑葚果就熟了。村里的孩子们像刚从冬眠中醒来的松鼠，有的在树底下乱蹿，有的伏在枝头，兴奋得委实乱了方寸。桑葚果吃罢，杏子微微泛黄。山间的几棵杏树，早在春天花开时就记了路，一直吃到果肉熟透，丢下满地杏核才肯罢休。山桃在夏果里是最晚的，也最可口。只可惜漫山寻下来，就那么矮矮的一两株，解不了几日馋。忙完这阵子，往往还在暑假。百无聊赖的午后，太阳把村庄烤出一种奇怪的味道。大人都在歇晌，村道上只有孩子们和狗蔫头耷脑地闲逛。路过一片西瓜地，地头的水沟里“轰”地惊起一群苍蝇，嗡嗡乱嚷着吐出变质西瓜的腐臭，瓜棚下的看瓜人就在这腐臭里专心地打盹。他打盹，我们也只好死了心。

这是个有突破的中午。我原本仰躺在热轰轰的麦秸垛上看云，不知怎么突然就想到了薄荷。对，棠梨树下还有一片薄荷草！采些叶子回来煮凉茶喝，再化上一粒糖精，该是这燥热天里最适宜的饮料了。一轱辘翻身起来，直奔村东。这几个月来，生生是把那一树棠梨给遗忘了。她看上去跟旁边的杨树、槐树并无区别，在骤起的风里飒飒抖动着墨绿的树叶，独自孕育，独自葱茏。若不凑近细看，早已忽略了枝叶间还藏着密密麻麻的棠梨果。伸手拽一掇来品尝，实在酸涩，整个人禁不住打了个激灵。我气恼地把剩余的果子丢出好远。可恶！真正枉费了棠梨这水灵灵的名字。所幸庞大的树冠下笼罩着这片青油油的薄荷草还有些用处。

秋天，山里是不缺吃食的。山楂熟了，酸枣熟了，野葡萄熟了，沙棘果又熟了。好吃的争相晒在屋顶，有谁能想起那酸溜溜、苦涩涩的棠梨？除非……此话说来，又一言难尽。棠梨树旁的那块地是大队划给村小学种的。其实就是国兰老师带着我们这帮娃娃兵。那些年一直种玉米，不管春种秋收，巴掌大块地总得整整耗上一个下午。老师盯着的时候，个个佯装干活，老师一转身，就三三两两爬到棠梨树上捣乱去了。一伙不懂事的半大小子，国兰老师越制止，他们就越糟践，把结满果子的树枝扯得遍地都是。国兰老师看着心疼，又把那些果粒一颗颗摘下来，装进兜里。“调皮鬼”们就躲在一旁哧哧偷笑，还就地给她取了个难听的外号，叫“酸棠梨”。然而，也不无道理，国兰老师对待学生的确尖酸苛刻，全村老小有目共睹。村小学三个年级，总共二十余名学生，就她一位老师。她一人负责全校，包揽全科，何来慈爱温柔的余地？倘若谁犯了错，国兰老师必是严厉苛责。作文不认真，就得三番五次修改；作业不整齐，她坚决要求重写。这般严肃，孩子们便萌生“敌意”。趁她午休的时候，采一枝棠梨偷偷插在那间教师办公室兼卧室的门闩上。国兰老师从不为此动怒，她平心静气地把那枝沉甸甸的棠梨果拿回屋去，风过无痕。

初冬，山间下了一场薄雪。树上结的、地里长的都吃光了，枯燥无味时我才想到去村东的棠梨树上搜罗。所剩极少，寥寥几颗挂在光秃秃的枝头打哆嗦，约莫是鸟雀们准备留着过冬的。有一天，国兰老师突然说她要调走了。学生们虽年纪不大，但提到离别，还是懂得感伤的。一位中年女老师和二十几个孩子共处的这间教室里，顿时沉默下来，大点的女生还哭起了鼻子。那天国兰老师很动情，她讲了许多以往从没讲过的话，还给每人发了一本小册子。那是她平时要求的写作练习，低年级是句段，高年级是随笔，也有的正式点写成了作文。国兰老师把每个人的习文都作了认真批改和点评，并装订成册，看上去就像一本本个人文集。我最早大约就是从那个时候起，开始喜欢上写作的。尽管还不懂得真正的文学是什么，却由衷地迷恋国兰老师身上那股馨香的气质。

临别前，国兰老师从办公室里拿出一小簸箩棠梨，在学校院子里分给孩子们吃。这些果子显然是经过精挑细选的，颗粒饱满，黑如珍珠。原来，每当有调皮的学生插棠梨枝，她就拿回去把果子摘下来，精挑细选后收进小簸箩里，待入冬天冷时再用棉絮藏焐十天半月。这才是棠梨果真正的味道。轻轻一咬，熟透的褐色果肉撑破果皮露了出来，又沙又糯，甜津津的。论口感，论味道，皆不逊于别的任何一种野果。所有人都惭愧极了，原来棠梨并不是又酸又涩，只是我们太不成熟，每年等不及它长成而草草误解了她的本来滋味。国兰老师温柔地眯起眼睛，任由一圈小脑袋在簸箩周围挤来挤去，像一群新出的小鸡仔，在暖暖的冬阳里争食。她轻轻捉起一颗黑果，给了三三。“真甜！”三三小嘴一抿，两腮顿时挤出一对深深的酒窝。

村子实在贫困，国兰老师调走后，好长一段时间没有人肯来接任。整个冬天的课程稀稀拉拉，断断续续，就有了大把空闲在棠梨树下逗留。我用长钩镰探上树梢轻轻敲两下，枝头的果实就彻底落光了。拨开堆积在地里的玉米秆子，下面竟藏着一层黑黝黝的熟透的果子。有的被松鼠啃过，有的完好无损。我兴奋地跑回家，拿上小瓦罐，正儿八经地为棠梨果执着了一个下午。

太阳晒暖了脊背，棠梨再也不是个不起眼的“小媳妇”。

一

会说话的红旗

去年腊月初，在山西省襄垣县下良镇下良村李俊先老人家。聊了整整一个下午，发生在自家老院的陈年往事，李俊先侃侃而谈。提起母亲，这位年近古稀的老人却突然沉默了。他径直走出屋子，几分钟后捧回一个小包袱，小心翼翼地打开，原来里面是一面手工缝制的红旗。

铺展开来，旗面已经不再鲜艳，隐约有几处弹痕硝烟，原本精致的针脚也被磨蚀得残缺不整，旗竿套是用白布做的，就是以往农家人自己织的那种老粗布，颜色泛黄，显然饱经风霜。在红旗的正反面，分别整齐地贴着五颗亮黄的五角星，看上去格外刚强耀眼。

老人说，关于母亲王桂英的故事一言难尽，最难忘的要从这面朴素的红旗说起。抗战时期，八路军总部设在距下良 10 公里的王家峪，下良成为抗日战争的敌后根据地和八路军总部的前沿哨所。在八年抗战期间，下良人民经历了日军的“九路围攻”和惨绝人寰的“三光政策”，敌人的残暴，激起了百姓的强烈反抗。“母亲叫儿打东洋，妻子送郎上战场。”下良大批热血青年，仁人志士纷纷加入了抗日队伍，李俊先的父亲、年轻的共产党员李体成便是其中之一。新婚之际，他将 18 岁的新娘王桂英独自留在温暖的婚房里，自己义无反顾地扛枪上了战场。

这件事在王桂英心里并没有留下遗憾，而是种下一颗红色的种子。丈夫参军上了前线，她在村里也不甘落后，担任起村妇救会主任，组织妇女们做军鞋、磨军粮、洗军衣，投身支前工作；内外接应党组织活动，引导群众转移躲避日军侵袭。

日军侵占了省城太原，继而又集中三万兵力，兵分两路，一路经安泽侵占临汾，一路以邯长线侵占了长治，晋东南的县城多数被敌人占领。八路军一二九师刘伯承司令员和邓小平政委住在下良村李俊先家，运筹指挥神头岭伏击战，期间王桂英配合担任村长的大哥李体华参与支前工作，为八路军筹集运送军粮。神头岭战役胜利后，她又亲眼见证了在下良村举办的神头岭战役庆功大会。这些特别的经历，让王桂英更加坚定了拥护我党支援抗战的决心。

1938年日军入侵襄垣，在下良镇各村残杀我党员干部和人民群众十分频繁。惨重损失令百姓痛心疾首，却一时想不出应对的好办法。当时的党组织为了坚持抗日，保卫国土，保护人民的生命财产，召集各村积极分子紧急碰头，商量对策。王桂英年龄虽小，但头脑机灵，提出在各村的制高处分别设置一个信号点，由村里选派站岗放哨员，前方侦察人员一旦发现日军出发的动静，立马发出信号，向村民通风报信。这个主意得到了大家的一致认可。

会议一结束，王桂英没顾上回家吃午饭，就直接上了“天齐庙”。这里是下良村的制高点，也是村子的入口，与居民聚集的正村之间隔着七八亩庄稼地。所有从外面进村的人，都要先经过“天齐庙”，绕山路下来，再穿过庄稼地，才能进了村。王桂英仔细踅摸了一圈，庙前的一棵钻天杨成为她的首选。下良村最常见的树就是杨树，但钻天杨是个稀缺品种，它天生是攒足劲儿往高长的性子，况且不知是谁有先见之明，当初偏偏就将它种在了这么个关键的位置。王桂英喜出望外，到家后立即找来布料，裁剪缝制了一面红旗挂在这棵杨树上。从此，下良村“天齐庙”前就有了一面会说话的红旗。红旗在，日子就太平，红旗一摘，老百姓就知道日本人要来了。放哨摘旗的事由王桂英亲自负责。

村里不论男女老幼，都知道“红旗离树，百姓出村”的暗号。其他各村也迅速如法炮制，就地取材采取了不同的信号标志。这一来可真管用，日军每次兴冲冲地进村扫荡，期待满载而归，不料每次村村都是看上去井然有序,实则空无一人,到头来只好灰溜溜地返回。后来时间一长，红旗报信的事就被一些地主亲日分子给暴露了。

一次，王桂英从“天齐庙”摘了红旗下来，人才刚走到半山腰，脚底下突然就“突突突突”子弹乱飞。原来是敌人从南桥堙方向朝她射击。她听丈夫说过，这种情况说明敌人很可能已经发现了自己，只是子弹打得偏低了没击中。情急之下，王桂英抱着红旗慌忙向前一跃，翻身滚进玉米地里，穿过“青纱帐”抄近道直接来到村支书宋锦龙家报告情况。村支书急忙暗中观察敌情，南桥堙方向山顶的坡道上已经隐隐约约看见日本人的队伍加速赶来。支书立即安排部署，通知干部群众分头行动，有的去进一步侦探敌情，有的埋伏在玉米地与敌人周旋，拖延时间，有的带领群众紧急转移。由于转移及时，待日本鬼子来到下良时,等候他们的已是一个鸦雀无声的空村子。领头的见此情形，恼羞成怒。后来得知红旗再次挂起来时，立刻就命人上“天齐庙”一把火给烧了。谁知，一面旗才刚烧掉，王桂英已经又缝好了一面。她毫不示弱地说，红旗烧了咱再缝，抗日决心烧不尽！村里还增派了专门的秘密护旗手，保护国旗。

1942 年夏的一天傍晚，几位八路军党员同志在李俊先家秘密商讨保护枪支弹药和粮食的来源问题,突然有人进来报信儿:“红旗不见了！”他们火速进行了转移。会说话的信号旗，又一次帮助我方免遭损失。在抗日战争年代，类似这样的故事屡见不鲜。直到今天，村里年纪稍长的人一提到“天齐庙”的信号旗，仍旧有说不完的话题。革命前辈的信仰和智慧，是后人学习的榜样。

1945 年 9 月 2 日襄垣解放后，为了纪念革命战争的胜利，王桂英特地将曾经挂在“天齐庙”前的一面红旗保存了下来，作为这个红色家庭的传家之宝，让革命先辈的牺牲精神代代传承。一直到新中国成立，王桂英再次忆起八年抗战往事，不禁感慨万千。她特地用崭新的黄色布料工工整整剪了两颗大五角星，八颗小五角星，正反两面贴在红旗上。“咬住仇，咬住恨，嚼碎仇恨强咽下，仇恨入心要发芽……”此时，每一颗五角星在王桂英手里，仿佛都变成了报仇雪恨的武器，她用闪闪发光的五角星掩埋了旗面上残酷的烟尘。然而，她又刻意将一两处弹痕留下，告诉后人要永远铭记战争，维护和平。

虽然当初的“天齐庙”现在已经被岁月剥蚀得只剩下半截颓圮的土墙，那棵英勇的钻天杨也杳无踪影，但李俊先老人总是站在那个地方，向一批批前来参观的人讲述关于那面会说话的红旗的故事，鸟瞰下良村的屋舍、庄稼、草木，它们是在硝烟和战火的尽头生长出来的繁华。而生活在这片土地上的百姓，更是传承红色基因，发扬革命精神的最佳践行者。

轻轻抚摸这面历经沧桑的红旗，我终于明白李俊先老人内心的沉重。母亲不畏艰险，与敌人斗智斗勇，保卫家乡，保卫祖国的精神，根植在他的血脉深处。

永远的山楂树

秋罢，正是山楂岭的山楂树挂果时节，一爪一爪鲜格灵灵的红果子，像扎了堆的姑娘，挨挨挤挤在微风里碰脸擦身，撞得漫山遍野都是馨香。这时候你如果钻进山楂林，准会惹一身香味，嘴里含的，耳朵碗碗里钻的，鼻尖尖碰的，全是挥不去的幸福果香，浑身的骨头都被香酥了。微风从树梢流过，你觉得自己仿佛变成了在香河里飘荡的小船。如果是夜晚，你走出山楂林，带着一身果香，提着一弯钩月回家，夜里做的也是香梦！

稍稍上了点年纪的人都知道，麻糊村的根儿上并没有山楂岭，山楂岭上也没有山楂树。如今这一片赤诚的秋红，早先只有一棵山楂树，还是棵假山楂树。

按照县里对农村综合改革试点试验区的规划，麻糊村山楂岭这片山上是要种植百亩松柏。村里原打算植树造林，发展绿化，结合宝峰湖打造绿水青山自然风景区。按理说，这是村民脱贫致富奔小康的大好机会，但上面的正式文件下来后，村支书立东却犯难了。他首先想到那片山楂林……怎么说呢，山楂树它不同于麻糊村的其他草木。

抗日战争时期，麻糊村地处八路军太行军区和太岳军区的联络交通线上，军队要过浊漳河必经麻糊村。这个特殊的地理位置，培养了村民的政治参与意识。那个时候，游击队、武工队、县大队等抗日武装常常三五成群地在村中歇脚，有时组织村民夜间秘密参加各种抗日活动。或者配合武工队破坏日伪统治下的白晋铁路公路，或者突然切断日方通讯电话线路，或者筹集军粮运送到八路军驻地，或者护送两军联络的交通人员过河……在这些事务面前，村民们总是齐心协力，配合得天衣无缝。那日，一支日本军沿白晋公路自南面而来，打算抄顾家沟近道去小溪沟，往沁县方向一路北上，到太原与大部队会合。行至南老岭村时，天色已晚。日军对当地的地形不熟悉，在崎岖复杂的山路上更是迷了方向，决定就地休息一晚。

这一夜，日军最紧急的是要打听清楚前方路线，天亮继续赶路。他们敲开了南老岭村魏大爷家的门。这是一个没有女人打理的院子，角角落落都弥漫着男子汉的粗糙气息。老伴早年去世后，给魏大爷留下一个半大儿子。村里人都劝他再找个做饭的，否则这院里没个女人，将来日子会越过越稀。魏大爷偏不信这个邪，硬是把生活过得风生水起。但他怎么也没想到，日本军队会闯进他家里来，虚情假意客客气气拜托他带路，而且还开出了相当的报酬。对魏大爷来说，钱是个诱人的东西。有了钱，就能给儿子娶媳妇，将来他这稀稀拉拉的苦日子就有指望了。但无论日本人好言相劝还是危言相逼，直到后来彻底失去耐心，刺死了家里唯一值钱的老黄牛，魏大爷仍旧坚决不妥协，他血红的双眼眼睁睁地看着倒在地上不停抽搐的老牛，顿时感到嘴里涌出一股咸腥的物质，他紧紧地握起了拳头。日本人见魏大爷不肯松口，干脆将刺刀卡在了他的脖子上。儿子吓得浑身一哆嗦，闭上眼不敢再看，他面如土色，痛苦地说：“你们往北，先找到一棵山楂树……”“不许说！”魏大爷一声低吼，瞪着十五岁的儿子斩钉截铁地说：“老魏家没有汉奸！”这句话，要了魏大爷的命，却也警醒了儿子。任凭日本人的刺刀魔鬼般地挥动，“噌”的一声响，或没有“噌”的一声响，魏大爷倒地前，儿子再没有往出吐一个字。猫头鹰在远山凄惨地悲鸣，一条人命换来“一棵山楂树”，这个没有女人打理的院子，永远成了南老岭村的一个沉痛的记忆。

整个晚上，南老岭村纠缠着一个清醒的噩梦，日本人简直疯了似的在村里找山楂树。他们找的，是一棵有五六十年树龄的大山楂树，当地老百姓习惯将它视作去沁县的路标。从南老岭的山圪梁上下来，一路向北，找到那棵山楂树，不出五里路就入沁县地界了。为了阻止日军滥杀无辜，村民们表面答应明早天一亮就带他们去找山楂树，而暗中抽出绝大村民去接应麻糊村。两村村民合计，无论如何要赶在日军出动前，让麻糊村对面的山头“长”出一棵山楂树来误导敌人，将他们引过浊漳河，直接送入我军领地，来个瓮中捉鳖。村民们分头行动，一方面在对面山头挖树坑，一方面从大山楂树上砍下一根粗壮的树枝，还有村民收集枯草秸秆等掩护材料，用来以假乱真。很快，一棵临时山楂树便“长”了出来。正值仲秋，一爪一爪的红果子在秋风秋阳里稠洞洞结满枝头。

正是这棵一夜之间“长”出来的山楂树，成功扰乱了日军的行进计划，为我方赢得极大主动权。为了纪念和感恩这棵“山楂树”，也让后人永远记住前辈的勇敢和智慧，记住太行山区人民在抗日战争中的奉献和牺牲。第二年春天，人们在这里种了一棵真正的山楂树苗，并将麻糊村对面的山头称作山楂岭。七十多年后的今天，当初参与抗日的村民已先后走进了历史，而长在麻糊村土地上的第一棵山楂树仍旧枝繁叶茂，硕果累累。它像一位不朽的抗战英雄，精神抖擞地鲜活在繁荣昌盛的新时代。春华秋实，四季更迭。山楂岭上的一棵山楂树，渐渐生发出一片山楂林。深秋时节，红彤彤的山楂岭红火着人们的生活。

春上，立东支书拿到文件后，径直上了山楂岭。他陡然发现，不知从什么时候起，这里变成了纯粹的山楂王国。没有杨槐榆柳等其他树种，大大小小的山楂树聚集在一起，像一个独立的民族，又像一支能征善战的特种部队，神采奕奕地站在麻糊村对面的山头。立东支书一棵棵清点着那些已经成材的山楂树，总共 136 棵。枝条上数不清的暗紫的芽苞，正在和煦的春风里怒发出来。灰白的树干摸上去凉凉的，寒气尚未散尽。这股凉的触动，让他浑身打了个激灵。他快步从山楂岭下来，召集村里的长辈，准备商量种树的事。

立东支书当然清楚，这件事压根不必商量。村民们的意见不约而同，都希望能留住这片山楂树。一双双布满皱纹的眼睛，一副副饱含期待的眼神，齐刷刷地看着他这个支书，只等他为麻糊村做主。“这样哇，咱们写个集体申请！”上了年岁的三爷爷虽然不识字，更不会写申请，但他经的事多，明白事理。有了他的这个提议，大伙嗡嗡开了，觉得是个周全之计。

所有人都按下了红手印。薄薄的一页申请报告上，一爪一爪的红手印像极了秋日里红艳艳的山楂果。立东支书将这沉甸甸的集体申请送到镇上后，上面很快就派了人来村调查核实情况，对麻糊村种植百亩松柏的规划重新作了调整，打算扩大植树面积，保留这片山楂林。

村民们三五成群搭伙上山种树，迎接农村综合改革的新政策。三爷爷捋了捋他的白胡子，眯缝起眼满意地打量那些欢喜的背影。他不由得感慨道，这才是咱麻糊村人的性格，生生可就是从太行山上长出来的那股劲儿！总的来说，能侠骨，也柔肠，就看分甚情况哩。

秋意渐浓，太行山上的秋色五彩缤纷。山楂岭在这斑斓的世界里虚掩着，不曾被唤醒，却也从未被遗忘。暗红的树叶一片一片从枝头飘落，飘进麻糊村的岁月深处。寂静，但有声。

河水带走两岸，留下红色基因

——“土落截击战”中鱼水情深

“八月二十三，顽固军上了山。八路军截住他，弄得他没办法。三天不吃饭，饿得干缭乱。不是啃生红薯，就是挖山药蛋！”类似这样的段子，如滔滔浊漳河水般源源不断地流淌在襄垣县虒亭镇一带，无论妇孺皆能随口即来，讲的是新中国成立前发生在长治境内的上党战役。而上党战役中至关重要的“土落截击战”就是那年10月7日拂晓时分在虒亭镇麻糊村打响的。

1945年8月，日本刚投降不久，上党战役便打响了，以刘伯承为司令、以陈锡联为副司令的八路军开始解放上党地区。当时阎锡山领导的国民党军队为阻止八路军解放上党，近两万人直奔长治。走到沁县时，遇到连阴大雨无法行进，于是就在虒亭周围各村住下，麻糊村从东到西都住满了国民党军队。但他们没有想到，不到两天便被埋伏在屯留老爷山的八路军打得魂飞魄散。八路军强攻占领老爷山，将敌人阎匪二十三军和八十三军逼下磨盘垴。敌军被逼之下一路北上，打算朝沁县方向逃回太原。这时我军杨虎成部队早已先行到达麻糊村后山埋伏，当夜将其拦截。

据村里年长的老人们回忆，那场战役既来得突然，又打得利索。正是收秋前的种麦时节，浊漳河西岸泥滩上一声震耳欲聋的炮响惊醒了酣睡中的麻糊村。“打起来了！打起来了！咱的人（当地人习惯把八路军称作咱的人）要好好收拾他顽固军啦！”老百姓欢欣鼓舞，来不及洗漱，顾不得吃早饭，各家争相拿出粮食，男女老少全体出动推磨碾面，积极给前线供应。战斗中，我军英勇克敌，国民党军队八次冲锋连连败退，傍晚时分全军覆没。人们才刚把磨好的米面装进布袋里，正准备送去，就接到通知让全村村民到东河滩召开万人群众大会，宣布了战斗胜利的大好消息。

“土落截击战”结束后，大批八路军战士因连日奔袭战斗十分疲劳。因此在麻糊村就地休息。村民听说国民党军队已被全部歼灭，欢欣鼓舞，家家主动生火做饭，熬米汤、煮疙瘩送给八路军战士充饥。穿着不同颜色的八路军战士在村里的打麦场上席地而坐。他们看上去精疲力尽，有的拄枪坐着打盹，有的歪在军毯上打呼噜。还有一个临时隔离区，专供伤员休养治疗。村里的羊倌魏尽义常年在山里放羊，闲暇时采集了不少接骨疗伤的上好药材，他见八路军需要便赶紧拿来。一位十八九岁的小战士伤势较重，右胯部被子弹击穿，严重失血。魏尽义心疼地抚摸着孩子的脸，猛然想起自己牺牲在抗日战场上的弟弟，也是这样小小年纪啊！他再次跑回家，把攒给妻子坐月子吃的几个鸡蛋拿出来。不料临出门前妻子将他喊住，斩钉截铁地说：“把咱那只老母鸡也炖喽，给小兄弟补身子！”魏尽义定定地看着这个刚刚经历了产后大出血，才从鬼门关逃出来的身体极其虚弱的女子，感激地点了点头……战士们在麻糊村休整三天后，继续南下长治，去解放其他县城。八路军不白吃群众一粥一饭，临行前他们坚持将冀南票如数付给老百姓。

河水带走两岸，留下了红色基因。有不少村民受其影响，干脆跟随八路军部队南下参加了解放屯留县城和高平县城的战斗，主要负责运送弹药及抬担架等后勤工作。根据当时的形势，麻糊村村民在党支部及村委会领导下，迅速成立了民兵组织和农会、妇救会组织。开展筹集军粮、分户做拥军鞋任务，以支援八路军的解放战争。为了保卫战争的胜利果实，又号召村里青年踊跃参军参战。由共产党员史从孩带头第一个报名，其余十多位青年奋勇跟上。当时村里流传着一段佳话：家属送青年参军要吃决撅面，不能吃拉面。说吃撅面有决心，吃拉面容易拉后腿。虽然是一段闲言笑语，但充分反映了当地老百姓对解放战争绝对支持的态度和决心，折射出红色基因在虒亭一带百姓心中的根深蒂固。但有一个家庭情况实在特殊，上面两个哥哥在早几年都已参军，至今下落不明。当三弟郝玉虎也满心欢喜地跟爹妈说要去参军的时候，他们既为孩子的抱负感到骄傲，却又忍不住担忧战火纷飞，刀枪无情，身边摸得着的就这一根独苗了呀！可看着孩子欢欣雀跃，心潮澎湃的模样，又想起这些年来国家动荡不安，老百姓胆战心惊的苦难日子，就把一切顾虑都抛开了。八路军马上就要启程，两口子毅然决然地把最后一个亲骨肉送上了战场。那天，郝玉虎的妈妈在自家门前种下一棵秋桃树。树上的桃子黄了一年又一年，老妈妈从来没舍得品尝过桃子的滋味，她总说要留给她的三虎子吃……

“土落截击战”是麻糊村历史长河中最光辉的一页，也是世世代代村民的骄傲。该战纪念亭就屹立在村子里阎家庄山头上，亭内有两块石碑，一块刻有邓小平亲笔题词“在上党战役中牺牲的烈士永垂不朽”，另一块刻有“磨盘垴战斗牺牲烈士永垂不朽”，纪念亭现已成为山西省长治市爱国主义教育基地。人们时时不忘战争中先烈的英雄气概，处处教育后人要发奋图强，爱国敬党。至今村里仍旧保留着一个传统习惯，每年国庆节期间，村委会都会组织开展爱国教育活动，让浊漳河沿岸的红色基因得以永久传承。清明节里，学校、机关等单位组织前来祭扫者也络绎不绝。静静伫立于亭内的两座石碑前，密密麻麻镌刻着千百名年轻的生命，赵和平、郭二兵、仇先进……深凹进碑体的笔画一笔笔划过人们的灵魂，洇湿了人们的双眼。他们是谁？他们从哪里来？他们去了哪里？每一个生命都是一部历史。在这里，先烈们不畏牺牲，不畏艰险，抛头颅，洒热血，用生命换来了新中国，换来了我们今天的幸福生活。

时代变迁，随着农村综合改造工作如火如荼的进展，麻糊村在改革浪潮中正发生着翻天覆地的变化。旧貌换新颜，改变的是村容村貌，不变的是根植于这片土地上的红色文化，曾经发生此地的革命事迹代代相传，永放光芒。抗日战争中，男人们齐心协力打地道，女人们夜以继日赶做军鞋，孩子们勇敢机智地为“咱的人”带路。解放战争中，老百姓又全力以赴支援前线。军民甘苦与共，鱼水情深。村子里的每个孩子，从小就在战争故事的耳濡目染中长大，自幼蓄积起一腔爱国热情。多少年来，麻糊村每一个考上大学的孩子，村支书都会亲自将其送到村口，并再三叮嘱一定要好好读书，将来做个对党对国家有用的人。

“土落截击战”纪念亭记录着新中国诞生的历史，承载着人民的爱国热情。浊漳河水日夜在新时代的歌声中欢快地流淌，红色故事时刻警醒我们不忘初心，牢记使命！

一

绣在军鞋上的红五星

在麻糊村，鞋是一个很有意味的物件。男方托媒人向女方提亲，女方若是心上欢喜，便羞答答地在背地里偷偷给男方做双鞋捎去。关于女孩子的性格，样貌等大致情况，都在这双鞋里装着，一清二楚。

前年夏天一割完麦，粮食还晒在谷场里，史存孩他娘就三番五次催他爹，赶紧去托个媒人，给娃去提亲。他们相中的是邻村的好姑娘粉儿，粉儿长得标致，人性也和善，是他老史家中意的人儿。粉儿是家中的长女，下面一排溜四个弟弟，将来都得成家说媳妇，家里日子向来过得紧紧巴巴捉襟见肘。对于这门亲事，女方家提出的唯一要求就是拿出三石麦子。在那个家家都是缺吃少穿，人多粮食少的年代，三石麦子是个大饥荒。但存孩爹满口应下了，麦子还完，孩子们结婚。

史存孩在十里八乡是出了名的，没有人不知道他是个勤劳能干，肯受苦的好后生。然而除了这些，粉儿还知道，他是个秘密共产党员。粉儿的三弟和和在麻糊村小学念二年级，那天下午有个穿便衣的人到学校去问谁认识史存孩，和和一听是找姐姐的对象，便说他认识。那人留下一封信，让他想办法转交，和和便欣然答应了。不料事情被同学发现后竟告诉了老师，老师果断把信给没收了，还批评了和和，叮嘱他以后不许擅自接收陌生人的信件，也不要再跟任何人提这件事。和和回到家，偷偷把信的事告诉了粉儿。粉儿直觉应该是共产党内部传递的信件，不由得心头一紧，却也有种说不出的激动和自豪感。有一次，爹让她到存孩家帮忙锄豆苗，她在他家的柴窑里发现了一大卷石印的报纸。粉儿没念过书，仅凭弟弟们教她认的几个字，大概看明白了是打倒日本帝国主义的内容，她把报纸小心翼翼地放回了原处。回到家，粉儿翻箱倒柜找出一块新布料子，好模好样给存孩做了一双千层底布鞋。

抗日战争时期，麻糊村地处八路军太行军区和太岳军区的联络交通线上，军队要过浊漳河必经麻糊村。这个特殊的地理位置，培养了村民的政治参与意识。那个时候，游击队、武工队、县大队等抗日武装常常三五成群地在村中歇脚，有时组织村民夜间秘密参加各种抗日活动。或者配合武工队破坏日伪统治下的白晋铁路公路，或者突然切断日方通讯电话线路，或者筹集军粮运送到八路军驻地，或者护送两军联络的交通人员过河……这些被日本军恨之入骨，随时都有可能掉脑袋的事情，就是十七岁的史存孩的日常。白天他像村里其他年轻人一样正常下地干活，挑水担粪，晚上便悄悄地拨开月亮的影子，参与抗日活动。

抗日是麻糊村村民们不约而同的共识。爹在担心儿子安危的同时，又竭尽全力给他各方面的接应和支持。只是娘心里还装着另外一件更加棘手的事。存孩美滋滋地把粉儿做的新鞋高搁在炕头的小窑窝里，忍不住三眼五眼去瞧，却就是一门心思光顾干地下工作，全然不操心地里的麦子收成好不好。一场鸡蛋大的冰雹过后，娘紧锁着眉头疙瘩怨道："老天爷不讲理，糟蹋了麦子是要我这老命哩！"存孩趄在炕头的铺盖卷上，满不在乎地说："不用焦心，日本鬼子就要滚蛋了，好日子快来了！""快悄悄些哇！"娘狠狠剜了存孩一眼，挽起围裙出了院子。

史存孩对共产党的事业充满了信心，日军投降的消息果真很快就传来了，村民们敲锣打鼓喜庆胜利。史存孩兴奋得把粉儿给他做的新鞋拿出来，穿在脚上到处张扬。这双鞋可是他心里最稀罕的宝贝呀，就算过年也只舍得穿起来在炕上走两个来回。抗战结束后，他和村里其他几名秘密共产党员公开了身份，快速组建了村支部和村政府，并在贫下中农里积极发展新党员。正当史存孩干得风生水起之际，上党战役又打响了。1945 年 9 月，我晋冀鲁豫军区开始解放上党地区。阎锡山领导的国民党军队为急援驻守长治的史泽波部队，阻止八路军解放上党，派出两万余人从太原南下直奔长治。不料在上党盆地老爷山磨盘垴一带逢连天阴雨天气，又遭到八路军太行纵队、太岳纵队和冀南纵队全面围攻。南下无路，企图从北面突围，走沁县方向逃回太原。10 月 6 日，共产党太行纵队 20 团和太行纵队 14 团军不畏大雨如注、道路泥泞的困难，一路向北疾行，赶在国民党军大部队之前抢先到达麻糊村，占领麻糊村制高点，控制漳河沿岸阵地及渡口。待国民党军抵达麻糊村时，共军早已布局完毕，一连击退了国民党军八次冲锋。除 2000 多名国民党军溃散逃到沁县外，其余全部被歼，10 余名将领被俘。

这就是上党战役中至关重要的“土落截击战”。对于麻糊村的村民来说，这场战役既来得突然，又打得利索。史存孩一夜未睡，他激动得在地上走来走去。第二天凌晨，鸡刚叫头遍他就冲出了家门。挨家挨户叫门,发动全村男女老少全体出动推磨碾面,筹集军粮。好一番忙活之后，人们才刚把磨好的米面装进布袋里，正准备送去，就接到通知让全村村民到东河滩召开万人群众大会，宣布了战斗胜利的消息。这场战斗结束后，大批八路军战士因连日奔袭战斗十分疲劳，决定在麻糊村就地休整。村民听说国民党军队已被打败，欢欣鼓舞，家家主动生火做饭，熬米汤、煮疙瘩送给八路军战士充饥。史存孩担着两瓦罐玉米面疙瘩送到八路军休息点，目及范围内穿着各种不同颜色的战士足有百余人。他们在村里的打麦场上席地而坐，看上去精疲力尽，有的拄枪坐着打盹，有的歪在军毯上打呼噜。还有一个临时隔离区，专供伤员休养治疗。战士们见有人送饭来了，顿时打起精神拥过来自觉排队。没有足够的筷子，他们就折了豆秸秆当筷子用。吃罢饭，还坚持将冀南票塞给史存孩，让他带回家交给父母。这一程的所见所闻,都让史存孩兴奋。趁等待拿瓦罐的工夫，他向战士们打听到，八路军在麻糊村休整三天后将要继续前进，去解放其他县城。这使他有了新的想法。

“我要参军！”

夜很深了，全家人早已进入了梦乡，一轮明月挂在院里的枣树梢头，史存孩躺在西窑的土炕上辗转难眠，他干脆起身去西窑窗户跟前叫醒父母，隔窗对他们说出了心里话。语气斩钉截铁，话音里丝毫没有商量的余地。怕吵醒奶奶和弟妹们，爹赶紧把门打开，叫他进屋再说。

对于史存孩这个想法，爹早有心理准备。他知道，纵有一千一万个理由，也阻挡不了儿子的决心。“男子汉大丈夫，就应当家国天下！”沉思片刻后，他郑重地说。“瞎说哩！明年收罢夏还清三石麦子，就要娶媳妇了。”爹的话刚出口，娘就急得从炕上跳了起来，“在村里你爱咋闹腾咋闹腾,参军不行！”娘顿时就想起粉儿,想起即将还清的三石麦子，又想起参军要上战场，打仗就有牺牲……不行，她不能再继续想下去了，她害怕得哭起来。这时，奶奶捯着小脚推门走了进来。听说是存孩要去当兵，半天不语。奶奶觉得孙子有心报效祖国，长辈理应全力支持。但转念一想到存孩是家里的长孙，心又说不出的疼。这一夜，全家人都没有合眼，讨论的结果是，天亮就请媒人去跟亲家商量，马上结婚，结了婚再去参军。

原本以为亲家会不同意甚至闹情绪，没想到粉儿的父母竟一口答应了。“这样的好后生，是粉儿的福气。”粉儿爹丝毫没有计较麦子的事，更没有担心粉儿的将来，他以存孩积极报名参军为傲。

这是一场极其简单的婚礼，尽管该有的规矩都有，但男女双方都有点心不在焉。在双方父母热火朝天张罗婚礼的同时，史存孩忙于召集支部的共产党员，积极动员年轻人报名参军，保卫我们的抗战胜利果实。刚好趁部队就在家门口的便利，他说这是老天爷赐予的加入共产党事业的大好机会。他的观点得到了村中众多长辈的认可，麻糊村的各大家族都竞相送子弟当兵。仅仅两三天时间，全村百来户人家就挑出 23 个精壮后生,还有自豪地给本家力量命名“魏门五只虎”“郝家四条龙”,等等。这让史存孩既意外又惊喜，往日谁家有红白喜事，全村人都要围着忙上好几天,而他这个原本就潦草的婚事在“参军大潮”面前,更加被冲淡了。各家都忙于准备送儿送孙送兄弟当兵上战场,实在顾不上他娶媳妇的事。史存孩跟双方长辈合计了一下，决定邀请这次所有报名参军的人家都来喝他的喜酒，就把他们的结婚宴同时当成送军宴。“那咱主食不吃拉面，吃撅面。”按照老辈人的规矩，新媳妇迎进门，男方家的婚宴主食是要吃拉面的，寓意拉扯。可万万没想到，粉儿他爹毫不顾忌女儿这大喜日子吉不吉利，而是以给女婿他们送行为重，说吃拉面容易拉后腿，吃了撅（谐音“决”）面有决心，斗志昂扬上战场。存孩爹再三推辞：“亲家，可不能坏了规矩，不能亏待咱粉儿啊！”亲家却坚决不让步。

一豆灯光下，粉儿很难说清楚自己心里的滋味。自从那年媒人来她家提亲那日起，她想象过很多种结婚的场景，每一种都生动而具体，却怎么也没想到，事实居然会这般措手不及。喜悦、伤感、慌乱、不舍、感动、骄傲……各种复杂的心情如潮水般从四面八方涌来，使她没有了主意。眼下,她无暇憧憬婚礼的热烈,洞房的温情,她要赶一项紧急工程。粉儿要赶在八路军出发前，再给史存孩好好做一双鞋，好让他穿着自己的这份心意走上行军路。时间像捻线砣上的那根麻绳，随着她手头忙不迭地飞针走线，越来越短。转眼窗外的天色已蒙蒙发亮，这一夜，她不知道自己偷偷流过多少回眼泪，又幸福地笑了多少回。鞋底上密密麻麻的针脚，是她想对史存孩说的千言万语，每一个细小的针眼，都缀着她的一颗泪珠。粉儿对这双鞋将来要走的路，充满了各种想象和担忧。但她心底里最期盼的，还是待解放战争胜利后，这双鞋能把她的存孩平平安安带回她身边。“你得答应我。”粉儿把刚刚完工的一双千层底紧紧贴在心口处，硬要它给她个承诺。这两天，她还没有见到存孩，还没能跟他说上句体己话，他太忙了。“要是会写字、能写信该有多好，可以把想说的话写下来,给他带到路上慢慢看。”粉儿呆呆望着呼呼跳动的灯苗,又哭了。她突然想到一个主意，就赶紧下炕到洋柜里翻包袱，找出一块白粗布，剪了双鞋底样。她要把想说的贴心话都绣到这布上，用暗针脚绱进鞋子里，将来存孩走到哪儿，就陪他到哪儿。

史存孩他们跟着浩浩荡荡的八路军部队走了，村子里顿时安静下来。一簇簇野酸枣在山间红透，散发出淳朴的成熟香气，粉儿开始了孤单的新婚生活。这两年每到农忙季，两家常相帮着收秋打夏，粉儿对婆家的生活倒也很习惯，跟下面的弟妹们相处得十分融洽。公公婆婆怕委屈了新媳妇，更是处处疼着她。

到了部队上，麻糊村的 23 个后生很快就分配到各自的任务。史存孩和魏宝德、翟润明在一个排，战友们得知他刚做了新郎官儿，歇下来时总是要起哄。睡觉前挤在被窝里让他说说出发前新媳妇给他带了啥好东西，说了啥酸酸话。史存孩实在耐不住纠缠，就把粉儿给他做的新鞋拿了出来。包鞋的布包袱还没完全解开，鞋子就被一哄抢走了。里三层外三层的黑脑瓜子挤在油灯前，摩挲着那双鞋，像是稀罕一个好看的姑娘。史存孩美滋滋地站在一旁，支起耳朵尽情地听他们的羡慕和夸赞，夸他心尖尖上的宝贝蛋。这是一双做工非常精致的白底黑面千层底布鞋，模样标准，针脚匀溜，每层鞋底都用白布沿了边的。鞋子传到翟润明手里时，他发现在两只鞋底子的脚跟处各有一颗鲜红的五角星。起初他以为五角星是放在鞋子里的，就伸进手指去捏，想捏出来仔细看个究竟。试了两三次才弄明白，原来是绣上去的。好别致的心思。大家又开始了对五角星无边无沿的猜想和议论。但谁都没有琢磨清楚其中真正的含义，只有史存孩心里明白，那是粉儿对他的叮咛和期待。她对他的爱和敬佩，始于他对共产党的忠贞和执着，她把鲜红的五角星绣在他的军鞋上，是让他永远坚定不移地走下去啊！部队里大多是些没结过婚的光棍汉，这双鞋勾起了大伙太多的想象，就有人嚷着非要存孩说说新媳妇到底是个啥滋味儿。这时，存孩却突然沉默了，他将鞋从翟润明手里拿回来包好，一声不响地钻进了被窝里。战友们悻悻而散，先后陆陆续续进入了梦乡。深冬的月光寒凄凄地落在枕畔，长长短短的鼾声此起彼伏，翟润明此时却格外清醒。他长久地凝望着史存孩侧睡的背影，在月光下一耸一耸地抽动。他看见他不一会儿伸出手来捏一把水鼻涕，不一会儿又重重地叹一口气。很久之后，他又见他起身去拿上那双布鞋，轻轻地搂进了被窝……

上党战役胜利后，晋东南各区县全面解放。史存孩他们又跟随部队转战晋中地区，先后参加了吕梁战役、汾孝战役、三打运城、晋中战役等主要战争。1948 年 6 月 9 日，徐向前、周士第向晋中战役参战部队发布了基本作战命令，布署作战计划。这是一场以寡敌众的战斗，我方兵力不足国民党军的一半，各个兵团都明显感到任务艰巨。赴战前，史存孩和翟润明约定，如果这次真的倒下了，要负责为对方完成未完成的心愿。翟润明说："要是我不在了，你得替我给我爹娘养老送终。他们养我这么大，还没享过我一天福。""你放心！大爹大娘就是我亲爹娘。"翟润明感动得紧紧箍住了史存孩的肩膀。"你呢？说吧。"他问。"我……我要是回不来了，你无论如何帮我把那双鞋捎给粉儿。告诉她，我都听她的。"话说到此处，两人都变得十分沉重。

晋中战役打响后，徐帅首先采取调虎离山计，引出阎锡山国民党军的 13 个主力兵团组成的"闪击兵团"向解放军吕梁军区部队扑来，妄图一举消灭我军。解放军死守阵地英勇抗击，打成对峙，使国民党军主要力量集中在汾孝地区。我方太岳主力军则趁敌方平遥、介休、祁县、太谷空虚之际，从太岳山区神速突破平遥，介休东山各隘口据点，攻占子洪口要塞，突然出现在晋中平原，向同蒲沿线逼进。发现上当时，阎锡山急令"闪击兵团"回撤平遥、介休应战，但为时已晚。6 月 21 日，阎锡山增派援军从介休向平遥方向开进，行至张兰镇以北桥头、曹村地区时，突遭共军前后夹击，国民党军被压缩在汾河岸滩。连续激战三个小时，国民党增援军全部被歼灭。就在这场激烈的战斗中，史存孩阵亡了。当时，翟润明就在他的身后不远处。原本是他冲出去接应另一位战友的，不料刚一暴露腿上就挨了一枪。为了保证持续压制敌方的进攻，史存孩毫不犹豫迅速顶上。翟润明拖着一条残腿，在身后拼力嘶吼：“你给我回来！趴下！快趴下！”史存孩却义无反顾地往前冲，因为敌军的攻势根本不容喘息。他一边朝敌人开枪一边大声喊：“我听粉儿的——”话音还没落，翟润明就眼睁睁看着他壮烈地倒在了敌人的炮火下。汾河水仍旧在哗啦啦地流淌，翟润明懊恼而又自责地狠狠一拳砸在自己的腿上……晋中战役历时一个多月，我军以 6 万兵力先后歼敌正规军 7 万余人，非正规军 3 万余人，是我国解放战争史上以少胜多、以弱胜强的典型战例。在战斗中，人民解放军英勇善战，视死如归，以一当十，气吞山河，阵亡烈士近三千人，史存孩就是这近三千颗闪闪红星中光辉耀眼的一颗。

晋中地区解放后，翟润明随部队南下，参加了淮海战役。一直到新中国成立以后，他才退伍回到麻糊村。期间辗转各地，无论走到哪里，他都把史存孩的那双布鞋随身带着。退伍回村那天，翟润明心里没有丝毫欣喜。孤独、失落、内疚、悲痛……仿佛直到这时，他才发现史存孩是真的牺牲了。脚下的路离麻糊村越来越近，他的双脚感到越来越沉重。此时他多么希望回来的是史存孩，史存孩应该穿着这双鞋回来见他深爱的粉儿啊。进村后，翟润明路过自己家门口，他没有进去，而是先去了史存孩家。进屋先跪下给他的父母磕了三个响头，才开口说话。

把那双绣有鲜红五角星的布鞋交给粉儿时，他看到在他们的新婚窑洞里，一块木刻的光荣烈属牌安静地挂在墙上。

第三辑 散章

有一条鱼在游

后窗之美

每天上班的第一件事情，就是绕到办公室最后面的横竖两排书架之间，打开窗户。

其实窗外没有什么特别的风景，只是一片普通的水杉树。春来，格外绿意葱茏。加之窗台上几盆金边吊兰的映衬，让这绿更多了几分诗意的层次。

喜欢这后窗，是因为它让我在嘈杂的都市里能有片刻宁静。琐碎的生活将日子切割成细小的碎片，总是在忙忙碌碌中不能停下来，安然地写一段话或读一篇文章。而后窗上的这片绿，它却能在方寸之地瞬间就隔出一处世外桃源来。静谧的午时，动物静景都在不同程度地打着瞌睡，取一本喜欢的书坐在窗前，就着这道不明的绿，慢读。这绿啊，它不是长出来的，也不是涂上去的，依我看，它是将春日里的绿树青草统统揉捏成汁，泼就而成。却又不是寻常的泼墨技法，远远看去气韵生动，意趣天成，着实得另有一番功力才能这般轻重得宜，张弛有度。阳光穿过枝叶间的缝隙漏下来，隔窗落在书页上。斑斑驳驳的光影敲击着余秀华的诗句：

时光有序。而生活总是把好的一面给人看

另外的一面，是要爱的

对，“另外的一面，是要爱的”。我们的目光总是被钟情的东西所吸引，却常常忽略甚至遗忘了背面的真实。而那些不为人知的，才是真正的力量啊。

突然想起，每天早上经过附近的那家邮局时，总能看到一位瘦瘦高高的白发老人，悠然地坐在门口的台阶上。他穿着朴素，但十分干净整洁，右肩上挎一个白色旧帆布包，里面似乎没装多少东西，看起来空空荡荡。老人的手里总是捏一片薄薄的牛肉干，那是专门给趴卧在他身旁的黄色拉布拉多犬准备的零食。这个早晨，他们已经沿着附近的几条马路兜了一大圈过来了。路过此地，拉布拉多犬死活不肯再往前走，赖着非要主人坐下来陪它歇歇脚才行。这一歇，是老人慢悠悠抽一支香烟的工夫。而拉布拉多犬要吃光这一块牛肉干，再补充点水分，它才罢休。它吃牛肉干，不喜欢直截了当地一口吞下去，而是每隔一小会儿，主人撕指甲盖大小的一星点喂给它。那一小点牛肉干，要细嚼慢咽，要让肉香串遍唇齿再咽下去。吃罢，还要趴下来，眯起眼好好回味一阵儿。老人不急不躁，就这般由着一条狗。

那日，正是被他这纵容的举动所吸引，我才停下脚步跟老人闲聊起来。得知他是一位退休多年的老工程师，悉心培养的一双儿女都成了国家高科技领域的精英人才，孩子们都已成家且常年在外地工作，实在无暇陪伴老人。所幸老人家身体健朗，在老伴病逝后就领回这只拉布拉多，数年里两者朝夕相伴，早已成为彼此生活中的重要组成部分。老人像对待亲人般，对狗依着惯着精心照顾，从这细枝末节的相处中寻找着退休生活的乐趣，将日子过得怡然，井然且悠然。这让我联想到，身边究竟有多少这样的空巢老人，在默默地用自己的方式将日子过得自强自立，尽量不给儿女增加负担？而我们能在他乡安心工作，平静地生活，何尝不是得力于父母在家乡的努力支撑?

人们的视线常常被前窗的眼花缭乱所吸引，而忽略了后窗冷静自若的平淡。事实上，后窗更有内容！就如我每天都想抽出时间阅读或写作，真正充实高效的，恰恰是中午这饱饱的一个小时。这面郁郁葱葱的窗户就像在时空里自然隔离出来的一间隐形书房，有鸟鸣，有花香，有意想不到的灵感和收获。

后窗外，或喜或悲，或晴或雨，都是一道透过前窗永远看不到的独特风景。也许并不热烈，但真实而真诚。这一面，是要爱的。

胡同深处

北京实在是大得让人发愁。

很多年前，一位老同学跟我说，他刚到北京读大学时，骑自行车把北京的老胡同和各国领事馆挨个儿看了个遍。我当时只是听听作罢，未觉深浅。直到很多年后再来北京，不由感慨这真算得上是一项“工程”。毕竟，北京太大了。

天空有些阴，偶有几滴雨。这是一个适合在胡同里走走的天气。我是多么幸运，此时恰好置身于官书院胡同。左侧是灰色民宅，右侧是一面朱砂红墙，斑驳的墙皮从深深浅浅的时光里剥落下来，撒在深灰墙基上，似有悠远的脆裂声响。一座醒目的朱红蛮子门约莫是新近才漆过，从清一色的灰色砖墙里乍现，在整条胡同里显得格外庄重大气。门前的石阶，被岁月磨蚀得凹凸不平，让人不禁联想，曾有多少人踩着这几块石阶，走进了这座古老的四合院，文武切磋，商贸往来，互通有无，推动历史向前流淌。

门前的一对青石抱鼓石门墩，见证了多少兴衰成败，生老病死，人世悲欢。我大约是应了门墩石上兽吻头和雕花的召唤吧，不知不觉间来到跟前。抬眼，四只精致的红门簪上用金粉写了四个大字“吉祥如意”。

中国古代建筑文化真是妙极，门户上这一物一什，一柱一桩，不言不语，却精准地道出了一个家族的声望和历史，为后人留下永久传承的门风家训。此时，守护着家训的后人们正坐在门前的旧椅子上聊天、吹风。谁都不提祖辈的旧事，只是打量胡同里往来的路人，就事论事。

胡同的上空，落了雨，似有若无。

胡同右侧的红墙便是孔庙的一面外墙，它成了我前行的参照物。我踮起脚尖，伸手触摸墙头的瓦当，感觉每一片都藏着一段记忆。突然，一辆橘黄色的单车挡住了我的去路。四下无人，它却心事满满。是谁将它扔在这里，让它自顾自地融进了这个宏伟的城市？

“刚刚好！”我猛地一惊，没弄明白是从哪个方向突然传来一个男人的声音。才回过神，他已经一边抱着相机朝我走来，一边志得意满地大赞特赞自己抓拍得好。“看，多自然呢！风正好把你的裙摆轻扬起来。”他拿给我看，照片里墨绿色碎花裙的裙裾正从橘色单车前飘过，显得我步履轻盈。肩上背的白色帆布包将车子的后半部分挡得严实，只能看到车头。

攀谈后得知，他是一名摄影师。曾有一份稳定体面的工作，为了有更多的时间摄影，他申请了提前退休。当下的生活便是，每天背起相机，戴上太阳帽，走街串巷，抓拍自己有感觉的事物。我问他：“你图的是啥？”他淡然地说：“为了活着。”

国子监大街被树荫遮蔽，落了一地的怅惘。我不断地问自己，我为什么写作？心底升起很多个答案，却都不及“活着”两个字更为贴切。人一辈子能有一个真正的爱好是幸运的，也是幸福的。而我写作是为了将有限的生命活成想要的样子，让自己不畏时光变老，不惧年华流逝，能活得生动且有意义。

到了雨儿胡同。一处灰色砖墙的转角，擎起一棵粗壮的古槐，古槐庞大的树冠笼罩着胡同深处。走出这道翠绿长廊便能看见齐白石故居纪念馆，一座十分精致的老四合院。一进门，一尊玲珑的太湖石首先映入眼帘，与之相辉映的竹风荷韵，带着浓郁的江南气息。再往院内走，遇见的树木却是北京城里常见的玉兰、海棠，花果累累。然而不知什么缘故，此时我根本无法静心参观这座精巧的小院，而是满脑子充斥着大师的故事以及他留下来的画作。

等到人少些的时候，我才走进大师的旧居。讲解员正在敬业地向游客介绍室内的陈设。正屋迎门墙上居中悬挂着大师的画作和对联“大福宜富贵，长寿亦无疆”。东间置一张大床，是老人的卧室，西间放着一张画案，是老人的画室。画室门上镶一面木质镂空隔扇，两侧有一副长长的对联，右书“勿展无益之卷勿吐无益之语勿涉无益之境勿近无益之人”，下面署“恕庵书于琴剑书屋”；左书“本书以求其质本诗以求其情本礼以求其宜本易以求其动”，下面署“丁卯孟秋叔平仁兄雅属”。讲解员的解说行云流水，我反复品读，越读越觉得不顺。

踌躇间，我发现一位河南口音的老先生也将疑惑的目光停留此处。我自然而然与他探讨了起来，无论从对联内容还是落款来看，上下联的位置显然放反了。老先生随即向讲解员反映情况，又进一步探索出现此纰漏的原因——究竟是民国时期北海公园的董事会会长董叔平居住时就放反了，还是齐白石老人迁居此地时装修的失误，又或是后人修葺时的疏忽？讲解员一时局促，不知该如何答复，却又流露出对这位执着严谨的老先生由衷敬佩的神情。老先生再三叮嘱，这么重要的展馆，务必要及时更正不当之处。

进一步了解得知，老先生是某省文化厅的退休干部，一辈子热衷文化事业，类似这样的景点纠错经历不止一两次。这让我再次想起那两个字——活着。人就应该为自己热爱的事物真诚地活。

天气仍旧阴着，道路两旁的槐树遮天蔽日，将国子监大街与外界分隔开来，让人感觉仿佛走进另一个陌生的时空，等待着新的邂逅和发现。

一个上午沉浸在胡同的静谧里，更深刻地感受到北京之大。这“大”不只是空间意义，更是“她”的气象与格局。“她”实在大得让人发愁，却也豁达辽阔。倘若不是遇见他们，或许我永远无法从另外的视角去领悟活着的意义。

雨，两滴，三滴。偶尔落下。

一帘山药豆

相较于从花店买现成的盆栽花卉，我更喜欢自己种植，尤其偏爱那些不卑不亢、顽强向上者。一个发了芽的土豆，半截生了叶的山芋，在路边捡到的一把草籽，或从哪得来的几颗麦粒。碰运气般埋在花盆里，并不期待回报，却常常遇见惊喜。哪怕它们长得不很茂盛，花开得也不完美，而真正牵挂的，是一日一相见，一见一欢喜的朝夕陪伴和惺惺相惜。

当我外出将近一个月回到家，开门看见一帘郁郁葱葱、飞瀑流泉似的山药藤蔓从窗台上垂下来，心头顿时涌出莫名的感动。但更多的，还是歉疚。

今年初春，在朋友推荐下网购的一包山药豆，趁着新鲜劲儿尝试几种吃法后，便随手将剩余的放进一个纸盒里晾在了门口。不料就在这个时候，突然暴发了疫情。连续八十多天被封控在家，我极少开房门，放在室外的东西更是被视作极有可能携带病毒的高危物品。或者说，其实我已经从心里抛弃了那一盒山药豆，只是暂不方便把它们丢掉而已。在疫情最严重的时候，楼道里一天要进行五六次专业消杀，对于那些无辜的豆子们，大概应该就是一次次彻底的消毒水全身喷淋了。我却从来没有为此着急过，更没有尝试去拯救，甚至在大多时候，都想不起门口还有一盒山药豆。

直到小区解封后的某一天，开门时无意中发现纸盒子里竟然插着细长的针状物，傲然挺立，根根分明。起初是惊吓，以为是什么不明毒菌，细看才弄明白是从山药豆上生发出来的暗紫色嫩芽。简直不可思议！经历了数月的严重疫情，人类尚且疲惫不堪，而它们非但没有被压垮，反而在灾难中焕发出了新生，心中敬意油然生起。于是，我将那几颗发了芽的豆子捉出来，小心地埋进一只花盆里。

不承想，那些细细的芽儿居然懂得知恩图报，努着劲儿用行动来报答对我的感激之情。就在第二天早晨醒来的时候，我发现它们一夜之间就穿出好高一截，还冒出几小片暗紫的幼叶。这让我很是感动，重新回想昨晚将它们移进花盆的过程，其实也只是埋进土里，浇了点水而已，并没有什么特别的精心伺弄，它就这么义无反顾地回报我了。歉疚之情，约莫就是从这一刻开始的。

三天两日，它们长得越发欢喜。一个个倒像是有手有脚有力气的半大后生，骨碌碌转动眼珠子，便各自寻到了可以攀登的路子，比赛似的长，墙壁，窗玻璃，甚至有一株干脆爬到相近的花盆里绕在了太阳花上。它们这股子蛮劲，让我联想到农家那些叫狗蛋、柱子、臭娃或忙孩的娃娃们。他们的父母故意给取了这样土土的乳名，希望孩子长得健康皮实。这么说，以后给娃娃取小名时还应该多个选择，叫山药豆。那样，孩子肯定能像这几株藤苗一般长得热火朝天。

为了防止缺水干枯，这次外出之前我特地将花盆移到日晒少的地方，给每盆花都用棉布条接了水源。但花们仍旧表达出不满，太阳花长得乱了规矩，露出称王称霸的气势；多肉蔫头耷脑，明显带有情绪；月季花开是开了，但有的叶片发黄，有的花色变淡，偷工减料得厉害。唯有山药，不卑不亢、葱茏如初。我把它移到书架的最上面一层，藤藤蔓蔓乖巧地垂顺下来，整个书架便顿时生机盎然。它们长得极其认真、严谨，每一片叶子都保持完好，没有一星点残缺、破损或发黄发蔫。大概是经历过疫情灾难的洗礼，它们更加懂得平凡生活的弥足珍贵，才在逆境中呈现出乐观向上的姿态，积极阳光，顽强生长。

我压根没有注意到那盆山药曾经开过花。是在入秋后的某天晚上，我坐在书桌前写东西，猛一抬头看到枝叶间竟多了三颗、五颗、七八颗棕褐色的新鲜豆子，挨挨挤挤，大小不一。走近了细观察，发现不仅是藤蔓上结了山药豆，根部还长了新的山药棍儿，已经从花盆底部的洞里挤了出来。

小东西，竟然这么憨厚老实！它们只不过是差点被我丢弃，又经历了千难万险，在绝望中靠自己的顽强意志才活下来的，我何以坦然接受这丰厚的馈赠？将近四个月的朝夕相处，这一帘小小的山药豆倒是给了我一次深刻的教育和警醒。

三个小球友

作为一个羽毛球初学者，我常常是带着谦虚且极不自信的心态在小区公园里转悠，怯怯地物色跟我水平相当的球友，在交流球技锻炼身体的同时，也学习做人处世的道理。然而，其中最令人刮目的是三位不足十岁的小球友。他们对羽毛球，有的擅长，有的热衷，有的甚至还不会打，但从他们身上我却看到了许多可贵的品质，也许我们从不曾拥有过，也许是在成长的过程中不知不觉地丢失了。

有趣的灵魂

去年夏天的一个晚上，在小区公园偶遇一“10 后”球友，年方一十，个头不高，体重刚好同我，44 公斤。

初战。各用各的拍，打我的球。起承转合，终不得要领。第一回合捡球，我说，你捡。他问，为啥？我说，你比我年轻。他欢快地跑去捡球。第二回合捡球，他说，你捡。我问，为啥？他说，你胳膊比我长。这话听着顺耳，我弯腰去捡。第三回合捡球，我问，谁捡？他说，石头剪子布。于是，石头，剪子——布，石头，剪子——布！他输了，屁颠屁颠又去捡球。

再战。小球友要求暂停，换他的球。我说，同意！你的球跟你亲。几经切磋，果真略有默契。再一回合捡球，我说，你捡。他问，为啥？我说，你俩情深义重。他咯咯笑，蹦跳去捡。再二回合捡球，他说，你捡。我问，为啥？他说，你俩一见钟情。好吧，我妥协，捡球。再三回合捡球，他又说，你捡。我问，又为啥？他说，确认过眼神，它已经移情别恋啦。我紧追，谢了，还是你俩旧情复燃吧！小球友不服，No，No，No！好马不吃回头草。我心悦诚服，乖乖再捡球。

小球友还想继续，我已力不可支。他说，你的确老了。我愣一下，问，你明天还来吗？他点头，又摇头，又点头。我不置其可否，猛然想起他年方一十，抑或身不由己。我跟他招手说拜拜，他早甩着一身小胖肉找他妈妈去了。

我继而独自散步，回味方才聊天内容。心想，好看的皮囊千篇一律，有趣的灵魂万里挑一。这个比我年轻二十有余的小球友，还真是一枚有趣的灵魂呢。可他咋就对人世情感领悟得这般透彻精准！毕竟他，年方一十。不得不服。

我几番揣度，他明天究竟会不会来。转念又想，这会儿他还记得我吗？或许正在跟哪个比他还年轻些的球友讨价还价，争论谁捡球呢，毕竟是个贪玩的孩子。

突然想起闺蜜前几日跟我视频聊天，说屁股疼。问其缘故，她说打球打的。我纳闷儿，伸手甩胳膊充其量扭摆腰背打个球，屁股蛋子咋就能疼上了？想起以前参观雕塑美术馆，看到的人体股肉构造，再联想机械力学原理，勉为其难接受这个令人费解的事实。不知道小球友会不会屁股疼？如果不疼，就证明我的推理有误，进而又证明，闺蜜屁股疼，是因为她也老了。

第二天晚上，我没去打球，因为对闺蜜的描述感同身受，进而走路都一瘸一歪。临时决定休息一晚，后续视情况再定。

第三天，太阳刚下去，我便早早来到公园。纳凉吹风，顺带等有趣的灵魂。可惜天已经黑透了，仍不见他来。心想，白白蓄势待发一整天，果真是被年轻人给无视了。

正准备另觅球友，不远处的小径上突然跃出一个欢快身影，小球友连蹦带跳飞奔而来。昨晚咋没来？害我白等半天。他说。语气里却丝毫没有抱怨的意思，仿佛他早已料到，你们这些大人就爱骗小孩子。

你打完球屁股疼吗？我答非所问。不疼！他摇头。不对，疼。他又摇头。它越疼你越打，它就不疼了。他说。

看着小胖子那一脸认真样儿，我突然在想，我身上那股子不服输的劲儿，究竟是从什么时候起给弄丢了？

会飞的女孩

遇见她，是在一个周末的早晨。

我在小区公园打羽毛球。对方的球过来，我没接到，转身捡球的档口，从不远处传来一个声音，“它掉到后面去啦”。脆生生的，就像咬了一口雪莲果。随即，一个五六岁的小女孩跳进我的视线。明黄的卫衣、迷彩裤子、乌黑发亮的娃娃头，一张粉扑扑的小脸在新鲜的阳光里对我笑。她的五官都小小的，笑起来眼睛眯成了弯弯的两条缝，白嫩的皮肤被光照得透明，我顿时想到了蒲公英。

女孩突然想到什么似的，惊喜地说：“松果也可以打。”说着，她飞快地朝一幢楼后面跑去。眨间工夫，女孩掬了四五只果实回来。

“喏，这个也可以打。”

“这是什么？”

“松果。”

“这个不是松果，它叫荷花玉兰果。”

“荷花……玉兰果？”

“对。”

“荷花玉兰果。”

“对，很好。”

“这个也可以打，您试试。”

她递给我一只玉兰果，要我拿它当球打。她说话的时候总是笑眯眯的，让人感到浑身哪儿都甜。

她的创意实在是可爱又新鲜，我便真拿玉兰果当球来做试验。

受她的启发，我突然觉得眼前这个小可爱，也可以当羽毛球一样打起来。

“你也可以打，要不要试试？”

“要。”小女孩新奇地看着我笑。

她走过来，认真地站好，听我指挥。

“把手举起来。”

她举手。

“两手并拢。”

她并拢。

“像这样把小屁股撅起来。”

我示范，她照做，撅了小屁股。

我作势像打羽毛球一样，捏住她的小手，轻打了一下她的小屁股。

她起身环顾四周，一切如常。

“我怎么没飞起来呀？”

“咦？怎么回事？可能是没打好，要不要再试一下？”

“好。”

小女孩又一次认真地配合我做尝试。

此时我心下想，要是我能力大无比该多好，一定把这个小可爱拎起来，在空中旋几圈，让她体验一下像羽毛球那样飞起来的感觉。

第三次尝试，是她主动提出来的。

“来，您数一二三，我就开始飞。”

有了前两次的磨合，这次配合得很默契。我喊一二三，她即刻跳了起来。

不料她的脑袋刚好撞上我的下嘴唇，紧接着一阵生疼从撞击处发散开来。我顾不上疼，赶紧去看小可爱。

“对不起。”她紧张地看着我，眼圈迅速映出了一层淡淡的红。

“没，没关系呀。”我怕吓着她，努力强挤出一个笑。

这时，我才意识到嘴巴疼得说话都不利索了。我想她一定也被我撞疼了。

“你撞疼了吧？”

女孩没有说话，只眯起眼笑着摇头，但眼神很紧张。

我还想继续跟她玩，或再说几句话，她却果断地说：“我不能跟您玩了。”便转身跑去找另外几个同龄的小伙伴。

我顿时感到一阵失落，又自责。其实我是贪恋她的可爱，才以飞来诱她玩。她突然就不跟我玩了，是揭穿了我的秘密，还是担心发生危险？总之，是我辜负了她的信任。

离开公园的时候，我把羽毛球送给了她。我想，她见到我的第一眼，应该是出于对羽毛球的喜爱吧。

她收到羽毛球的时候，显得非常开心，眼神里并没有责怪和隔阂。

最佳教练

今年初春的一个傍晚，我来到小区公园的时候，天色已经暗下来了。健身器材旁边的空地上，人声嘈杂，有的跳绳，有的拍球，有的聊天，有的打拳，还有的甩悠悠球。我心想，今天大概是白来了，眼看没一个打羽毛球的人。于是，干脆两手各执一拍，左右颠簸，自娱自乐。

突然，一辆小滑板车在我身旁戛然停下。出于安全的警觉，我赶紧收手。阑珊的夜灯下，一个六七岁的小男孩正盯着我的球拍。他瘦瘦的，看上去很安静。见我收工，他赶紧说：“打得这么好，继续呀。”俨然一副小大人的口气，这倒让我轻松不少，便就着他的话玩笑起来。

“正好缺个球友，来不来？”

“我不会打。我给您找我爸去，他会。”话音刚落，他就开动滑板车溜进了人群。

在小男孩的安排下，我们转场来到一块开阔的空地。他爸爸的球技显然比我高超，两三个回合就占了绝对上风。小男孩似乎有点怕我气馁，把滑板车往草坪里一躺，过来专门帮我捡球。这让我感到颇不好意思。

“谢谢啦。我打得不好。”我一边接过球，一边表示歉意。

“不会的，我看您就打得挺好。”小男孩爽朗地说。

可是，我的确很快又丢了一个球。为了抢先去捡球，我赶紧快跑了两步，但最后还是他跑到了前面。

“没事的，多练练就好了。”把球递给我的时候，他仍不忘鼓励。这让我顿时心生感动，他这么小一个小人儿，居然能设身处地考虑到我的感受，并且适时地对我加以安慰。就在这一小会儿的时间里，我几乎贪恋上了这种被人理解的感觉，内心里甚至希望自己就在他的包容和体谅里做一个真正的弱者，然后再慢慢地在他的鼓励和帮助下重新学习打羽毛球，重新学习每一样本领。

这让我在打球的时候总是心不在焉，总会联想到他的父母和家庭。有人说，孩子是家庭的一面镜子。我想，他在日常生活里，一定也是这样被包容和鼓励的吧，不然他怎能这般通情达理？他肯定有一位温柔贤惠的妈妈，还有宽容豁达的爸爸，爷爷奶奶应该也是很有修养的，因为一个好的家庭氛围应该是每个成员的相互配合和共同经营。对了，我差点忘记他的爸爸就在对面，正在跟我打球。不管我打得有多差劲，他始终没有表现出一丝嫌弃和不满，而总是耐心地等我笨拙地发球成功或失败。我由衷地称赞这位爸爸球打得好，小男孩又插话了。

“都是慢慢学，您可以的。”接着，他又得意地说，“我以前不会开滑板车，慢慢就学会了。”

他借用自己的亲身经历，在帮我树立信心。虽然明知是两码事，但我的精神世界里还是心甘情愿地充满了信念。更神奇的是，小男孩的话仿佛真的往我体内注入了一种说不出的力量，打起球来果真越来越有顺，渐入佳境。

分别的时候，小男孩专门走到我跟前，很自然地拍了拍我的腰部说：“你进步很快哦。”我突然联想到，小的时候每每取得一点成绩，老师或父母都会拍拍我的肩，对我加以肯定。

这时，夜已经完全黑透，公园里的人也渐渐稀疏。大概就是在这个夜晚，我打羽毛球的技术突然精进了许多，细究起来，主要还得归功于这位还不会打羽毛球的小教练。他像一只小小的灯盏，点亮了我的世界。

在生活中，我们总会遇到一些百思不解或求而不得的事情，但真正解开疑惑的却是那些不经意间触碰到的“密码”。谁又能想到，一个年仅六岁的幼儿，他竟然是那个能理解我的人。

通过与这三位小球友的接触，我渐渐从他们身上学会了应该如何去玩，如何去打球。成年人打球总会带着输赢的较量，或冲着打得开心尽兴，打得强身健体的目的，往往是赢了高兴，输了就失落甚至翻脸。而孩子们却全然不同，他们打球只是为了打球，玩的时候全身心都沉浸在当下的快乐里，真诚地把我当作球友，不会为输球，捡球，球技差或误伤到人而不开心，因为他们始终守护着打球的初心，只要玩得高兴，赢了高兴，输了也高兴。他们让玩回归了玩的本质，玩起来简单、纯粹而又轻松。

诗意在心

踏青归来，顺便采了几枝半开的紫叶李。花本身开得星星点点，朦朦胧胧，配上一只古朴的大肚细口瓷瓶，稍作修剪，便十分诗意美好。有了花的装点，室内顿时春意盎然。

这淡淡的诗意，忽然勾起我对一段旧时光的回忆。童年里，我总羡慕家庭条件好的同学，柴米油盐酱醋茶丰足之余，还能来点琴棋书画诗酒花的闲情逸致。

那是一个寒风凛冽的冬日，应镇上的同学邀请，我第一次到她家玩。一进门，屋里齐整的家具，考究的陈设，雅致的装饰简直将我镇住了。仿佛过了许久，我才从恍惚中回过神来。同学的家长招呼我在沙发上坐下，还给我倒了一杯开水。我局促不安，抬头正好看到对面酒柜上的一瓶桃花。青釉花瓶，花枝错落有致，花朵鲜艳欲滴，在这寒冷的冬日，给室内增添了几分融融暖意。同学似乎看出了我的迷恋，很是不以为然地说："嘿，假的！"我慌忙转移视线，不好意思地笑了。回到家，我把这件事说给奶奶听，尤其是心中对那瓶漂亮桃花的向往。奶奶似乎十分理解我的心情，却也淡然，没再多说什么。

午后，奶奶解下围裙，拎上镰刀出了门。没过一会儿，她用镰刀勾回几枝干枯的酸枣枝儿，坐在院里比划着修修剪剪。随后又在缸里舀了小半升白玉米，去了邻居启子叔家。看这架势，我就知道奶奶是炸爆玉花去了，但我不明白为什么今天有爆米花吃。启子叔一到冬天就走村串乡炸爆米花，是个能手。

"砰"的一声炸响，花开了。我赶紧跑去看。一团白色烟雾里，启子叔正拎着黑炉子往网筒里倒，一摊雪白的爆米花在细铁丝网筒里散发着诱人的焦香。这时好几个孩子都闻声围了过来，趁奶奶把爆米花倒进簸箕的时候，七八只小手伸过来抢。奶奶冷了脸，喝住他们。将簸箕里的爆米花筛了又筛，轻轻掠出表面一层，倒进布兜里。其余的，才尽小孩们抓了吃。

到家后，奶奶又在布兜里拣大个儿的挑出两大把爆米花。一朵朵小心翼翼地插在酸枣枝的刺上。雪白的花朵，焦黄的花萼，远远看去真像一枝生动的"白梅"。再装进一个小口黑瓷瓶，打理出层次和造型。"去吧，看看想摆哪儿。"奶奶把花递给我，笑盈盈地说。我吃惊地看着眼前这就地取材，信手拈来的杰作，真不知奶奶究竟哪来的智慧！

我把这瓶"白梅"摆在屋子正面的柜子上，推门入室，抬眼即可看到的地方。先坐在炕上，又换到椅子上，又从外面走进来，又站在地上，从不同视角欣赏这"梅花"的姿态，又从细微处调整摆放的角度，仿佛能从中听到花开的声响，嗅到梅的清香。我丝毫没有察觉到，奶奶什么时候站在了窗前，此刻她正心满意足地看着我这欢喜的举动。奶奶仔细端详一番后，又在恰当处换上几颗半开的爆米花。含苞待放，更加逼真。

如今想来，奶奶是个多么诗意的人。尽管我记事时她已年过花甲，但向来对生活真诚以待。别人的衣服穿破了，随手花花绿绿补块补丁。奶奶却从来不这样草率，她总是把那破了的洞撑开来，根据衣服的颜色，破洞的形状细细构思一番。飞针走线之际，一朵花，一顶草帽或一只小动物便巧妙地镶在了破损处，让衣服的磨损非但不留一丝痕迹，反而锦上添花，别有新味。奶奶的穿戴似乎总是灰黑藏青等几样朴旧之色，以至于我觉得她的人生也是单调而沉闷的。一辈子在一方农家小院里忙碌，日升月沉，没有什么波澜和起伏。然而，在这有限的空间里，她却活得诗意美好。春耕夏耘秋收冬藏，泉水洗尘，明月濯心，将日子严谨地安放在一年二十四个节气里，过得讲究而认真。

细观这瓶紫叶李，似乎比方才又多开了几朵。我凑上去嗅它的香，转而又觉得无趣。说到底，香或不香，本不在花，在心。

保重，我的姑娘们

大年初一的早晨，当拜年祝福的短信在微信好友间满天飞的时候，我突然收到一位同事发来的几句话:“需要口罩吗？N95的,如果在上海，没口罩我可以给你送几个。”他是和我认识三年的同事，年长我十几岁，由于不在一处工作，平时交流不多。年前他陆续读了我的两本书，偶尔会就书中的文字聊聊看法和感受，春节前还帮忙牵线，希望我有机会能给外来务工的建设者分享一下我的新书。

老实说，这是新春伊始收到的最打动我心的一则短信。我是在两天前离开上海，回到江苏过年的。压根没意识到疫情已经在身边发生了，上海出现了口罩难买的情况。同事尚未来得及拜年，就先开门见山关心我是否需要口罩。温暖之余，我顿时感到一阵内疚。从毕业到现在，十多年里，我每天接触最多的人就是来自五湖四海的同事，他们比亲人更加熟悉我的日常。然而，同事这个角色在我心中似乎从没有这般强烈地占据过非常重要的位置。总觉得工作上有交集的人，心理上还是要适当保持距离。此刻，我却彻底动摇了。原来，同事的关心才是最适时宜的，因为他对你的了解甚至胜过家人，他最清楚你在什么时候有什么急需。得知我在江苏过年，同事再三叮嘱疫情复杂，务必加紧防护，并且提醒我返沪后如果需要，记得让他送口罩。

这件事像是一星火苗，在新的一年里点燃了我关心他人的火焰。接下来的几天里，除了关心武汉疫区情况的报道，我更多的是将通讯录里的湖北籍亲朋师友全部梳理一遍，逐个问候。也许远隔千里，这几句话并不能带去实质性的帮助，只希望是一份力量，哪怕只是一星点的暖意。我想，他们也会像我收到同事的关心时一样。

其实，最牵挂的，还是在昆山工作时结识的几位湖北姑娘。她们分布在公司的不同岗位，有的做编辑，有的做行政，有的做企划，有的做知识产权管理，曾经都是我最亲密的好姐妹。

芳芳是我开始写作以来接触的第一位编辑，在集团内刊编辑部工作。2009 年 6 月份的一个上午，我突然收到她的短信，商量文章的修改意见。那是我的文字第一次变成铅字，当时不知道芳芳是谁，只知道她是我那篇文章的责任编辑。后来我的文章陆续在内刊上发表，渐渐走向更多全国公开发行的报刊。十多年过去了，我们之间的交流越来越深，更多的是思想层面的理解和互通。她在我心目中，已远远不只是一位责任编辑，更是彼此能真正懂得的人。多年前，我和芳芳有过一次通话，她着急跟我确认一篇文章的笔名。她的声音我已经不太记得了，只记得十分陌生，却又十分亲切。我始终相信，能够单纯靠文字交流十多年，而且感情日益加深的两个人，世间不常有。联系之后我才知道，原来这个春节芳芳在上海，但她没有跟我联系。一定是因为疫情，她怕我因为不能见面而心生内疚。换作以往，定是要见一见的，而且她还会把平时攒下来的、她认为我会喜欢的或适合我的东西全部带上，餐具、护肤品、小挂件、食品……细微到出乎我的意料。

子烟是因为一段爱情离开公司回武汉的。分手后，她想回到自己的城市，奢望换个环境重新开始。然而事实上，失恋该承受的精神创伤丝毫没有因此而减少，倒是为调整人生轨迹足足折腾了好几年，才算是在武汉安定了下来。她国庆前就约我春节一起到柬埔寨，说是今年公司放假早，难得可以放松一下。结果我放假晚，她就单独行动了。没有想到的是，还没从柬埔寨回来，武汉就封城了。她直接去了广东弟弟家，跟家人团聚。子烟这个人，跟我是极有默契的。两个人常常待在一起，半天说不上一句话，但该沟通的都已经沟通明白了。她说一切都好，就一定是可以放心的。

朱朱跟小敏都是资料中心管理员，她们跟子烟同在一个大办公室，分属两个部门。原本这间办公室里除了小敏是河南人，其他三位都来自湖北，不料多年后小敏也嫁到了湖北。结婚后她随丈夫去了武汉，重新找了一份工作，开始了守家就地的幸福生活。小敏没有想到，离职七八年了，我还一直记得她。听得出她很感动，详细告知了家里的情况，全家人都宅在乡下，足不出户，一切平安。小敏是个爱笑的女孩，她的笑容很恬静，总让人想到阳光下的蜀葵，柔柔的，暖暖的。爱笑的人，运气不会差！朱朱啊朱朱，说起朱朱，真真是一言难尽。我跟她两口子都是很好的朋友，跟孩子们也亲。怎么说呢，她和大兵从恋爱到结婚生子，从深圳到昆山又回襄樊，人生中的很多细节我都有见证。朱朱是我见过的最贤惠的女孩，她很会织毛衣，还会挑衣服。那年她送给我一件西瓜红的雪纺短袖衫，尺码款式颜色都像是定做的一般，称心如意。又有一年，朱朱突然觉得她回襄樊过得安逸了，而我还在外漂着，心疼，就又送了我一串沉香手串。她说她觉得这个物件适合我。的确，多年以来常伴我左右。朱朱说，她和大兵都好，孩子们也好，家里老人也好，吃的用的都很充足，老老实实待在家里不出门，给奋战在一线的医护人员默默加油。其实我知道，她最担心的是她的姐姐，一位年轻的护士，年三十晚上就被临时通知返岗了，此刻正奋战在抗疫一线。我向姐姐致敬！

梅子、小样、丹丹和娟子都是我自己一手带出来的应届生，她们四人是同一个岗位上不同时期的行政员。小样是最早的一个，她入职的时候，部门才刚成立没多久，员工也不多，关系都很融洽。况且工程室清一色的男士，大家对这个白净漂亮的湖北女孩格外关照。小样是大家给她取的绰号，当时流行一款乳酸菌饮料叫“小样”，在世面上和她一样受欢迎。小样的男朋友我们都认识，是个精瘦精瘦的湖北男孩，他经常接小样下班，后来慢慢跟部门里的其他同事都混熟了。小样离职是因为怀孕了，要回家专心生孩子。我到现在仍旧不明白，她当时为什么不稍稍坚持一下，留住这份工作，其实公司的假期和福利一直都是很有保障的。

梅子是个很有质感的重庆美女，她接手小样的工作。没来得及交接，刚到岗的时候连简单的考勤都不会做。常常因为工作出错被批评，但她从来没有过情绪，这让我感到非常敬佩。直到后来慢慢了解之后我才知道，其实梅子的脾气是相当火爆的，工作中能够很好地管理自己的情绪，是因为她十分明理，功过是非从不混淆。对于我那段时间的严格要求，她不仅不怨恨，还始终感怀于心。两年后，她已经成长为一位十分能干的行政专员。但突然有一天，梅子说她要离职了，真实原因不肯说，我也没追问。顺利办完手续，她就和男朋友回了武汉。再联系，她已经是一个小男孩的妈妈。这时，我在梅子心目中不再是同事，她愿意跟我说说心里话了。生活平淡，却也豁达乐观。

梅子离职时，部门已经扩大了很多，一下子补进丹丹和娟子两个新人。丹丹的性格很“湖北”，机灵，要强，心直口快，学东西也快。娟子却不同，话很少，多数时候是用那一双水灵灵的大眼睛来表达自己的内心世界。由于是同时入职，两人之间不知什么时候形成了一种说不太清楚的竞争感。丹丹是绝对强势的，她得理不饶人，就算真的是自己错了，也绝不轻易认输，总要争回一口气。但娟子也不甘示弱，她的想法都在不屈不挠的行动里。她从来不跟丹丹发生正面冲突，总是暗暗把工作做得漂漂亮亮。后来，慢慢地我才明白，其实这是一种非常明智的相处之道。既能保证上班时很好的工作配合，下班后在宿舍也能融洽地相处。

不同时期结识的不同性格的姑娘，无论后来去了哪里，做什么工作，跟怎样的人在一起，过怎样的生活，她们总让我牵挂。往往是在一个不经意的时候，突然想起某个曾经的片段，内心里猛烈地汹涌上一阵子。却也奇怪，过去那些艰难和苦楚，多年后再回味起来，尽是美好。青春时代一起苦过的人，总会一辈子甜在一起。

梅子在武汉农村过年，相对比较安全，她反而更担心我，一次次叮嘱要加紧防护。娟子就在昆山过年，听说他们后来买了房子，孩子也在昆山读书，春节没有回湖北。丹丹回信说："姐，多保重！"简短、理性，她还是她，一点也没变。

哦，特殊时期隔空拥抱一下吧。我亲爱的姑娘们，保重！

盛大的告别

谁的心里不曾有，分别后就再也没见到的人呢?

我们永远不知道，谁哪次不经意地说了再见之后，就真的不会再见了。有些人转身就能见到，有些人搭乘时光机也未必可以。

周六傍晚天将黑的时候，突然得到陋石大哥离世的消息，当天上午8点45分于武汉家中。

“然后呢？”

“已经走了……”

我大概是过了好多天以后，才开始慢慢接受和正视这个事实的。起初我的意识里是本能的拒绝，拒绝想到陋石大哥，拒绝回忆关于他的往事，拒绝他已经离我们而去的消息。一直到开追悼会的那天，一大早收到短信说：九点半遗体告别，十点钟火化。我正在开车，用目光拨开车窗外鳞次栉比的高楼和错综复杂的立交桥，努力在钢筋水泥的丛林中寻找一小块天空。那块天空巴掌大小，蓝莹莹的，含着一小片洁白的云朵。那是一块崭新的白纱棉手帕吧，擦拭陋石大哥从人间带去的最后一丝伤痕，让他的精神世界再无疼痛。火化，我从来没有这般深刻具体地思考过这个词语，我想象着那一瞬间的消逝和永恒，想到白居易的送别诗

《草》：

离离原上草，一岁一枯荣。
野火烧不尽，春风吹又生。
远芳侵古道，晴翠接荒城。
又送王孙去，萋萋满别情。

野草，是陋石大哥诗集的名字，是他的容貌，他的性格，是他一生的经历，却不是他的命运。曾经朝气蓬勃的青青草原，野火未烧尽，春风却再也吹不生了……

人生总是这样，像一趟有去无回的列车，总有人中途离开，再多的舍不得，再多的悲伤，也不能停下，我们只能一边面对别离，一边治愈自己。

又过了数日，才得知陋石大哥的死因，与他宁折不屈的性格是极其相符的。他生在农村，自幼家境贫寒，没读多少书，在社会上没有骄人的学历支撑，在长江边做过水手，在工地上当过小工，后又南下深圳做了流水线作业员，最后凭借写作的才华改变了坎坷的命运。有了不错的工作，在家乡的城市买了房安了家，儿子刚刚高考结束，前几年还在老家的村子里发动筹建了文化活动中心反哺乡梓。一切多么如愿啊，他曾欣慰地满意过他的人生。他的肩上扛过砖瓦水泥，扛过中年男人的责任，也扛过鲜花和荣誉，这次终究是遇到了他扛不动的挫折沧桑。小草可以仰望大树，可以俯视山峰，也可以不畏艰难钻出石缝，向阳而生，但这一次，陋石大哥该是真的累了。

每个人都有一个致命伤，就像鼻涕虫抵挡不住一把盐一样。

这个现象是陋石大哥告诉我的。那是一个黄梅天的傍晚，天潮湿湿阴沉沉的。我刚回到小区停好车，他打电话过来了，问我工作调动的事情进展如何。从行政部门调到工会做宣传，我是有点胆怯的，害怕不能胜任。他早我一步做了同样的选择，调动后在工会宣传岗位上做得顺风顺水。陋石大哥说，你只管选择你想走的路，我在前面当清道工。这时，我猛然发现脚下的柏油路面上爬满了鼻涕虫，湿湿黏黏的，一伸一缩令人作呕。陋石大哥说："一物降一物，世间任何事物都有它过不了的坎，你试着在它身上撒点盐。"当时我觉得他是在逗我玩，盐不过是人们日常调味的平常物质，能有什么力量来为难这只活物？却也当真去拿了一包盐，来糟蹋那一地的鼻涕虫。

工作调动的过程中，陋石大哥的确给了我很大的帮助。每接触到一项新任务，他都会分享经验或发些材料给我学习，因而我适应起来比他当初更加顺利。与此同时，我了解到陋石大哥的文学作品。他早在多年前就写出题为《50年后谁来为中国种地》的文章，他的诗集《野草》中的经典诗句"中国站在流水线上"，每每想起都感慨万千。陋石大哥曾跟我说，他常常写作写得胃疼，不是因为身体本身的毛病，而是情绪过于激动所致。他的作品不是阳春白雪，也从不悲春伤秋，而大多是直击时代，关乎国运民生。然而，铁骨铮铮的男子汉，也有他的致命伤。这伤，不过是平常生活中的一勺盐巴，陋石大哥过于当真了。只是，这辈子我再也不会拿盐来欺负一只鼻涕虫了。

我的文字相对而言，更加细腻，随性，偏个体化。陋石大哥鼓励我要保持自己的风格，扬长避短。他总说："女孩家，柔美些更好。"然而，他却疏忽了，过于柔弱的性格，对这突如其来的变故是多么难以承受！仔细想来，柔弱女子的人生路上，又需要多少友善来支撑啊，也许他们从不曾在意，或早已在岁月流逝中遗忘了。

年少时我曾谈过一段以分手告终的恋爱。分手虽不意味着失败，但一时的失落难免。于是干脆请假去找姐姐，约莫是想释放一下压抑心中的失意和感伤。姐姐像母亲一样招呼我吃吃喝喝，还带了几件衣服。然而不知为什么，她越是这般周到，我越无法开口。一整天心猿意马，心头的沉重丝毫未减，在姐姐的不解中我执意连夜返程。没有回宿舍，而是去了一间小酒馆，和一个湖北同事聊天，苏打水配二锅头，他一醉方休。他暗恋我的室友，求而不得，这场酒喝得倒也十分公平。凌晨两三点钟，同事把我送到公司的宿舍楼下，看着我回到房间打开灯才离开。多少年后，我仍旧感激他那次公平交心。

生活中的默契往往来自于偶然，某个时间某个地点刚刚好跟某个人的心情同频，积压心中的话题毫无防备地倾泻而出，不费吹灰之力便产生了共鸣。似乎这样的两个人之间，过去并不一定有多少感情的积淀。那个晚上住长治，是因为雪太大，所有交通工具都停运了，被迫住在汽车站对面的酒店。正月初六，按照家乡的习俗新年还没过完呢，很多在外地工作的人就得离家。我已记不清那天具体是怎么跟他取得联系的，总之他人和行李刚到上海，心还落在老家。弄清楚我欲走且留困在酒店，便要了房间的座机号码打过来准备长谈。许多年没见的老同学，并没有太多寒暄，而是开门见山直接将话题切到当下的心境，离愁。看似平常的离愁别绪，事实上背后真正让人无奈的是命运。摇摆于时代，自己无法左右自己的去留。他说他想离婚，他不想要上海的妻儿了，也不要上海户口。他说他想回长治开一家精致的小餐馆，自己亲自为顾客下厨，每周歇业一天，到乡下的山上放羊。他说他后悔当初大学毕业后拼命奋斗，结果困在了上海。他说他只想每天回到家进门能喊声"妈"……倘若换个时间或换种心境，我定会说他是在做作。毕业后这些年，论事业论家庭，他的成就在同学中显然归出类拔萃之列，娶了有拆迁房的上海媳妇，生了有上海户口的儿子。然而此刻，他是另一个我，一个将自己硬生生地从新春佳节的团圆中拔出来，丢到远行路上的我。这个"我"没有妻子，也没有儿子，只有自己的影子陪着自己，回到那个妻儿都不感兴趣的小村子，看望日渐沧桑年迈的父母和老屋。尽管恋恋不舍难离难分，尽管大雪冰封天意留人。四个多小时的谈心之后，他还是从美好的梦想慢慢回到了现实，继续春节前暂时搁置在上海的生活。这样的倾诉，让我跟他之间看上去很像知己，其实也只是在那个特定的时空和特定的情景之下，后来几乎再没有过什么联系，毕竟各自都有各自的生活。除去那份苦愁，大同小异。

突然又觉得，我们不是知己，而是一群在寒冬里相互取暖的候鸟。在某个难以支撑的时刻，彼此搀扶一把。

有一个深秋的下午，我走在上海的街头。路面上铺了一层五彩斑斓的梧桐叶，很是诗意。突然接到一位老同事的电话："柔，我没什么事，就是突然想你了，给你打个电话。我刚下班，这会儿在开车回家的路上。我戴着耳机呢，你不用担心。"当她一股脑把这几句话说完时，我的眼眶早已经酸疼得看不清东西了。她是我见过的最有温度的女孩，而且多年保持恒温，相处起来给人感觉非常舒服。不知道为什么，我就地蹲了下来，捡起一片梧桐叶，静静地凝视着，静静地听。电话来得突然，我竟不知该说些什么。后来挂了电话我才想起，我是迫切想聊聊分别以后各自的情况的，可当时我说成了"秋天说凉就凉了"。因为，我一个人待在这座城市的时候，还没有觉得深秋寒凉，可她这个电话太暖了，竟让周围的空气突然变得清冷孤独起来。

其实远走他乡的这些年里，我沿途都在捡拾尽可能多的温暖和善良，用来滋养成一个故乡。这个故乡无关地域，无关人文，无关亲情，而是一个赖以生存的精神领地，"她"可以用来抵御很多世事的无奈和苍凉。

在我的这个故乡里，陋石大哥注入了太多的温情，使我的人生温暖而光明。我却粗心大意地忽略了他的精神故乡是不是足够丰盈。

哦，我这才想起，我还从来没有见过陋石大哥呢。原来，人与人之间就算没有热烈的相遇，也应该有一场盛大的告别。

只是，野火未烧尽，春风却再也吹不生了……

美丽的忧郁

跟朋友聊天，聊起诗歌，进而聊到年少时读过的一本诗集《美丽的忧郁》。时隔太多年，只记得作者是一位洛阳的“铁路诗人”，名字已经忘记了。一时兴起，上网搜索，才得知这位作者居然是 2018 年在眉山领冰心散文奖时结识的文友——河南省作协副主席、中国铁路作协副主席、洛阳市文联主席赵克红老师。

往事汹涌。十六岁深秋，在洛阳图书城，刚一进门我就被这个书名吸引，美丽的忧郁，多好的意境！诗集《美丽的忧郁》便成了此行洛阳带走的唯一纪念品。我对这本书十分珍爱，特地包了书皮，仔细读，反复品，坐在校园的丁香树下一句一句抄，好生喜欢。有时在本子上练字，不知不觉间竟写满整页“赵克红”。后来这本书也被班上同学和学弟学妹们借去看和抄。

应该说，那是一个诗歌的年代，我们也正是爱读诗歌的年龄，校园里似乎没有一句诗歌表达不了的心情。班上的同学大多都是文艺的，每人都有一个硬壳的或塑胶皮的本子，专门用来摘抄美文佳句或记录心情。这个本子只有绝对信得过的闺蜜或志同道合的异性才有机会打开看。当然，还有一个人也被赋予了特权，喜欢他，或被他喜欢。这份朦胧和羞涩，让本子变成了一块神圣的领地，不敢让他看见，却又盼着被他看见。某一天，班里突然疯传起本子里的某个句子，便是一场惊天动地，因为这句话或这个词语的背后，藏了一个少男少女剪不断理还乱的小秘密。

十六岁，花季，雨季。按捺不住的躁动在校园里到处流传，幸而学生时代经济匮乏，才不至于让爱情俗滥。偶尔谁手上有一本诗集或杂志，总能引出一股轩然大波，得先下手为强或托关系套近乎。我带回《美丽的忧郁》，顿时掀起一场抢夺大战，夜以继日，同学们争相抢来抄。那充满激情和浪漫的诗句，让每个读的人都深切地感到诗中所写的那个人真的就是自己。半个月下来，诗集已被磨得四角秃圆，不见了封皮。不知哪个细心的女生，赶紧在转角处工工整整地贴上透明胶带，生怕损失书中的文字。然而，书中的文字是再也抹不去了，因为它早已刻进了我们的脑海里。时光老去，曾经热爱的诗句，至今随口即来，鲜活如初。

在《美丽的忧郁》里，我隐约看到一个心仪的男生，他明明就在我的眼前，模样却怎么也看不清楚。直到有一天，那个男生真的站在我的课桌前，递给我一个淡蓝色的本子。打开本子的那一瞬，我才恍然惊醒，原来他就是书中的那个人。浅蓝的衬衫，在五月的微风里飘出淡淡的皂香，忧郁的眼神，忧郁的气息。他居然也抄了《美丽的忧郁》整本诗文。我不知该如何表达突如其来的心有灵犀，慷慨地从书桌里拿出诗集送给他。这本书啊，已经残损得像一只飞行了千百里的蝶，满怀心思，风尘仆仆。略有不舍，欢喜更多。

《美丽的忧郁》开启了一段青涩的恋情，美丽而忧郁，正如十六岁的年纪。校园里约会没有过分的热烈，并肩走在操场上，心照不宣地将一首诗吟诵给月光，便是最浪漫的事。他说："无论岁月怎么擦洗，也不能将那缕伤楚洗去。"我说："无论风儿怎样涂抹，也无法把那个影子抹去。"我们说："在挥手分离的一瞬间，便注定今生，背负这个美丽的忧郁。"至此，月色流遍大地。柳梢儿，风起。

毕业后，似是而非的爱情成了青春永恒的记号。留下美丽，忧郁带走。

尽管这本书对我的青春，初恋，梦想甚至后来的生活，都产生了很大的影响，但当时并不知道，许多年以后我也爱上文学，也用文字去感染他人。更不曾想，能有幸与记忆中那位“铁路诗人”同台领奖，相知成友。

我的《美丽的忧郁》还保存在老家的书柜里，打开三年前与赵克红老师的合影，倍感亲切，无限感激。原来，生活就是一个圆，绕一圈下来总会找到因果答案，或早或晚。

此刻，夜已经很深了。赵老师并不知道，他曾经用诗句浇灌的少男少女们已经长大，《美丽的忧郁》仍然在他们的青春时代美丽着。今夜，我把它朗诵给窗外的雪花。

无论岁月怎么擦洗
也不能将那缕伤楚洗去
无论风儿怎样涂抹
也无法把那个影子抹去
在挥手分离的一瞬间
便注定今生
背负这个美丽的忧郁

几番秋雨
湿衣衫几度
独对夕阳
愁绪渐渐凝结眉宇
而流泪时记下的微笑
依然那般婉约那般凄美

悠悠岁月

叹青春年华泱泱东流
那明明灭灭的往事
化为一缕驻足的轻云

酸楚的赞美

袁老师是专为这次改革工作而请来的退休返聘指导员，指导我们推进改革工作。改革进入稳步实施阶段后，袁老师的任务就圆满完成，又调到别处去了。

临别前的最后一顿午餐，还是像往常一样，几位同事端着各自的餐盘在食堂围桌而坐。待所有人就餐结束后，我仍旧像往常一样，起身将椅子放回原位，准备离开。

就在这时，袁老师友好地说："小魏，我们共事快两年了，我默默地观察了两年，你每次离开座位都习惯把椅子归位。在办公室这样，在会议室这样，到外面喝下午茶也是这样，我猜你在自己家里也这么做的吧？"说完，袁老师肯定地笑了起来。这突如其来的表扬，让我愣了一下，险些以为自己听错了。这是我吗？仔细回想，好像是有这个习惯。我很不好意思地笑了笑，事情就算过去了。

却也根本没过去。袁老师这个小小的夸赞其实在我内心里是激起一丝酸楚的。我仔细追忆，这个习惯应该是在上一家供职单位养成的。那个时候刚入职，公司组织为期半年的半军事化脱产培训。我不仅上班时间学习专业技术，连走进餐厅、回到宿舍都要时刻绷紧神经，因为言行举止都有严格要求。走路要两人成行，三人成列，不得手插口袋。床铺要保持干净整洁；洗漱用品要按指定要求摆放；牙刷牙膏的位置、朝向要统一；挤牙膏必须从管体尾部开始，不得将牙膏管的中间部位随意挤压变形。对于椅子归位这一条，我是有深刻印象的。有一次培训课上，我口渴难耐，一听讲师宣布课间休息十分钟，便迅速起身，端起水杯掀开椅子就冲出了教室。这时讲师立刻叫住了我，他用眼神提示我归位。我解释自己需要打杯水，讲师说："你可以重新起来，走出去。"这时，我并没有意识到讲师的意图，心中十分不满，况且事情已经引起了不少学员围观。我不耐烦地回到位置上，重新起身出去。这时，讲师开口了："对不起，按照学员日常行为规范，你离开座位时应该将椅子归位。"这时，我的脸"唰"地红了。很明显，讲师是要扣我的分。也就意味着会对我的培训结业带来一定程度的影响。

离开校园，步入社会，接受的第一份考验就是这六个月的岗前培训。同事们戏称之为"魔鬼训练"。短短半年，养成了许多好的习惯，同时也磨炼出超强的抗压性和意志力。

当时有几位同事，因为无法接受这样的培训理念或无法承受这份压力而选择了离职。所幸我坚持了下来，尽管每每忆起，都感到有一种说不出的酸楚。

酸楚，不只是因为身心的苦痛，还有失去。苛刻的行为习惯，成了我爱情里矛盾的导火索，而且愈演愈烈。直到美好的初恋灰飞烟灭，心仪的恋人分道扬镳。

我仍旧坚持着我自己。或者说那个经过严格训练的我仍旧将我束缚着，行为举止包括思想观念。它使我在工作上得到了快速的成长，得到他人的认可和尊重，也在不知不觉中为我赢来了许多宝贵的机会。即便后来袁老师调到别处指导工作，有好的学习资料或认为有助于我的人脉资源，他都会介绍给我，默默地帮助和鼓励我不断成长。

所有光鲜亮丽的背后，都是不为人知的心酸。我总是不能像孩童那样,每当听到别人的表扬,就开心得如同吃到了蜜糖。而是每每有人夸赞,总会勾起一段酸楚的过往。然而回望来路，我仍旧感恩那个曾经坚持对自己残忍的自己。是她，让我的生命变得更加生动而坚强。

窗台上的喜鹊

几乎每个早晨，我都在临窗的书桌前度过，看书或者写作。习惯了金丝线般的阳光穿过浓绿的香樟树，照到层层叠叠的书架上。光斑摇曳，树影婆娑。窗外的新鲜风景，总是通过这恍惚的景象走进书页里。

忽然，一阵“喳喳”的鸟叫声打破了暖融融的宁静。起初我专注于书中的故事情节，并没打算理会，但这叫声越来越执着，仿佛一只尖尖的鸟喙在啄咬书中的文字，我看哪儿它啄哪儿，最后不得不停下。

原来是一只黑白相间的花喜鹊，在玻璃外面的窗台上来回蹦跳着啄食阳光。它一副心急缭乱的样子，每跳两三步就停下来，别过脸看看我，然后翘起尾巴“喳喳”叫两声。我合上书看它,它也站定看我。见我不动，它又啄了两下窗户，又叫几声。这时，我疑惑地站起身去开窗，它却扯开翅膀飞回了树上。我一坐下来，它又来到窗台上，这回它胆子大起来，几次都把头探进书房里，煞有介事地看书上的字句。

当初选定这套房子的时候，就是看中门前有棵高大的香樟树，半树枝叶笼罩在窗前，让整个书房都显得十分葱茏。而更吸引我的，是隐藏在树杈间的那个喜鹊窝，它一下子勾起了我对故乡的思念。故乡的人，把喜鹊称作是吉祥鸟，如果走在山道上迷路了，跟着喜鹊走就能找回家。

人们说，喜鹊在路边的枝头叫唤，正是在说：“喳喳喳，知道你娘在哪嗒。”这房子于我，大概注定就是家了。

端端稳坐在树杈间的鸟窝里，盛放着满满一巢爱情。那对恩爱的花喜鹊总是如影随形，双宿双飞。它们或觅食，或散步，总之一只的一喘一息一举一动，都在另一只温柔的视线内。偶尔，它在马路边捡到果粒或饼干屑，便紧紧护在食物旁边，喜出望外地朝着伴侣的方向“喳喳”叫。那伴侣循声飞来，先是在它的小脑袋上亲昵地啄一下，然后才欢快地分享起这顿意外的美餐。有人从身边经过，它们略略紧张了一下，却也表现出一副毫不示弱的架势。它甚至故意将口中的食物，送到伴侣的嘴里，然后得意地朝路人远去的背影“喳喳”叫两声。正值青春年华的“恋人”，爱得如此张狂！而这张狂，又总能把人的心点亮。

冬至的正午，阳光很好。窗外的水泥大露台在阳光照耀下白得晃眼，喜鹊们不知什么时候落了下来，就在那片巨大的白上追逐、打闹，却又不同于平常的嬉戏。它躁动不安地追赶着伴侣，似乎要伴侣答应什么要求，而伴侣又似躲非躲，欲拒还迎。最后，它终于把伴侣按在了地上，狠狠地挤破伴侣的羞怯和斯文，粗鲁狂野地疼惜了一回。空气顿时甜蜜起来，我拉开窗户，在窗台上放了几块苹果给它们。

新的追求开启了一场充满期待的忙碌。喜鹊们早出晚归，叼枝衔草，把窝巢打理得更加温馨。激动人心的热闹，将高大的香樟树摇得沙沙作响。

不料美好的背后，却迎来一曲无奈的悲歌。春节前后，突遇罕见疫情。由于很长一段时间里病毒来源不明确，人们打心底对飞禽走兽望而生畏，甚至将小区里的鸟儿们都赶走。我也不敢再开窗户，连看一眼香樟树上的鸟巢都不免忧心忡忡。

长时间里，露台成了一席空寂之地。我常常站在窗前向外眺望，树木花草尚且依旧，喜鹊仿佛明白了人们的心思，很久都不出现了。望着树上沉寂的空巢，我不由得阵阵担忧。

后来才发现，它们每天是在黄昏人静的时候归来，天亮前就悄然离去。我不知道，喜鹊白天在哪里流浪，也许是觅食，也许是为了避开人们的嫌弃。动荡不安的时期，尽管它们在艰难中努力挣扎和坚持，但香樟树上的鸟窝，看上去却是越来越牢固结实。

春暖花开，疫情渐渐得到控制，科学证明了鸟兽的清白。人们带着歉意将吃食投放在树下鸟儿曾经活跃的地方，赎罪般地期盼它们归来。值得庆幸的是，喜鹊果真很快重新回到了枝头。它们仍旧上蹿下跳地忙碌。一只从远处将细枝绒草衔回，交给另外一只，或分工，或合作。数日之后，终于大功告成。

然而，就在喜鹊们刚刚安心享用新巢时，一声春雷乍响，带来了一场春日少见的暴风雨。雷雨夹杂冰雹，一夜之间又将它们多日来的心血摧残得七零八落。清晨，露台上残枝败叶一片狼藉，再抬眼看香樟树上，喜鹊窝也不见了。我慌忙下楼，只见一只硕大的鸟窝失魂落魄地横在小区绿化带的矮冬青上，似乎还在风中瑟瑟发抖。神奇的是，经历了这般颠沛流离，窝巢仍旧牢固结实。我小心翼翼地把它端上楼，放在露台上一个背风向阳的角落。

这次，我真的以为它们要妥协了，要彻底离开这个伤心之地。然而意外的是，喜鹊们并没有表现出丝毫悲观和丧气，反而越挫越勇，它们一日之间进进出出几十趟，马不停蹄地修补着受损的窝巢……

一日，喜鹊外出。我原本只是想趁送食物偷偷察看一下它们的新巢，不料却意外发现巢中多了四只鸟蛋：三只淡蓝底上有灰褐斑点，大小相似，花色相近，另外一只却是洁白剔透，个头也分明小很多。显然这里来过异类，只不知是怎样的无奈迫使它将亲情和希望寄人篱下。我真担心喜鹊发现后会将这只无辜的鸟蛋推出去。

但事实上并没有。喜鹊们经历了一次又一次的风雨劫难，似乎更加懂得推己及人，和谐共生。它们小心地呵护着窝巢里的宝贝，孵化出四个新鲜而坚强的生命。在初夏爽朗的阳光下，教它们觅食、飞翔，教它们坚强、善良。而对那只个头最小的幼鸟，反而更加偏爱更加精心。

转眼又一春。窗台上这刻不容缓的召唤，扰得我再也坐不住了，干脆合了书，把屋里的花草盆栽全部搬出去翻翻土。奇怪的是，耳边总能听到一阵阵似有若无的“叽叽叽叽”的声音，却怎么也弄不清其来源。这时，那只喜鹊又落到我面前的花架上，朝着不远处的鸟窝“喳喳”叫个不停，直到我放下手中的活儿，走近去看。

啊，原来是又一窝喜鹊宝宝出生啦！一只，两只，三只……春日的阳光慷慨地照在这个历经磨难的窝巢里，六只毛茸茸的小家伙紧紧地依偎在一起，正张大嘴巴等待着世界上所有的善良与美好。

称斤论两卖书

书架上的书琳琅满目，而我最常翻动的是路遥的《平凡的世界》。这是一套盗版书，分上、下两册，字体虽然很小，但依然很厚，总共2斤8两重。

我之所以清晰地记得它的重量，是因为这本书当初就是称斤买来的。2010年春，一个小短文《温馨租屋》在《昆山日报》发表，这是我第一次在报纸上公开发表作品，同时得到了人生中的第一笔稿酬。40元钱，并不算多，但因为是稿费，意义就截然不同了。

为领稿费，我特地请出半天假，到报社跑了一趟。先去编辑部取样报，又到财务部，兴奋之余更多的思索，是如何花费这笔款才能最大限度体现它的价值。最后决定“专款专用”，给自己买几本喜欢的书。

夜幕将合，华灯初上。40元稿费装在包里，感觉颇有些分量，昆山的夜也因此而生出更多的美好来。脚下是轻快的，我一边往人民路的新华书店走，一边在心里思忖究竟买什么书。当然，每走一段路，还得停下来，就着路灯光仔细看看报纸上的文章。最要紧的是，看看“魏丽饶”三个字还在不在，仿佛生怕一疏忽这个名字或这篇文章里的哪些字句就会从报纸上掉下来，长腿跑了似的。这是个多么振奋人心的消息啊，我居然在报纸上公开发表文章了。可惜父亲走了，不然我现在就要去打印社复印上好几份寄回家里，让父亲看看我的文字上了报纸，还能被昆山的 150 万市民以及全国各地有兴趣的读者看到。

由此，我想到父亲生前常挂嘴边的《平凡的世界》，于是一进书店便直奔主题。不料一套正版的《平凡的世界》定价要 79.8 元，封面设计简洁大气，包装也十分精美，由衷喜欢，但这笔稿费远远不足以“专款专用”。我犹豫了一番，还是决定放弃。

走出新华书店，我猛然想起柏庐路卜蜂莲花超市的一楼有个卖折价图书的临时书摊，便又径直来到卜蜂莲花。所幸那个书摊还在，各种门类的图书摆在地上，书堆里竖着一个手写的纸牌：一律称斤，每斤 15 块。我一边估摸《平凡的世界》得有几斤，一边蹲在地上找。翻了好半天，果真寻到一套，字迹密密麻麻，排版也十分紧凑。粗略看了几页，基本没什么错别字，内容也完整，不影响阅读。就它了！我托在手上反复掂量，但还是没把握 40 块钱能不能买得下来。

我心怀忐忑递给老板，一上秤，2 斤 8 两，总共 42 块。呀！真是不上不下。我在心里嘀咕一声，却也不是没有希望。于是满脸堆起笑跟老板好言商量：“40 吧？凑个整。”老板看了我一眼，不情愿地说：“不能卖，我这本来就是打折处理，不赚钱！”虽说没松口，但表情里是有余地的。我赶紧趁势而上，顺手又拿起手边一本记不清什么名字的书溜须拍马：“老板您这儿都是好书，看哪本都喜欢，可惜今天没带够钱。”老板又看了我一眼，显然前半句话比较受用，可惜后半句被他直接忽略了，最终并没表露出让步。“老板给优惠一下呗，我改天还来买，主要是今天晚上就好想看。”见我纠缠不休，他略有点不耐烦地说：“拿去吧，拿去吧，一分钱不赚！”我一听，嘴上立马更多了几分奉承之意：“老板真是会做生意，赶明儿我再来多买几本哈。”心里却说，多亏字号小点，不然还买不成呢。我心满意足地抱着《平凡的世界》往回走，一路雄心壮志将来要好好写作多投稿，赚的所有稿酬就作为买书的专项基金。换个角度，也是对自己的一种投资了。

记忆中，最早期接触《平凡的世界》是从父辈们的交谈之间，他们常常会在不经意间提到书中的人和事，或感慨劳苦大众的艰辛，或回忆转瞬即逝的青春，这让懵懂的我对孙少平、田润叶等人物有了初步的印象。真正读到这部作品，是在初中的女生宿舍里，上铺的同学不知从哪弄到一本撕得只剩下少半册的《平凡的世界》，正是写孙少平进城谋生的一部分。室友们争抢着每人轮流读了一遍，虽然残缺不全，却也激情燃烧，因为当时在县城中学住宿的学生大多来自农村，多多少少都能从中找到一些共鸣。这是除了语文书上的课文之外，我第一次阅读到纯文学作品，格外着迷。

我丝毫没有嫌弃过这套书是盗版的，后来也没有再买正版，反而感到是一种别样的珍贵和遗憾。正是这 2 斤 8 两的《平凡的世界》，让我读到了世界的不平凡，后来走上写作之路。即使在日常生活中也是，不管遇到怎样的茫然，几乎都能从这本书里找到答案。一读再读，常读常新，在平凡的世界里反复咂摸世界的平凡，大概这就是一本书给予我最大的能量。

衡山路上的女孩

在我这个北方人的惯用语系里，是没有“侬好”这一说的。那天突然想说“侬好”，是因为遇见一个女孩。

确切地说，已经有好长一段时间了，在下班路上，我总能遇见她。我从余庆路转到衡山路上，大约快走到宛平路口的时候，就能见到她。远远地打对面走过来，满面春风。

跟衡山路上的法国梧桐不一样，梧桐树有春夏秋冬季节变化，而她不同。她是那种能把四季都过成春天的女孩。她从衡山路走过，衡山路就春意盎然；她经过窄窄的巷口，巷子里就杏花满楼；她路过我的身边，我的世界就春暖花开。

我该怎样来形容这个女孩呢？她不漂亮，更不是惊艳的那种。倘若把她采下来，插进鲜花丛中，定要被淹没了。她应该是要单独出来，远离那些繁华的繁花，一个人静静的。静静地散发似有若无的暗香，就是那缕淡淡的香，才最要人命呢。她可没有灵动的大眼睛，没有秀挺的小鼻子，也没有俏丽多姿的花瓣唇。普通的齐耳短发，标准的麦色皮肤，实在没有什么特别之处。但她从远处走来的时候，我分明就是看到她在向我打招呼了。她微笑着说：“侬好！”然而走到近前，我才看到她双唇紧闭，神情自若，并没有流露出熟识的表情。我也从不因此感到讪然，只觉得如此甚好！于是，我边走边琢磨，她的脸上究竟哪个部位在对我说话、对我笑了？近两年了，我一直也没找出。

她的穿着很讲究。倒不是说有多么奢华，就是很得体，总能与当下的季节相吻合。而且，在不同的天气也会有不同的格调。总之让人感觉，老天爷是依了她的性子来算阴晴的。她的服饰整体风格内秀，偏文艺，却也不是那种近乎戏服的怪异。而是文艺里透着时尚，或时尚里含着文艺。她通常不化妆，素面朝天。这点大约是跟她耳根处微微翘起的那一缕头发商量好的，有一种朴素简约之美。记忆中只见她化过一次妆，是今年初夏时节的一个好天气。她穿一件很显腰身的藏青底小白碎花连衣裙，墨镜卡在胸前的 V 形领口上，镜片下掩着一枚精致的复古挂坠。在衡山路上遇见她的时候，我的眼前的确是豁然一亮，却又不好意思表现得太明显，就赶紧收了收眼神。她的妆淡淡的，薄薄的粉底，很自然的眉眼，西柚色口红质地很滋润。腮部晕染得十分精致，显然是用了渐层腮红，一层层仔细打上去的。我猜想，可能是单位组织外出参观或讲座之类的活动，总之是要到一个比较讲究的场合做一件以她为主角的事。

看上去她应该是做文字工作的，而且还不是那种花里胡哨的文字工作，因为她身上有股淡淡的书香气，那丝气息定是长期在一个清雅幽静的空间里用墨香滋养出来的。如果我感觉没错的话，她应该是某个出版社或报刊的编辑，就是那种颇有质感的文字编辑。滋养她的文字不是学术派那么呆板，也不是史籍类那般沉寂。有可能是儿童文学或纯文学，认真严谨里透着一丝不经意的小清新。

许多次，在衡山路上相遇，我都有一种想轻轻“嗨”一声，止住她脚步的冲动。问一问她是在周围哪个单位工作，还是每天下班回家从附近的站点换乘。每次见面，她都是认真而又平静地看我一眼，就过去了。就像路两旁的梧桐树冷静地从我身边经过。其实我也是这样认真地看她的。不知为什么，我总能从那擦肩而过的瞬间捉住她的一切，包括心情。

她哪天忙了，哪天累了，哪天得到赞美了，一目了然。还有她的装扮，哪怕是换了一只小小的耳钉，也会被我发现。

我觉得在她和我的身上，有一种共同的东西。至于是什么，我不太清楚。或者说是某个方面互为主体与客体。怎么说呢，比如当我感到上海很陌生时，她用眼睛对我说“侬好！”，瞬间拉近了我与这座城市的距离。当我思念起故乡的时候，她的嘴角扬起亲切的微笑，是一种异乡人抱团取暖的温度。我在这个城市有许多陌生的人，有许多种着法国梧桐的马路，有许多阴晴圆缺和悲欢离合的日子，唯独只有这么一个四季如春的女孩。未曾接触却有深度交流，相互温暖，相互需要，共同深刻着一条路，一座城。

刚才她从对面走过来时，我看到她的右脚腕上多了一根红色脚绳，在脚踝处如一朵曼陀罗开得正红。我低头看了看自己的右脚腕，那朵红洇洇的曼陀罗开得同样真诚。这根脚绳是那年离家时奶奶编给我的，奶奶在午后的阳光里一边绾结一边念叨：“带上它，出门在外走哪都能遇见好人。”

一

太阳出来了

2020年春节过得让人恍惚。明明节日已经渐渐远去了，却觉得它根本还没有来过。仿佛这个世界，都让人感到不真实。

受新冠肺炎疫情的影响，春节复工迟迟不能正常。起初是延期，然后又轮流值班。今天是节后第三次来，园区人员寥寥，值班也寂寞。

第一次值班进园区大门时，要求测体温、登记详细信息。提笔准备登记时，才发现表格上我是第一笔。第二次值班人数明显多了，大约八九十来个。检测登记完，上楼的时候，我不禁去猜测他们是谁？哪个企业的？另外，我还想知道，她来了没有。

她是园区负责保洁的阿姨，五十上下，四川人、长得纤瘦小巧，话也不多。但她很温柔，偶尔在楼道里遇见，总是很热情地打招呼。阿姨每周六自己开门进我们办公室大扫除，平时每天来收一次垃圾。她来的时候，通常是先在门口停一下，看看我们是不是方便。进来后抬手动脚都很轻，尽可能不带来打扰。阿姨人好，同事们对她都十分尊敬。办公室有废纸箱、空水瓶都积攒下来，留给阿姨卖旧货。吃午饭产生的湿垃圾，直接送到外面的大垃圾箱。一方面节约垃圾袋，同时也减轻阿姨的工作量。这样的相处，平淡，友好，有淡淡的温度。

阿姨是园区物业的一名老员工。她工作经验很丰富，性格也沉稳。我们刚搬来的时候，对环境还不是很熟悉。有一天晚上下班，我竟忘记了关办公室的灯。直到回家进门开灯时才突然想起，又赶紧返回单位。冬至前后，入夜很冷。很多单位已经下班了。刚进园区大门，我抬头看办公室的窗户，竟然黑漆漆的，顿时心生疑惑，究竟是记错了，还是其他情况？快步上楼，办公室门锁着，静悄悄的。忐忑之际，阿姨戴着橡胶手套，拎一只超大黑色垃圾袋从楼道深处走过来，说："灯关好了，放心哦！"原来是她。

其实，阿姨只负责保洁工作，但多年来已经习惯了，她每天晚上下班前都要把园区全面检查一遍。有钥匙的办公室，如有忘记锁门，关灯的，她都默默代劳；没有钥匙的，也隔窗查看一下。

虽然不是什么惊天动地的壮举，但这个小小的行为却深深感动了我。在这个拥挤繁忙的大都市，每个人都有自己的生活节奏，谁的生活都经不起节外生枝。况且多年如一日。

春节放假前的最后一天，阿姨过来收垃圾。正是午休时间，大家都在聊过年的事。阿姨特别高兴，第一次主动闲聊起来，跟我们分享了她新年的喜事。她儿子春节要结婚，一切都准备妥当了，他们全家从不同地方赶回家，好好张罗一下。而且回四川的机票已经买好了，做完今天的工作，明天凌晨早早就出发。

"新年快乐！"

我们每个人都是用最真诚的心意来祝福彼此的。可谁都没想到，这个春节突然就快乐不起来了。武汉疫情紧随春节的脚步凶猛而来，全国人民都措手不及。

我想到阿姨，更多的是想起了她温柔热情的笑容，还有她放假前的喜悦。我猜测，儿子的婚礼势必紧急告停了。企盼了一年的团聚也卷进了紧张和忧虑。值班一整天，没见到阿姨的身影。她定是跟大多数流动人口一样，还在家中静待疫情稳定的消息。

今天早上在园区门口登记的时候，表单上的人数明显增多。这是一个很令人欣慰的消息，说明我们离春天又近了一些。我来到办公室门口，正准备开门的时候，看到对面楼道里有人在朝我招手。是保洁阿姨，戴着口罩，全面武装。她终于回来了，虽然看不清表情，但我能感觉到那种久违的亲切和彼此间莫名的感动。此时，我不想说“早上好”，我想说“太阳出来了”。

突然想起，我还不知道阿姨的名字。其实，也不重要。平安回来就好！

喜鹊在枝头

寒冬腊月走在北京的山路上，一颗野果，带我进入一个鸟的世界。

这次来北京出差的目的地，是市郊的一家壁纸厂。原本客户安排车子到地铁站接，我执意自己前往。下车后才发现，这是一个颇为偏僻的地方。放眼空荡荡的山间公路，数百米之内无人无车，只有刺眼的阳光洒在路面上。道路两旁是山，山后面还是山。按照导航提示，还有约两公里的路程，我原地小跳了一阵让身子暖起来，趁热赶路。

空气很冷，山间静幽幽的，只有行李箱在路面上滑出闷声闷气的隆隆响。突然不知从哪飞来一只黑白相间的喜鹊，它落在我前面不远处，轻巧地跳跃着往前走，时不时回头看我一下，喳喳叫两声。“花喜鹊，喳喳喳，知道你娘在哪嗒。”这是小时候村子里流行的歌谣，我不知是在心里想着还是已经念出了声儿，喜鹊跳得更欢了。有这样一个可爱的伙伴，我一时忘记了疲惫和寒冷。

这是一只极有分寸的可爱生灵，它不紧不慢，始终和我隔着一段距离，但又保持互动。我下意识地放慢脚步，让行李箱的动静尽可能轻缓，生怕把它吓走。但喜鹊似乎并不领情，转过身别着小脑袋不解地看我一眼，然后扯开翅膀倏地飞走了。我心头顿时一阵失落。回望来路，不知不觉间，已经将下车的站台落在了另一座山头。

“喳，喳喳，喳，喳喳喳……”一连串喜鹊叫声从不远处的树林里传来，像是在空寂的山林里点燃一挂炮仗。这叫声不依不饶，我停，它也停，我走，它又起。刹那间，一道黑影从我眼前划过，又一只喜鹊落在三五步开外的柏油公路上，也是黑白相间，但我不确定它是不是刚才的那只。这次它动作轻灵且友善，很快我便明白了它的心思，是想带我去一个地方。

在那里，矗立着一棵我所见过的最大的柿子树。枝头几乎不见树叶，沉甸甸的果实将树枝压得很低。深冬时节，柿子已经熟透，在阳光下像一只只点亮的红灯笼，明媚，生动。这里是鸟雀的天堂，有喜鹊，白头鹎，还有一些鸟儿我叫不上名。它们的歌声此起彼伏，交织一片。

那只花喜鹊不再理我，而是全神贯注于枝头的一颗红柿子上。它的动作不慌不忙，很有章法。先是站在旁边的树枝上观察一阵儿，挑个满意处，一口啄进去，又啄一口。连啄四五下，再把喙埋进果肉深处，美美地吸食一通。然后抽身出来跳到另一根枝上，瞅准柿子的另外一面，如法炮制。渐渐地，它便有些忘我了，脑袋已经顺着柿子转了半个圈儿，仍不肯松口。直到整颗果子吃得只剩下小半个壳儿，它才像打完一场胜仗似的，酣畅地歇口气儿，果断转移了阵地。如是观察几次，我才明白鸟雀们对一颗野果的良苦用心。它们之所以分两头入手，又四面夹攻，是为了让果子在被啄食的过程中保持平衡，防止掉落。嗬，多么聪明的小家伙！

“姑娘，您这是干什么呢？”

“看鸟。”回话的同时，我不舍地收回视线。一位戴针织厚帽子的老人，从更深的树林里走出来。从他臂上戴着的袖章得知，他是这片山里的防火员。

老人很和善，也健谈。他大概早看出了我的心思，便从树上的柿子说开去。原来，这片山上有很多柿子树，每年结了果子几乎无人采摘，就任由其自然生长、掉落。即便是沿公路边的树，有人来打柿子的时候，也会特地在枝头留下一部分。

“为啥？”

“留给鸟儿们过冬。”

说这话的时候，老人的眼神慈祥而温柔。我的心为之一动，进而联想到一树枇杷。

我以前工作的地方，在上海康平路上的一幢老洋房内。跨进黑色铁栅栏门，院角有一棵不小的枇杷树。每年五、六月份，一串串鹅黄的枇杷果攀墙而出，令人垂涎。眼看着果子日渐成熟，院主人却从不急于采摘，而是悠然地坐在二楼的阳台上，静看鸟儿们你来我往争相分食。原来，这才是一颗果子在大自然中，自得其所的方式。

人类的友善，让鸟儿亦通人意。刚下车我便得到一只喜鹊的陪伴和热情，该是一种幸运，也许它正将我引向一帆风顺，心下对这次出差的任务也充满了信心。

老人伸手摘下一颗柿子递给我：“姑娘，尝尝？”

我迟疑了一下，有点不好意思。

“尝一个。不然您咋知道鸟儿们吃的是什么滋味儿！”

从柿子树上落下来的阳光，斑斑驳驳照在老人的脸上，他笑得那么爽朗。在那张热情的笑脸里，我恍然感受到了鸟儿的心情。

药的七情六欲

“一、二、三、四、五、六、七！”我在心里凛冽地默数着，同时听到液体“咕咚，咕咚”跌落进胃腔的壮烈声响。

此时，我站在厨房的窗前，憋着一股气给自己灌中药。窗外是热闹沸腾的夜，夜的上空有一弯下弦月。月是宁静的，而我看到窗玻璃上的我，面目狰狞。我并没有机会弄明白喝下去的药汤的具体味道，因为根本来不及。很早以前我就摸索出了这个经验，二百毫升的药液，就算大口吞咽，起码也得喝七口。因而我每次都卡着这个极限，以减少下咽的难度，同时也是为了在知道它的味道有多古怪之前就喝下去以了结。

中药的味道的确很古怪，它不仅仅是纯粹的苦，而是以苦为主，夹杂着酸咸辣甜等多种滋味，却又说不清究竟是哪种的酸咸辣甜。总之不同的药方有不同的口味侧重。当然，即便同一个药方用同一口药锅煎煮出来的药汤，在不同情形下也会喝出不同的滋味。

其实是一场博弈。

有时是忙碌忘记，有时是情绪消极，少喝一半顿，潜意识里便不自觉地放大漏服一次药的后果。到头来，还是得重新补上。于是，苦味占了上风。喝这七口药的时候，还在心里默默地向它道歉，并祈祷一次不落地喝完这个疗程，问题就真的解决了。

可是，一个疗程下来病情并没有好转，甚至还略略加重了，这天的药便喝得异常灰心丧气。已经端起了药碗，又放下，心想干脆把它倒掉了之。正要倒，突然又受到良心的谴责。想起村里的一位老人对待中草药的珍视，每服药她都要煎几遍来喝，再把药渣晒干，到磨盘上磨成粉，用水冲调服下。这让我自觉地收了手。

又一个疗程下来，果真是见了效果。我坚信是中药的功劳。这个夜晚顿时变得怡人，一弯蛾眉月浅浅地挂在天边，像极一张甜美的笑脸。药仍旧是分七口喝下，但喝得并不急迫，而是从容地感受每一口之间的差别，甚至在喝到第三口的时候，我还停下来长长地换了口气，这时隐约有一股悠远的甜香从味觉深处漫出来，喉间便有了无穷的回味。就是在这一瞬间，我与药之间终于达成共识，未来彼此都要好好地配合，相互成就。

影响汤药口感的，除去疗效，还有五味杂陈的生活。有一次是在酒店里，闺蜜见我喝药，顺手端起我的杯子浅尝一口，忍不住心疼地摇了摇头。虽没有说什么，但这个不经意的动作却着实暖到了我。在这泱泱人世间，居然有人会设身处地体会我的苦。接下来的好几个月里，每每喝药遇到思想障碍，脑海里总会唤起那一幕，让我在那一瞬间的感动里得到鼓舞。然而药味，却是酸涩极了，把眼泪也催落下来。

仔细去探索这七口药的味道，是有一次突然兴起想尝试自己煎药。煎煮之前，我把每味药都对照药名查找了它们的性味归经功效作用，又放在嘴里一一咀嚼细品，原来每味药都有一种独特的纯正的草本香味。剖析了每一味药的原味，也更能理解这七口药在平凡生活中的变幻莫测，或新奇或平淡，或惊喜或失落，或舒适或痛楚，或甜或苦。与其说是在喝药，倒不如说是在与它推心置腹深度交流。从这一场深刻的对话里，我恍然明白，这七口药它就是我的七情六欲、伤病灾痛和悲欢离合。当一碗药有了生命，它对于患者和疾病的意义便不仅仅是一物降一物的治疗作用。慢慢地，我们都走进了彼此。慢慢地，它成了我日常生活中不可或缺的良师益友，让我的身心得以教诲、启发、考验和磨炼。

夜香村

风吹来时，桃花开了。
桃花开时，流水醒了。
流水醒时，船儿停了。
船儿停时，遇见了它。

夜深人静，我捧着清凌凌的水，水载着月和它。我想我是恋上了，这个隐于寻常百姓家的古村落。我禁不住小嘬一口手中的村庄和月光，甜甜的，微凉。在这鸟虫啾啁的仲夏，这是再好不过的清饮了。这股甘醇忽地唤醒了我年少时的梦。关于江南，关于月色，半于夜半钟声或悠扬起伏的渔歌。

香村祁庄，我是特地安排了一个专门的日子来的。风不躁，花未凋。梅雨时节，江南的空气里散发着淡淡的荷香。驱车从徐家汇出发，沿沪渝高速转常嘉高速，短短一小时车程，直达昆山市周庄出口。再往东行驶约十分钟，便是清秀宁静的香村祁庄。是一位花白头发扎玫红头绳的阿婆帮忙指的路。她正蹲在自家屋门口包粽子，听说我要找祁庄，阿婆“咻”地放下手中的粽叶儿，站起身，“沿这条大路直走，十分钟！”一粒酱色的粘糯米从阿婆的手指间溜下来，带着浓浓的粽香，浓浓的热情。

这是一个正在开发中的国际美丽乡村，青巷粉墙黛瓦，小桥流水人家。首先映入眼帘的，是滴落在白色墙壁上的“桃花诗”：

桃花肩并肩，开得正旺
一枝匆匆摇夕晖，一枝羞答答玩爱情……
花影摇红舞尽春风

春天坐累了，开始向右转
农家乐，躬起后背驮着祁浜村
向黄昏走去

走过一株桃树，又走过一株桃树
祁浜村，五里桃红十里飘香
家家门掩残红

如此随性的诗句，如含羞的桃花瓣刚刚被春风吹散，飘落在粉白的墙壁上，晕染成诗。这样的村庄，注定会生发出不一样的故事。

月亮从屋顶升起的时候，夜露打湿了岸边的石板路。两条白丝忽而跃出水面，忽而沉入水底，追赶着融化在水里的月光。我起身，他也起身。我走，他也走。相识近三年来，我们似乎总是这样，没有过多的语言，甚至大多时候都是沉默。却也从未出过什么差错。我得意的时候，他提议把酒庆祝，他失意的时候，我便默默相守。因而，我总觉得在这个世界上，语言是最初级也最烦琐的沟通方式，真正相知的人压根无须嘈杂。隔河对岸，沿着曲折的巷道来到 2 号小院。这是一座建筑于二十世纪七八十年代的旧式别墅，一幢装修别致的复式小楼。整个院子的地面都砌了青砖，细密的砖缝里挤出一两株极矮小的车轴草。这草儿是喝夜露水长大的，这会儿正在尽情吸吮，幸福地欢歌。祁庄的夜拓在黑黝黝的玻璃窗上，在月色下影影绰绰，如梦如幻。

秋千空着，静默于枇杷树下。是在等我们归来吧！下午出门前，它还将我荡得很高。就是在秋千摇摆之间，他一幕幕描绘着那年的相识。是一次文学采风活动，在一个有山有水之地。同行的十多人里，我们之间几乎是唯一没有搭过话的文友。自始至终，没有听过彼此的声音。但这样的初见，并不因此而感到陌生。常常在人群中寻找，找到了便是，不再进一步深究。人与人之间的缘分并不拥挤，不在眼里，就在心里。然而最美好的相识,莫过于适可而止。发乎情,止于礼。就像这初夏的夜，微凉，却不显得冷清。就像祁庄的美丽乡村打造，既引进了先进的开发理念，又保留了村庄原有的自然风貌，才形成这股淡淡的香风。

午后打巷口买的白兰花还绊在秋千上。阿婆用好听的吴侬软语叫卖，“白兰花，茉莉花……”他原本坐在竹椅里品茶的，不声不响起身出了院门。转而引回一阵清香。把白兰花递给我的时候，仍旧没有说话。他微笑，我也微笑，这股清香便浸透了秋千和它的枇杷树。

约莫是在第一次走进这院子前便约好了，他的竹椅，我的秋千。两者之间隔着七八块青砖的距离，不算过度亲密，随性聊天尚可。正是他和我，与祁庄的距离。我们是特地选了这个居中的位置，双方各自都能体会赴这场约的滋味。

月亮渐渐西沉，空气中升起丝丝凉意。放下院里的虫鸣花香，回屋歇息，回到另一个恰到好处的距离。二楼与三楼之间，隔着这份相识的曼妙，隔着相差数十载的年岁，隔着一份相知相惜的美好。

月缺，月圆。祁庄睡了，祁庄醒着。

祁庄，也只有祁庄，才能容得下如此的夜。淡风溶月，一如滴落在墙头的诗句。浅浅的桃花，浅浅的江南，浅浅的前世今生。无关风月，也无关爱情。

长在树上的口罩

以前总觉得手机在我们生活中的地位至关重要，出门一旦忘带手机便会魂不守舍缺乏安全感。而通过这次新冠肺炎疫情的经历，相信口罩对人们出行的重要性，远远超过了手机，出门哪怕忘了带钱，忘带手机，千万不能忘记戴口罩。

久未出门，户外的一切都新鲜得让人容易产生错觉。明明阳光明媚，桃红柳绿，却觉得今年的春天仿佛是从别处借来，赏花观景都有点怯生生的。公园里游客稀疏，处处都显得十分空旷。相比之下，花儿鸟儿倒从容得多，它们在这大好时节里，表现得热烈而张扬。阳光从香樟树的枝叶间漏下来，洒在绿油油的草坪上，春风吹过，有种梦幻般的不真实感。鹅卵石甬道上落了一层香樟子，这让很多人走起路来都变得小心翼翼，不舍得将这些种子踩碎，生怕碎了某些莫名的希望。湖边有三五个孩子在捞蝌蚪，他们不明白蝌蚪为什么不戴口罩。我伸出手指戳了一下湖水面，凉凉的，沁人心脾。这久违的舒畅感，让人想轻轻喊一声：平安，真好！

公园里大多数游客都戴了口罩，避开聚集。却也有不少人不戴口罩，或戴了又拉下来吃东西、聊天的，不免让人感到紧张。从他们身边经过的人，都谨慎地加快了脚步，用不可原谅的甚至是责备的眼神提示一下。对此，我也不自觉地心生反感，望而却步。

沿着湖岸逛了一圈，又回到公园入口的时候，一个浅蓝色口罩突然闯入了我的视线。远远看去，像一片飘忽的碎布挂在路边一棵紫薇树的枝丫上。这让我心里顿时更加不悦，恶人作恶千万种，却也没想到竟然还有人故意把脏口罩挂在树上损害他人健康。不料，走近了我才发现，口罩是装在透明包装袋里的，根本还没有拆封。真是奇怪，在这个一“罩”难求的特殊时期，这是多么浪费的行为啊，谁会拿口罩来这样奢侈呢？

好奇心拦住了我的去路。这时，一个年轻的三口之家从我身边经过。大约四五岁的小女孩也发现了树上的口罩，她兴奋地喊起来：“妈妈快看，小树也戴了口罩，那小树也是好市民咯？”说罢，歪过头去期待妈妈的肯定。小女孩的话引起了旁边一位没戴口罩的中年男人的注意，他不好意思地从我们身边快速走过，一边走一边赶紧从兜里掏出口罩戴了起来。

又过了十来分钟，一位穿橘色马夹的环卫工人提着垃圾袋和钳子走了过来，她取下那只口罩准备扔掉，却又发现是新的。于是，她欣喜地把自己的旧口罩摘下来扔掉，换上了这个新的。环卫工人走开没多久，一个戴大红围巾的花白头发老人急匆匆地从不远处的桥头赶过来，重新又在树枝上挂了一个未拆封的新口罩。

打探得知，老人家是武汉人，春节前带着孙子来到上海儿子这里过寒假，就住在附近的小区。春节原本打算一家人在上海团团圆圆过个幸福年，没想到老家发生了严重的疫情，让他极度不安。眼看着新闻里报道全国各地的医疗队伍都在武汉抗疫，日夜处于水深火热之中，而他这个土生土长的武汉人却远离灾难，平平安安待在上海，丝毫不能为家乡做些什么，心里十分内疚。近些天，老人家在公园里散步总能看到有人疏忽大意不戴口罩、出门着急忘记戴口罩，或者在外面不小心弄脏了口罩没办法及时替换。于是，他一空下来就到公园来“送”口罩，一方面以此提醒那些不戴口罩的人要加强防护，另一方面帮助有需要的人。因为他不是代表某个单位或权威机构提供服务，怕引起别人的戒备，就想到把口罩挂在路边比较显眼的地方，供真正需要的人来拿。原本我以为没有人会取，或人们有顾虑不敢放心取用，但听老人家说，在保证树枝上的口罩不间断的情况下，居然每天都要供应十几二十个。

我很想进一步了解一下这位默默奉献的老人，但他委婉地回避开了。最后道别时，老人家特地对我说："记住把春天装进口罩里。"

醉倒在我梦里的水乡

她醒了。尽管我蹑手蹑脚地走近，却还是把她扰醒了。靛青色的晨雾在湖面上款款褪去，渐渐呈现出她清晰的容颜。姣好却并不媚俗，精致而不失大气。金色的阳光，自薄薄的云层里照射下来，洒在静谧的湖面上，波光点点。远处的粉墙黛瓦间，传出悠扬的钟声。她醒了。这座古朴的水乡小镇在这个初冬的早晨，浅浅地微笑着醒来了，睡眼迷离。

锦溪，位于昆山市西南隅，镇为泽国，四面环水。东临淀山湖，西依澄湖，南傍五保湖，北有矾清湖，白莲湖。锦溪以溪得名。地方志载："一溪穿镇而过，夹岸桃李纷披，晨霞夕辉，尽洒江面，满溪跃金，灿若锦带，故曰'锦溪'。"应该说，"锦溪"二字本身就是一幅绝妙的江南风景画。浪漫，诗意，恬淡。早在五千年前，就有先民在此农垦渔牧，生存繁衍。吴越春秋，伍子胥建造苏州城时，这里已成集镇。汉代时趋于繁荣，三国、唐代时此地属吴郡，五代地属苏州。南宋初年，因孝宗皇帝所宠爱的陈妃病殁后，水葬于五保湖中，御赐镇名：陈墓。1992 年恢复古名锦溪。

走近锦溪古镇，一座蛟龙卧波的十眼长桥——古莲桥映入眼帘。气势宏伟壮观，让人情不自禁地加紧了步子，急切期待打开这幅引人入胜的锦绣画卷。太阳从云层里钻出来，照暖了古镇的石板路。由于只是平时的周末，游客稀疏。清晨，古镇上依旧炊烟袅袅，往来的客人并未惊扰他们的悠然自得。年迈的阿婆弓身蹲在门口的竹匾跟前，忙碌着翻晒鱼干。蹒跚学步的孙儿时不时地抓起一把，丢到地上。阿婆也不恼，一次次耐心地捡起，然后用软糯的昆山话，让孙儿别起乱。少妇发丝轻绾，闲散地安坐在暖融融的阳光里，轻唱古老的童谣。把怀里的孩子哄入了梦乡，她们才拿起手边的十字绣，不紧不慢地舞起了针线。天真活泼的孩童，在沿河的廊庑下追逐着，撩逗一只顽皮的小狗。悠悠的湖面上，偶尔掠过水鸟的丽影，在老屋前晃了一下，又飞走了。我不禁自问，这该是一种何等安逸与丰足的生活？身在锦溪的人啊，他们又是何等的幸福！

浪漫凄美的君妃之恋

如此说，我应该也算是个爱浪漫之人了。曾经数回游览水乡锦溪，而此行第一站，仍然是凝结着一段君妃之恋的陈墓水冢。冬日里，这座令无数多情人潸然垂泪的灵寝，依旧在碧绿的五保湖面上轻轻摇曳。史载，南宋建都临安时，孝宗皇帝赵昚携宠妃陈妃途经锦溪，因陈妃深爱此地美食胜景，风土人情，不忍离去。直至其患疾病殁后，孝宗帝将其水葬于锦溪五保湖中。为纪念爱妃，孝宗帝下令将锦溪更名为“陈墓”，并沿用至1992年，长达800余年。站在五保湖北岸，静静凝望那座若隐若现的水冢，我在脑海里试图勾勒出陈妃的美貌。想象了无数幅美丽女子的容颜，有的面若桃花，有的胭脂染泪，有的热情奔放，有的内敛含蓄，有的浓妆艳抹，有的轻描淡写。却总觉得，她们与这段令人荡气回肠的爱恋不尽相宜。我始终无法想象，数百年来安息其中的，究竟是一位怎样的女子，赢得了万千宠爱于一身，令一代帝王心醉了失神。

陈妃病殁后，孝宗皇帝为了怀念爱妃，下旨就地设僧建寺，为其诵经超度，即位于五保湖畔菱塘湾口的莲池禅院，后又命众僧在寺东挖池种荷。因此，莲池禅院曾一度名为“莲花寺”。夏日，池内碧叶连天。洁白的荷花，含羞带怯掩映其间。一阵清风拂过，舞姿婀娜，轻盈曼妙。随风翻飞的荷叶，仿若女子被风撩起的青丝。而纯洁无瑕的花瓣，便是陈妃那青春娇好的容颜吧。只憾红颜薄命，醉了君心，却又心碎了失魂。

实在难以估量，陈妃离世，给孝宗皇帝带来的，该是怎样的伤害和打击。一位痛失至爱的君王，曾在这方土地上，挥洒下多少饱含深情的男儿泪。最后忍痛割爱，毅然将陈妃安葬于她所眷恋的锦溪。圆了爱妃生前的夙愿，而自己却选择了一份阴阳相隔的思念之苦，黯然而去。

莲池禅院在八百余载的岁月里屡废屡修，如今寺内殿堂廊庑，宝阁岑楼，琴堂画舫一应俱全，已是江南一处佛门名胜。寺院内，一棵孝宗皇帝亲手栽植的千年古柏，忠贞不渝地屹立在陈妃墓前。尽管因雷击而枯，但依然风霜傲骨，挺立于寒冬。仿若南宋时期的一国之君，意气风发坚守在他心爱的人身边，呵护着她走过了这八百多个春秋。流连于此地的情侣或夫妻，了解古柏的沧桑历史后，情不自禁地挽紧了爱人的手臂。感动之余，显然对眼下拥有的爱情加倍珍惜。

我不能确定，究竟是锦溪的浪漫，成就了这段浪漫的爱情，还是这段浪漫的爱情，渲染出锦溪的浪漫。从莲池禅院内走上古莲桥，静心漫步在这座十眼长桥的廊坊下。飘落在身后的一串均匀的脚步声，勾起了我内心深处的无限遐思。小心翼翼地翻拣出曾经的沧海桑田，将其撒落于这香烟缭绕，清静幽然的佛门圣地，顿觉心境豁然开朗。站在桥头的廊檐下回首望去，湖岸边的芦草错落有致，在暖融融的阳光下，与古莲桥交相辉映，形成一幅绝美的江南风景图。

温馨恬淡的石板老街

拾得一份轻松开阔的心情，走出莲池禅院。经过clipboard桥，由节寿桥转入上塘老街。这里是每次来访锦溪的必游之处，温馨，恬静，含蓄而充盈。锦溪的风土人情，美食特产，统统包罗其中。天然珍珠、蚕丝被、书画、古玩、紫砂壶、巴鱼、白丝鱼、水晶虾、笋丝熏青豆、臭豆腐、阿婆茶、袜底酥，这些传统特产，样样都是锦溪古镇两千多年的历史文化沉淀，蕴藏着多少代水乡人的智慧，而又凝聚着多少辈锦溪人的心血。

锦溪老街的店家，淳朴而含蓄。他们的商品现做现卖，却一点也不张扬，更不会吵嚷着招徕生意。他们通常是安静地守在店内，见有游人驻足，便笑脸相迎，然后耐心地介绍这些传统特色小吃的价格、口味，甚至是制作工艺。即便客人尝过了不买，他们也不会失去兴致，而是淡然地折回店里，继续忙着打理琐碎的活儿。从石板老街走过，两旁的店面像是一幅幅传统的壁画。画里的人和物，在冬日的阳光下，呈现出锦溪人世世代代的祥和与安宁。或许，往来的游客已不仅仅是将其视为一条繁华的街市，更像是在欣赏各种千百年传统工艺的表演。

原本打算先精心挑选一根珍珠手链的，却无法底挡那股扑鼻而来的香味的诱惑。无奈便匆匆离了珍珠店，顺着袜底酥的香气而去。袜底酥是锦溪特产中我的最爱，尽管“袜底”这个名字略显不雅，却并不影响我对它的青睐。此时已全然顾不得形象，在老板包装前就先取出一只。焦香黄脆的酥饼，层层薄如蝉翼。轻轻地咬一口，细碎的薄片散落于唇齿之间，清新松脆，妙不可言。馅心甜中略带点咸，让人禁不住惊叹烘烤师傅的技艺。

由于袜底酥这奇特的薄和脆，让我对它的制作工艺产生了浓厚的兴趣。只见家庭小作坊式的糕饼店里，有的和面，有的擀饼，有的调馅，有的包芯，个个动作娴熟，有条不紊。还有一位专职的烘烤师傅，神情专注地坐在炉前，紧紧关注着炉膛里的火候，适时地翻动酥饼。直到浓郁的饼香飘散出来时，烘烤师傅站起身，小心翼翼地托出一盘热气萦绕，鲜香诱人的袜底酥。以至于我手中芝麻馅的酥饼才吃到一半，就又想买一只椒盐味的来趁热尝尝。在小毛糕饼店门口停留良久，却也未能从中寻出制作这独特风味的玄机。然而，从他们细致入微的手法里，感受更多的却是江南生活的精致和细腻。

余香袅袅的阿婆茶

较上塘街的温馨恬淡，下塘街则显得更加清幽自在。小街沿河，酒楼茶舍沿街而设，王记茶楼、鸿润炒货、苏州人家饭店、碧波楼。在河道边的长廊下随心而坐，便可享用正宗的江南农家菜、阿婆茶。

自上塘街一路走来，尝罢各种小吃，颇有点干渴之意。于是，卸下大小行包，凭栏坐下来歇息。一位约莫天命之年的阿婆热情地迎上来，由那一方蓝印花布围裙可见，阿婆当是面前这蒋记茶舍的主人。但她并不急于拉拢生意，而是问询起我此行锦溪的感受。谈及感受，最深刻的该是一种遗憾吧，憾我于这古色古香的枕河人家，只是匆匆过客。

蒋阿婆是一位十分健谈的长者，说起话来和风细语。攀谈一番后，她才招呼我需不需要来一碗茶水。坐在柔韧的阳光里，沏一壶碧绿的阿婆茶，与这位慈祥的阿婆闲话锦溪，何等惬意？

阿婆从容不迫地聊着，她记忆中水乡古镇的面貌，以及她在这座小镇上走过的数十载沧桑岁月。她是怎样地从一无所有，经营起这座茶楼，又是如何挨过了风餐露宿的贫穷，创造了如今的丰衣足食。缕缕茶香自碗中袅袅升起，聊天之余，阿婆不忘适时地为我续水。而阿婆的人生，正如这清香的茶。入口微苦，进而甘甜。茶水暖至心窝，茶香留于齿间，令人心旷神怡，回味无穷。

韵味十足的桥文化

锦溪桥梁星罗棋布，建桥密度举世罕见。当地民谣中唱道，“三十六座桥，七十二只窑”。身在江南数年，却从不曾见他处能有如此景致。若把锦溪古镇视为一间大型博物馆，那么这里的桥和窑，便是其最具收藏价值的馆藏珍品。

在这不足1平方公里的老镇区，分布着风格迥然，造型各异，年代不一的桥梁达36座。据文字记载，这些桥最早建于宋代，其建筑时间跨越几个朝代。而形式也各种各样，有单孔桥、多孔桥；有平桥、拱桥，还有半桥和双桥，尤其是那座风格俊逸的十眼桥，更是让人为之称奇。每一座桥都承载着厚重的历史，每一座桥都凝结着生动有趣的故事。比如溥济桥的建造源于一个尊老孝母的故事，而普济桥上镌刻着惩恶扬善的传说，十眼桥又与陈妃水冢相关。锦溪当地至今仍流传着，古时婚嫁喜庆走三桥之说，其中的一桥就是太平桥。

走上每座桥，欣赏到的都是不同的风景，体会到的又是不一样的感受。伫立于桥头，将目光抛进深深的水巷，悠远处又是一座造型别致的古桥。水上的半圆拱桥，与水中倒影衔搭起来，在水天相接处自然地勾勒出一幅圆满和谐的满月图。而满月里，又映衬出拱桥那一头的石板平桥，和桥上往来穿梭的游人。桥与桥之间的人们，相互静静地欣赏着，成了彼此眼里最美的风景。

尽管锦溪因水得名，然对于土生土长的当地老百姓而言，这些桥却寄托着他们更为深厚的情感。正如坐在桥头晒太阳的阿婆所言，这里的桥就像她脸上的皱纹，每一处深深浅浅的印痕，都是她从小到老成长过程中的一个记忆。即便合上眼，大大小小的桥梁在她的脑海里亦清晰可辨。在这些桥上，曾留下阿婆多少欢笑和泪水，又记录着她一生中怎样的爱恨情仇。阿婆每天早上醒来的第一件事，便是推开窗户，呼吸着水面上潮湿的空气，凝望她家门前中和桥。而这一望，就是几十年。

不知是怎样的能工巧匠为后人留下了如此精美绝伦的礼物，这岂不正是各个历史阶段江南古镇建筑水平与审美意识的最佳体现？还有雕刻于桥上的桥记、柱联、花纹，无不渗透着古人的聪明才智和高超技艺。尤其是那些桥联，如三图桥的“绿柳含烟拂水汀，渔舟轻唱往来声，羡他醉后卧船头，明月清风过此生”，普庆桥的“两岸烟飞通海市，一溪浪涌接澄湖”，等等。文辞优美，意境深远，足以见得古代文人雅士对此地是何等眷恋。而天水桥东西两端，桥联分别为“万恶淫为首，百善孝为先”“愿天常生好人，愿人常做好事”。生动贴切地描述了锦溪百姓自古以来对人间真善美的无限向往之情，折射出江南千百年深厚的道德和文化底蕴。

恋恋不舍的牵挂

身在水乡的时光，转瞬即逝。聚积于锦溪古镇的14家民间收藏博物馆，尚未来得及参观，火红的夕阳已铺满了菱塘湾。留作心中的牵挂吧，好让我在烦琐的工作中，时时有所期盼，盼着回到这座闻名遐迩的民间博物馆之乡。

月色微寒，灯火阑珊，锦溪的倩影在薄雾笼罩的暮色里轻轻摇曳。湖面风平浪静，一轮满圆的明月倒映其中。别了，恨不能让我拥之入怀的浪漫水乡。从今天起，你又将一次次出现在我的梦里。

又见打碗碗花开

太行山上有很多野花，大多数我是叫不出名字的。也有几种，有过交情，便牢牢地记下了。当然，它们更多时候是开在记忆深处。

打碗碗花就是我在童年时期深交过的。然而想来愧疚，太多年不见面，我差点把它给忘了。其实最初离开家乡的那些年，我是存心去寻过的。在苏州，在上海，还有其他每走过的一个他乡。那里有上得厅堂的蔷薇，玫瑰或郁金香，也有入得厨房的青艾、莼菜和水葫芦，却实难找到一藤再平常不过的打碗碗花。后来，也就疏浅了。

谁曾想，多年以后竟然还有一场偶遇。之所谓偶遇，是因为我压根已不再认为，在这座城市里还有打碗碗花的存在。那天是去漕东支路办事，刚下公交车，正准备导航步行路线时，迎面来了一阵清风。风里竟摇曳着一朵小花，“她”就那样朴素素地仰着小脸儿，立在道旁的一棵小叶黄杨树上迎风张望，粉粉白白，谦虚可爱。一朵，两朵，三五朵，“她们”是我童年里的夏花、巧映、玲儿和虽虽呀……我惊喜地扑过去，伸手想采，却又缩了回来。车水马龙，过客匆匆，毫无人察觉这他乡遇故知的慌乱。

要是在太行山上，打碗碗花断然是没人抬举的，尽管它在打麦场的东南角很花心思地密匝匝汪成了一大片。远看，分明就是一张精美的花网。我总想，这网定是月亮编的，趁小满农忙时节，整晚整晚地织补。她还划拉着满天的星星，挑大个的摘下来，缀在绿叶网上，就开成了一朵朵打碗碗花。月亮恬淡冷静的性子，都在这花里了。只可惜呀，大人们就是训斥着不让我采。说是碰了打碗碗花，是要打碗的。那年头，一只碗可是件不小的家当呢，哪个不怕挨打的敢去试上一试？这一说法，让世世代代的打碗碗花被冷落在了人们的委屈和冤枉里。

风里，电话铃声突然响起。慢慢？我愣怔了一下，很快便从记忆里打捞出一张年轻女孩的脸。居然是她！

我走路有磨后脚跟儿的毛病，好好的新鞋，没穿几天鞋跟就歪了。室友推荐我去紫竹路环庆路路口修，那儿有个女孩，人细致，鞋修得好。

行走于他乡，我对携带故乡元素的事物特别敏感。尤其是初到江南时，孤独总催促着我支棱起耳朵去听别人说话，看人家脸上的眉眼，试图从细枝末节里找到一丝线索，并能顺藤摸瓜结识上一半个老乡。

女孩二十上下，穿着朴素，爱笑，健谈。我是从她说话的语调里捕捉到了太行山气息。她说她是双胞胎，出生时姐姐跑得快，叫快快，她落后了，就叫成了慢慢。她还说，人的名字真有讲究哩。她叫慢慢，所以从小就是个慢性子，干什么都比姐姐慢。就因为这个，十二岁那年有一次过马路时躲车慢了半拍，结果丢了半条腿。

高中毕业后，快快进了我们公司做流水线作业员，慢慢因身体情况通不过面试，继承了父亲的行当，在这路口修鞋，主要做公司员工的生意。

一抹斜阳，一把结实的雨棚伞，一架木制工具柜，一台老式补鞋机，像儿女般亲切地围拥着慢慢。她脑袋低垂，手里捏一只精美的红漆皮高跟鞋，专注地用电动砂轮打磨着那颗蚕豆大小的鞋跟儿。对面坐在小杌子上的女人，化着精致的淡妆，穿戴讲究，一只光洁细嫩的纤脚轻放在另一只穿鞋的脚面上。目光抛向远处，心思缥缈。看来她对慢慢的手艺放心。

女人新买的鞋子，嫌鞋跟硬，走起路来响动太大，来找慢慢。慢慢的动作较常人的确是要慢得多，剪样、胶合、固定、打磨，一举一动轻抬慢放，不忙不躁。等待胶水晾干的空档，她还悠然地打开手机，微闭上眼听起了王菲的《心经》。我真担心女人要等得着急，要抱怨了。而慢慢却仍旧慢条斯理，女人也没表现出不悦，仿佛是一种默契。

鞋子被修理得服服帖帖，女人满意地笑了。她问多少钱，慢慢慢慢地说八块。女人递给她整十块，说不用找了。慢慢慢慢地说，那不行，该找您两块。女人转身走，慢慢慢慢地起来追。女人走得快，慢慢追不上，但还是追。女人不得不停下，收了这两块钱。天色渐暗，慢慢拄着拐杖吃力地往回走。

能不能考虑安个假肢？我问。安啥哩，一条腿走路刚好等等我这慢性格。说罢，慢慢就咯咯地笑了起来。

我的鞋子她早就修好了。黄昏下，暂时没有别的营生。“来，咱拉咱的！”她这么说，我一时倒想不起方才的家常拉到哪了。

当时面试失败后，第一次出远门的慢慢像只受了伤的山猫，带着屈辱和挫败，以及对城市的排斥逃回了老家。她觉得，她和快快这辈子注定是两个世界的人。

快快在流水线埋头苦干一年后，考上了工程助理的岗位。后来她留意到紫竹路环庆路路口常年有个修鞋的老人，这让她总是想起远在千里之外的父亲。也是从老人那里得知，守在这家近十万人的工厂旁边补鞋是个不错的活计，老人一个人根本忙不过来。

这次到昆山，慢慢是有备而来。老人答应快快，让慢慢和他一块拼摊。如果老人接下来的活儿当天做不完，就由慢慢收摊后帮他干，钱还算老人的。况且慢慢心细，活儿也入得了老人家的眼。

但平静而丰收的日子并不长久，不到一年，昆山的大街小巷就开始了整治小摊小贩行动。他们一度像打游击似的折腾，白天各自猫在租屋，夜间偷偷摸摸出来摆摊，做夜班人的生意。等风声过去，再慢慢“探出头”来。老人一大把年纪，终究是承受不了，生病回老家休养了，路口的摊头只剩下慢慢一个人。

慢慢在这样的打击整治中流窜了好几年。受过警告，挨过罚款，修鞋的“家当”也被没收过，直到最后连夜里出摊的机会都没有了。她不得不打包行李，回老家。

慢慢赚钱靠的是口碑，或者说是她随和的性格和热情的态度。回到老家后，她还和在昆山认识的朋友们保持着不远不近的联系。有时我们去找快快，从她那里能打听到慢慢的情况。对于全家人来说，失业还不是慢慢最大的困难，而最大的难题是找对象。由于身体情况的特殊性，一直遇不到合适的人。

我从昆山离职到上海时，特地发信息告诉了慢慢。其实我们的交情并不深，只不过是习惯了请她修鞋。或者是从内心里希望，今后的生活中还能有她的消息。没有特别的祝福和客套，慢慢的回信很务实：姐，再另找个人帮你修鞋吧。这一刻我突然觉得，她是在意我的。可是，老实说我再没有见过谁修鞋的手艺能比得上慢慢。一双鞋送到她手里，尽管放心。旧款能改新样，高跟能裁低跟，底子歪了能校正，帮子坏了能修补。为了防止新鞋走样，我总是从商场买来就先交给慢慢，请她把鞋跟换成牛筋的，牛筋跟儿轻便，耐磨，走起路来不出声，最要紧的是，修整过的鞋子仍像新的一样，不留痕迹。

有一天，慢慢突然打电话说她要结婚了。这着实让我吃了一惊，曾经我们是多么发愁这件事情！

后来，在大家的鼓励下，慢慢又到了昆山。她建立了一个“慢慢修鞋”微信群，把认可她手艺的朋友都邀请到群里。有需要时就把鞋子交给快快，由她给慢慢带回家修。生意虽不及从前，但给了慢慢很大的自信，起码她可以在昆山生存下来，可以独立了。

去年春天，快快和慢慢结伴参加昆山高新区举办的一个青年交友活动。快快空手而归，这次慢慢倒快了一步，遇到了生命中的有缘人。他来自陕西农村，在城南一个日资企业打工。家境一般，中专学历，长相普通，但在慢慢看来这一切都是多么完美。因为他敦厚老实，知冷知热，能包容她的一切……慢慢在电话里描述着那个男孩以及他父母的情况，是那种既不张扬也不掩饰的幸福语气。

慢慢那张纯净可爱的笑脸，一幕幕浮现在我眼前。她高兴地说，现在昆山鼓励摆地摊,这两天她又回到紫竹路环庆路路口的“老根据地”了。他每天早上上班前先帮慢慢把摊撑好，晚上下班后再来陪她一起，忙到收摊回家。

“姐,有空回来看看。”慢慢说起话来,还是那么一字一句,不紧不慢。我想，她终于是把昆山当作自己的家乡了。

大概，公司附近曾经那些热火朝天的手机贴膜、鸡蛋煎饼、烤冷面的摊子也都从全国各地涌回来了吧？他们是昨晚的月亮特地从天空中挑拣的大个的星星，成片地缀在了城市的街巷，此刻正朴素地仰着小脸儿，立在道旁迎风张望。

找话说的老人

我怀疑，世界上只有他一个人是这样与人打招呼的。你还在单元楼的防盗门外好远，他站在防盗门内的保安室里聊天，无意中只要一个眼神瞅见你，他便迫不及待地开门出来，再径直走出防盗门，又挥手又点头，“你好你好你好！”眼睛放光，满脸笑容……这样的情形，总让你心生恍惚，以为自己一时糊涂认错了人。看样子，你们显然是非常熟悉又非常投缘的好朋友嘛，而且应该是好久不见了，这一碰面格外欣喜。然而事实上，我并不认识他。只是我住这幢楼，而他又常常在楼下跟人说话，大多时候是在保安室。久而久之，见面打个招呼而已。至于他住在哪里，做什么工作，姓什么叫什么名字，我一概不知。

而他居然就招呼得这么认真、尽力，而且这股热情十分持久，数年如一日。我甚至根本就没有留意他是什么时候出现在我的记忆里的。他是一开始就这样热情，还是后来见面多了才这样？他是对认识的人都这样，还是对熟人或邻居才这样？可是，我的确跟他不熟。只是他的“你好你好你好”充满了吸引力，总让我不好意思流露出生疏，而是努力向他学习，尽可能热情地回应。

在这日常见面的打招呼问候中，我似乎从来没有机会冷静地观察过他的表情。总是在他的热烈感染下，忙不迭地回礼，抽不出一点空暇停顿下来定睛看他一眼，总担心那么一停顿就会怠慢了这样一个激情满满的人。

直到有一次，我和他打完招呼，道了别，他回了保安室，我走进楼道深处等电梯。几十秒钟后，门外有一位中年男子朝进走，大概也是被他的眼神逮住了，他也是那般热切地走出来，冲到防盗门外迎接。哦，原来他待人的热情远超出了我往日的感受和想象，他是那么倾尽全力。满身心的欢喜，不住地招手，又不住地点头，“你好你好你好！”一连声的问好使他来不及喘口气。我以为他接下来一定还要伸出手去，紧紧握住对方的双手，再进一步表达热情。但他没有，他的问候瞬间进入了尾声，像一出戏落幕前的气息，很明朗，却依旧不失饱满。全程看不出一丝伪装或虚情假意，发乎情而止乎于礼。这是一个多么恰到好处的问候啊，自然、真实而又充满感染力。

几乎每个黄昏回到楼下，我都能见到或受到这至真至诚的礼遇，这股力量让小区的每个夜幕都变得暖暖的。直到有一天，突然在电梯口听到一句“老王啊，他是太孤单了！”仔细听进去，才知说的是他。

原来他是一位空巢老人，退休前曾在某大型国企担任工会主席，习惯了跟人打交道。这两年退休在家，儿子在外地工作，老伴又跟着儿子照顾孙子，他们一年到头也难得回来一趟。老王不喜欢一个人待在家，每天便将大部分时间耗在保安室。24 层楼里的住户，他家家都熟悉。倒不是有多少交集往来，或许还有不少人如我一样，对他并不熟悉呢。但他是了然的。以往每天快递小哥来送件，都是放在保安室，由值班保安统一将有邮件的门牌号写在电梯口的小黑板上，通知人们来取。老王觉得这做法不够便民，况且大多数住户从外面回来时，手总也不空。于是，他就自觉担起了“送件上门”的活儿。一来二去，人们过意不去。有邻居提议适当给点报酬，老王就不乐意了：“那还能叫邻居吗？”

那次，我着急寻一份报纸。正无处着落，在保安室聊天的老王知道了，随口就说出了三家订这报纸的门牌号。他让我稍等一会儿，到楼上跑一趟就把报纸找来了。解了燃眉之急，我实在不知该如何感激是好，值班的保安师傅笑说："不用放心上，他帮人干活儿，也就是图能有人跟他说两句话儿！"顿时，我的心头像被什么击中了。

一

亲爱的昆山

二十世纪九十年代初，北方的农村很流行在墙上贴风景画。逢年过节时，到集市上挑两张崭新的画回来。花红柳绿，亭台楼阁，贴在被煤烟熏得污兮兮的窑洞里，能让穷苦的日子春上一个四季。

那个时候我很小，尚看不懂人情世故，看不懂人们的生活，常常沉迷于那画里的乾坤。仰面躺在宽敞的土炕上，凝视画中的盎然景致。远山近水，花柳掩映，草木扶疏，总能让人心生很多向往。枝头冒出了嫩芽，草尖挤出了露珠，画面上一阵阵和煦的暖风，在平静的湖面上拂过，掀起层层涟漪……但当我定睛再细看过去，一切又静止了。多少个这样的夜晚和清晨，浅浅一幅画将我的梦想牵到了江南。

落足昆山，是一种必然。

“工作地点在昆山，有点远，你能接受吗？”

“昆山？在哪儿？”

“江南。”

“好，我去。”

毕业后，深深的江南情结令我不假思索地就做出了选择。这不是取舍，是圆梦。尽管那个时期的昆山远不及现今发达和繁华，但“她”有画里的柔情与风骨。

况且昆山亦师亦友，亦兄亦父，待我不薄。

“她”给了我一份稳定的工作，而且我在这里一待就是整整十五年。公司像哺育一个初生婴儿一样，从最初的一无所知一点点培养教导，教我一身生存的本领。十五年间，从不曾有过抛弃的念头，也不曾亏待，无论经历经济危机还是产业调整，始终有一份生活保障。即便十五年后分别，也是一步三回头，天涯若比邻。

公司里，来自五湖四海的伙伴互帮互助，相互扶持，在异乡渐渐扎根。这期间又催生出多少人世间无法诠释的故事和情感。比血亲更深刻的亲情，比传奇更浪漫的爱情，还有那些意想不到也无法准确定义的患难真情，那是数十万个青春的奋斗史啊，谁没有过歇斯底里？未来，必将是对一座城的数十万种深情的回忆。

在昆山深厚的文化底蕴熏陶里，我爱上了文字，结识了当地的文人雅士。在他们的帮助和鼓励下，渐渐走进了文学的殿堂。我第一次发表作品是在《昆山日报》，第一本书出版后昆山作家协会散文学会召开了研讨会，曾被评为昆山市作家协会年度优秀会员，多次参加昆山文联青年作家读书班学习，许多位作家老师也曾亲自为我指导改稿……对于一个异乡人，这是何等的恩泽，又是多大的接纳和扶持。

在昆山，我曾一无所有，却又十分富有。放养了一群自由飞翔的鸟雀，种植了一湖肆意生长的水草，深藏了几座千年古镇，那里有静谧如诗的粉墙黛瓦，小桥流水人家……这幅美丽的风景画，不在古老的窑洞里，不在梦境里，而是活在我的平常日子里。在昆山，有一股屹立时代前沿的自信，有一种汇聚历史文化瑰宝的自豪，还有一份海纳百川的可贵精神。正是这些，赋予了一只大闸蟹足够的能力和资本，扬眉吐气走向世界。

对昆山这个第二故乡，我所有的情感约莫只归咎于三个字：亲爱的。

我对“她”的爱，正如“她”爱我。

青春所在的地方

青春是想回却回不去的旧时光，故乡是想回却回不去的老地方。当一个人把他的青春毫无保留地献给一座城市，那么此生他便再也离不开了。

约莫生活在昆山的很多人，都品尝过一种口感格外脆甜的霜降果。所谓霜降果，是在树上生长到霜降节气后才开始采摘的苹果。在生活如此高效的今天，能够静下心来陪伴一颗苹果开花，坐果，膨大，成熟，感知春华秋实的诗意与美好的人，是值得敬佩的。

他叫照清，一个打小在山西运城黄河边长大的“80后”小伙。家有20亩果园，是他出生那年爷爷亲手种下的。

为了这片果园，爷爷当初跟全家人闹得不可开交。家里添了长孙，喜从天降，他非要干件轰轰烈烈的“大事”来庆祝一番，便要求几个儿子腾出20亩地种苹果树。用爷爷的说法，这果园就是他将来留给长孙的家业。二十世纪八十年代初，土地是农民的心头肉。爷爷开口就是20亩，守着庄稼不种去种果树。父亲第一个反对，他立志将来要供儿子读大学，跳出农门进城哩，要果园做甚用？然而，爷爷毕竟是一家之主。照清出生第二年开春，20亩庄稼硬生生被他改种成了果树，爷爷成了村里第一个果农。

果树挂了果子，照清进了学堂。水灵灵的大红苹果，拿到集市上只能卖一毛钱一斤，不够供照清念书用。爷爷却毫不气馁，他固执地守护着这片果园，精心照料着果树。果子越长越好，照清越飞越高。他终于如了父亲的心愿，上了大学，长了出息，而且在江苏昆山有了一份稳定的高薪工作。买房，娶妻，生子，照清将日子过得顺风顺水，也成为父老乡亲们引以为傲的顺利进了城的孩子。

有人说，山西人骨子里最典型的性格特质，一个是乡情，一个是较劲，这两点在照清身上体现得淋漓尽致。无论走到哪里，农家孩子的灵魂深处，始终有一股血脉牵连着土地，永远不能拔根而起。那是他生命萌发的起点，也是成长路上的精神支撑。三十年过去了，随着城镇化建设的推进，年轻人都进了城，农村日渐衰落，土地也成片撂荒。尽管留守村民中家家都有果园，但又苦于地处深山找不到销路。这情形令照清日夜担忧，2014 年 9 月他毅然辞去昆山的房地产工作回乡创业，通过电商平台帮村民卖苹果。带领村民重振乡村经济，守住爷爷的 20 亩果园，陪伴花甲之年的父母，这是离家多年后，照清内心里最真实的渴望。他不顾父亲的极力反对、妻子的再三劝阻，执意回到黄河边，重操祖业，做回了农民。

照清明白，此举成败牵系着村民的信任、家族的尊严和家庭的未来。压力重重，却义无反顾。他通过网络向全国各地的优秀电商学习成功经营模式，充分发挥大学里的专业，自己设计包装，大量收集顾客的意见和建议，尽心竭力为客户服务。但对做电商，他毕竟是门外汉。尤其是起步阶段，屡屡受挫。初期订单少，没有固定的物流合作商，导致客户流失。第一年他不了解市场，盲目地按农村消费观念求实惠，用了 20 斤规格的包装箱，结果许多南方客户一箱苹果吃到最后，原本的口感早变了。苹果采摘时间也出了差错，为了让客户尽早尝到新果，照清安排在霜降节令前十天左右就开始采摘。不料客户反馈苹果水分足，够新鲜，但不够甜。问题一个个接踵而来，压在照清肩头，乡亲们的目光里也出现了一丝质疑。深秋的明月落进高窗，他仰面躺在老屋的炕上，彻夜难眠。窗前的月光下，父亲披着棉外套的身影轻轻晃动。他没吱声，他也没吭气。“棉外套”悄悄地来，又悄悄地走了……月亮被秋露水洇得湿透，一片模糊。回乡创业的过程中，即使再苦再难，照清也从不言弃。此时，父亲早已不再持反对意见，而是默默地支持他，鼓励他。第二年，照清认真总结教训，一方面研究科学种植技术，另一方面向果农汲取经验。从开花坐果到采摘打包，从广告设计到物流运输，每个环节严格把关。两年下来，终于逐渐打开了市场，也形成自己的品牌。

生活是个知恩图报的东西。就像照清家的20亩果园，尽管已是三十多年的老树，只要你精心打理，仍旧能开出新花结出鲜果，给客户带来舌尖上的感动。更让人惊喜的是，电商犹如核反应堆，尽管从0到1难如登天，但从1到无穷大却往往是水到渠成。它打破了传统线下营销的局限，好的产品加上用心经营，通过网络传播直达全国各地。加之照清在昆山多年积累的人脉资源和城市生活经验，使他的事业发展如日中天。20亩果园的产量已经远远不能满足市场需求，照清与当地的农业合作社合作，推广自己的种植经验，指导乡亲们坚持施用豆饼有机肥，坚持霜降节气后采摘，确保苹果的口感和品质，带动家乡人民经营果业，走向致富。静下心来，听从农耕二十四节气的安排，在慢时光里打理春种秋收的日子。经营好一份事业，让村民不再为农村的未来忧心，让祖祖辈辈辛勤耕作的土地不再日渐荒芜，这便是“80后”照清的责任。

随着事业越做越兴旺，城乡之间两头忙已成为照清的生活常态。舍尽名利繁华，回归平淡真实，一头孝敬年迈双亲，一头抚育膝下子女。货源基地扎在家乡，营销市场立足昆山，面向长三角乃至全国推广，将故乡最好的礼物馈赠给另一个故乡。

一个人的青春奋斗在哪里，他最深情的回忆就在哪里。随着一双儿女相继出生、长大，生活中的美好一点点充实着照清曾经的梦想。那些深情而真诚地走过的岁月，让他此生对昆山这座城市再也无法割舍。

第四辑　疏影

谁动了我的乡愁

书是一张还乡的车票

宋代词人苏轼在词中写道：此心安处是吾乡。可见，内心安然才是故乡给予游子最踏实的精神境界。

背井离乡许多年，每到一个城市，都在寻找一种叫作“故乡”的归属感。这个感觉能让我快速融入当地并获得心之安然。然而，走过的地方越来越多，这种寻求也渐渐变得冷静沉稳。

初到上海时，我是小心翼翼的。从一个江南小城来到国际大都市，海派文化的明媚、汹涌让我感到陌生而局促。因而，只好本能地将自己张望的目光收回，在春雨秋露里留心打量。确切地说，是在寻找一些能用来铺路的沙石。没有轻车熟路的时候，需要自己开疆辟土。

有人问我，为什么不在上海开辟自己的文学天地。其实我想，我是在等一场雨。那是一场可以滋养万物的温润春雨，不急不躁，却有足够的穿透力。

这场雨来得清澈，沉着，突然但不意外。明明是初冬，却真的下着春一般的小雨。去年的 11 月 30 日下午，我跟着一把靛青色的雨伞走进那扇颇有意味的黑色铁门。心明会堂，这是一幢隐居闹市的四层小洋房，院内亭台楼阁，别致精巧，闹中取静，移步换景。这才是我长久以来寻找的味道，书香气。这个下午，注定是要忘我了。楼梯口传来闷闷的谈话声。我合了伞，迫不及待上楼。苏河湾读书会正在举办一场精神盛宴。喜爱旅行、写作、摄影、运动的注册会计师陈继先生带来他的游记文集《我的地球三极》以飨书友。其实这个下午，在欣赏陈继先生不畏艰险勇于挑战的文化探索和人生修行之外，我收获更多的是，对主办方苏河湾读书会，或者应该说是对上海，多了一种欲罢不能的亲近。

在参加陈继先生的新书分享会之前，一个偶然的机会，我结识了苏河湾读书会的赵卿峰会长。一位温文尔雅，又颇有才华的青年才俊。身为“80后”年轻人,竟然为某单位的职工做沪语培训。这让我十分意外，印象中说上海话的大多是老上海，尤其以上海老年人居多。因而，我被深深吸引。那个夏天的午后，我站在培训教室门外旁听了赵会长的讲座。从沪语的历史渊源到日常应用，这是一场神奇之旅，仿佛能听到这座城市一路走来时心跳的声音。

新书《从一个故乡到另一个故乡》出版后，应赵会长邀请，我参加了一场读书会。带着这本书写流动人口的散文集，带着一个游子对家乡的真诚，我第一次以走进一个故乡的心态，去拥抱苏河湾读书会的每位书友。

拥抱的同时被拥抱，接纳的同时被接纳，温暖的同时也被温暖。正因为赵会长和在座书友的接纳和温暖，才有了北站空间那一场更为深入的分享会。作为读书会新年首场活动的主角，我不去想是否热烈，是否圆满，我只在乎至真至诚。为了成全这份至真至诚，前次读书会上认识的高源老师、朱亦雷老师等十几位好友特地安排了时间专程赶来参加。会上又结识了好些新的良师益友,他们渐渐走进我在上海这个新“故乡”的日常，真诚以待，共同成长。

“5.24”,我爱书。这既是机缘巧合,也是精诚所至。短短半年的相处，我在苏河湾读书会的大家庭里感受到的不是寻找，而是回归。我结识的不仅仅是书友，更是家人。我想，“5.24”于苏河湾而言，未来必将会成为一个特殊的承诺和标志，以书会友以飨天下。

看得见的香气

你信吗？乡愁赋予了我一种特异功能。混迹于他乡十多年，我一眼就能从万物之中挑出故乡的味道。

比如，第一次从余庆路回康平路的办公室，是个五月的下午。不知是我身上的哪一个细胞竟突然在那条不知名的小巷里捕捉到了熟悉的味道，使我忍不住停下脚步。

我是多么神奇啊！在充斥着香樟树浓烈香气的巷子里，居然拣出一股淡淡的槐花清香。她就那么不卑不亢，温柔顺从地伏在一户人家的墙头。风吹过，有浅浅的花瓣飘落，薄如蝉翼，轻盈似蝶。我俯身拾起，藏进棉麻衣裙里，一片，一片，一片。

你知道吗？我捡的不是落花啊，是奶奶的轻唤。每一片花瓣上都写着我土土的乳名。黄昏时分，村庄里闹哄哄的。眼瞧西山饥可可地吞食着夕阳，奶奶着急了。她挽起拖在脚面上的藏青大围裙，立在麦秸垛旁朝对面高高的山头张望。

太阳才不同情她呢，我也不同情。这会儿我就骑在半山腰的歪脖子槐树上。她一定是着急了，才趔趔趄趄地攀到了麦秸垛上。她手打喇叭冲我这边喊来了，“二的——，二的——”奶奶每喊一声，就有一朵槐花飘落。

奶奶从不催我写作业，也不逼我干活儿。她会说：“快回来，奶奶做了好吃的。”我才不理会呢，越是稀罕吃的，奶奶越舍不得吃。再晚回去，她都要给我留着。

那个时候，我是多么任性啊。

乡间的野菜野果，是奶奶的子民。它们仿佛专门是为了奶奶的召唤才发芽生叶，开花结果的。明明是山里极平常的槐花，奶奶随手捋几串回来就可以做成槐花饼、槐花汤、槐花饺子、槐花饭……还有好些令人垂涎的好味道，我是叫不出名儿了。有奶奶在，我是用不着管这些的。她总能很准确地抓住那些紧凑的节令，把这些时令野果野菜的功能发挥得淋漓尽致。

夜幕将合。我玩尽兴了，一身脏兮兮地从山上跑下来，这时才发现身上被蚊虫叮咬得厉害。胡乱抓挠几下，便被饭菜的香吸引了去。然而，奶奶总能瞄准我的软肋先发制人。她将清香的槐花饭盛上桌晾着，却不知把调料给藏哪儿了。奶奶深知我最贪这口，但是得先洗了这一身脏才能动筷。

院里早晾好一大铁盆洗澡水，水里散发出好闻的气味。奶奶用槐花，薄荷草，艾叶煮水给我洗澡，杀菌消炎治疗蚊虫叮咬再好不过了。她从不用香皂，她固执地认为，乡间的物事之间是互生互克，自成体系的，她有的是法子来指点和平衡这一切。

“咬人的虫子是害虫。”

“那摘花草的二的是坏二的吗？”

“才不是哩！花草不疼，二的疼。”

“命都是一样金贵哩。”

奶奶轻轻地舀起一瓢瓢好闻的花草水，将我从头浇灌到脚……许多年以后，我的眼神里也渐渐长出了慈悲的根。

因而在这个宁静的巷口，我被一树槐花挡住了去路。确切地说，在浓烈的香樟香里，我是闻不见那一抹浅淡的香气的，但看得真切。

对！看得见的香气。

那一年，我离家的时候，就是一个槐花盛开的五月。奶奶喜盈盈地从对面山坡上漫山雪白的槐花丛中钻出来，围裙里兜着一包新鲜的槐花。奶奶一定不知道，她在灶间忙着蒸槐花饭的时候，还有几片鲜嫩的花瓣开在她的银发间。那是一股看得见的香甜。她从来都不知道，年复一年的槐香早已浸透了她那一脸斑驳的皱纹，使她成了一味恒久的怀念。尽管奶奶很快就走出了我的生命，这香却永恒地弥漫在我远行的路上，成为一味治愈孤独的良药，成了我随身携带的鲜活生动的故乡。

在上海，是极少能见到槐树的，槐花就更罕见了。近年流行起中药香囊，竟真的有一味槐花香。故乡的味道正在悄悄走进他乡人们的生活，丰盈岁月，也带来健康。

窑洞

麻糊村最深沉的秘密都藏在窑洞里。

跨过门槛走进来的那一瞬，我顿时感到久违的亲切和踏实。窑内空寂，宁静，墙角有蛛网和灰尘，我读书时用的煤油灯放在半墙上的小窑窝里，旁边还有一盒平遥火柴。深秋的阳光带着一丝微寒，从窗户照进来，落在窗台上，炕上，被树影剪得零零散散。我伸手去轻轻抚摸那些细碎的光影，像是拥抱失散多年的自己。

曾经有几年，我很为自己是出生在太行山区的土窑洞里感到自卑，毕竟不科学不安全，觉得上不了台面。然而，直到后来我真正懂得了一孔窑的意味，才明白能在这眼土窑里出生，何其有幸。

窑洞曾经是黄土高原上居民最常见的古老居住形式，根据考古资料推断，早在50—60万年前古人类就已经萌生了挖土而居的意识，仰韶文化聚落的半坡遗址中出现了半穴居建筑。秦汉以后出现砖瓦，建筑材料和建筑技术的发展有了很大进步，古籍中首次以“窑”字称横穴，《前秦录・十六国春秋》记载：“张忠，字巨和，中山人也。永嘉之乱隐于泰山……依崇岩幽谷凿地为窑室，弟子亦窑居。”由此足以见得，窑洞文化的历史相当久远。

窑洞主要分布在黄土高原，兼具居住、做饭、储物功能，冬暖夏凉，防风御寒。麻糊村坐落在黄土高原的东南缘，二十世纪六十年代以前，村里的民居是清一色土窑洞，错落有致地分散在一面向阳的山坡上。早期的窑洞是直接在山崖上挖凿出来的，借用天然崖势，先将崖面削平，再打窑窟窿。这种窑洞通常称作靠山窑，样式简单、小门小窗、成本也低。条件稍好的，在窑窟窿内壁箍一层墼，再抹粗泥、上泥皮。如今看来，窑里的日子即便再新鲜，也被黄土黄得昏昏然了。再后来改用砖箍窑，抹白石灰墙皮，门窗也改了新式的，窑内的光景也哗地亮起来，这是改革开放以后的形势了。紧随而来的是碹窑，富裕人家不再依山挖土窑,而是将土崖削掉,在平地上先用砖碹起一串窑洞,再把土覆盖在窑顶，形成窑垴。碹窑成本大，对窑匠手艺要求也高，但结实耐用，通风采光和防潮性能都比靠山窑要好得多。

对于一串窑，窑垴是最要人精心养护的部位。黄土高原雨水少，每每下过一场雨，各家就忙着趁这湿劲上窑顶碾场。套上牲口拉着碌碡转圈碾压,让窑顶的地面平整结实不蓄水、不漏雨,这样窑洞就越住越坚固。窑垴如能用作禾场，是再合适不过的，人们收秋打夏，碾谷晒粮，时常蹬踩着就起到了碾场的作用。因此，窑垴上就成了一道风景。农忙时节，人们把最欢腾的生活都搬到场上来过。红杠杠的太阳底下，大人、孩子、牲口、农具统统上阵，各显其能，密切配合，好一个热火朝天！猫狗们嫌院里冷清，隔一会儿就去场里探探，见主人都在忙，又知趣地走开了。这种时候,鸡是最安静的,它们没闲工夫吵嚷,光顾伸长脖颈满场啄食吃,心里美得过年似的。天空中，忽一团黑云不知从哪个方向移过来，眼看着太阳光从场上退去。窑垴上的风景便切换成快进模式，妇女赶紧扔下簸箕去抖擞开彩条塑料布，其他人也跑过来搭手，三下两下把麦粒先盖严实，扫帚木锨横七竖八扔上去，转身又用蛇皮口袋去遮麦垛。不料到头来只吧嗒吧嗒落了几滴雨,就算了事了。人们手搭凉棚望着那块黑云,哭笑不得。

或者说，窑垴也是一方舞台。同在一个村活人，说不好在哪道沟哪个坎就生了磕碰。鸡毛蒜皮的小事往往能惹出好大的阵仗来。两个家庭，甚至两个家族往往是不能抗衡，家中有人在外当官的、在村当干部的或者男丁旺的，显然强势。弱势的那家明里敌不过，只好暗地出个歪招，半夜偷偷骑到他家窑垴上狠拉了一泡屎。隔天，又拉一泡。改天，又一泡……光天化日下，一村的来往路人都瞧见了，各个心里明镜似的，只窑里的人浑然不知。直到那齐摆摆的污物已经风干成一场流言蜚语，结实健壮的女主人终于冲到窑垴上来出这口恶气了。奈何没凭没据，不好指名道姓，只见她胸有成竹地立在那流言蜚语旁，稍作酝酿便直奔主题，喇叭口似的朝着那家的院子指桑骂槐。渐渐地，各家窑垴上陆续有了看客，女人立刻进入佳境，情绪激昂，叉腰跳脚，扯出他们家祖宗十八代，准备开始正式发挥。

其实无妨。口水又不能阻止窑洞繁衍子嗣。站在麻糊村对面的山顶上，盘点村里的一串串窑洞，哪族哪辈，排行老几，姓甚名谁，谁是谁的爷，谁是谁的孙，一目了然。它们最初都是专为某个后生建造的。窑是延续血脉的场所，孩子们小的时候，一家人挤在一孔窑里，吃一锅饭，睡一盘炕。待儿子们稍稍长出点后生家的雏形，家长就开始思谋碹新窑的事了。一个儿一孔窑，一孔窑娶一房媳妇，预备另过日子。这是刚需，是为人父母的责任，也是对列祖列宗的交代。在麻糊村，大多数庄稼人穷极一生最要紧的事就是碹窑。碹窑是大喜事，是后继有人的标志，是家庭兴旺的象征，自古以来人们对碹窑就有一种异乎寻常的执着。即便少小离家在外闯荡的人，发达了回村首要干的一件事就是排排场场碹一串新窑，摆在村人面前，窑是脸面，是事业，是成就，是衣锦还乡，是光宗耀祖。

十岁以前，我一直住在老家旧院的窑里。窑是靠山窑，二十世纪五十年代末，浊漳河西源的后湾水库修建时，征用了老辈留下来的老窑，祖父母拖老带小急燎燎张罗打了这三孔窑。事发突然，窑址选得不甚如意，在村子最低处，常年潮湿。风水尚可，刚好在东西中轴线上。窑居习俗，哥东弟西，家长居中，厨灶设长者住处。祖父母只有父亲一个儿子，说亲成家时便省了碹新窑，只是用砖重新续了窑口，外墙抹成白石灰，换副新式门窗，刷上新油漆，两扇对开门右边写“祖国山河万年红”，左边写“人民公社四季春”。门一开，新人的婚事就成了。

我生在流行盖砖瓦房的年代，却仍旧住靠山土窑。窑养人。在窑面前，人是禁不住诱惑的。但凡有窑的人家，都愿意窝在窑里，宁可让砖瓦房空着。住惯窑洞的人再住砖瓦房楼房，就像盖惯了老棉花被突然换成太空棉被，总得失眠好一段时日。他们说房子这东西是个样子货，瞧着时兴，实则单张薄片走风漏气不贴身，住在里头没着没落，人不踏实。窑洞与黄土地浑然一体，地气充足，仿佛自带智能温控系统，顺应季节变化调节温度和湿度，冬天能自动吸收阳光并储蓄起来，夏天又能自动隔热将暑气挡在室外。在窑里居住，是用不着空调凉席风扇这些降温设施的，甚至午休还要盖条薄毯子才行。到我这一辈，祖父母住当中窑，我们跟父母住西窑，东窑空出来储物放粮。天冷的时候，我们姐妹几个都喜欢挤在当中窑，炕火在烧煮饭菜的同时不光把炕烧热了，把整个窑都烘得暖暖的。我儿时最幸福的时光，应该就是躺在祖母的土炕上，透过垴高窗凝望夜空中的月亮。当时懵懂无知，并不明白自己是在月光下编织各种形状的梦想。梦想在炕上挤来挤去，我们就长成了大姑娘。也有的人家子女多，女儿大了，就在炕边挖个墙窑让女孩住，侄女们常常是住在姑姑甚至老姑出嫁前住的小墙窑里。尤其是女孩多的，挨个从炕上搬到墙窑，从墙窑搬到别人家为妻为母。这样的一方小天地，不免就让人对男女之事和结婚生子生出许多种想象和揣度。男孩们的气场不在墙窑，而在密窑。家底殷实的家庭，建窑的时候常常要考虑建个密窑，就是在窑掌处巧妙地设一道暗门，里面有另一间小窑。密窑通常不大，也不设窗，只用来放一些不便为外人所知的贵重东西，诸如祖上传下来的稀罕物件、储备着将来给儿子娶媳妇用的积蓄这样的秘密。

在人面前，窑也是耐不住寂寞的。进入新世纪以来，麻糊村后建的新居就再没了窑洞，人们通过建造各种式样的房子来表达骨子里对城市文明的渴望和向往，被钟情了数千年的窑洞霎时间落寞了。窑养人，也靠人养。窑里常年不住人，很快就荒了。村里有多少串平平安安稳稳当当住了几十年的窑洞，一缺了人气，反而禁不起几场大雨的袭击。一孔孔风烛残年的老窑，豁牙裂口，使尽最后的力气朝正在翻新改造的挖掘机搅拌机奋力呼救，可惜它们微弱的声音转瞬就被吞进了轰隆隆的机鸣。上了年岁的长者叮嘱后人，记住咯，不管到甚时候这窑可不敢丢，里头有传世的宝哩。后人没记住窑，只记住了宝。老窑挖开，是黄土，再挖，还是黄土，他这才顿然领悟了长者的劝诫。

土聚气，土养人，土生万物。窑洞是黄土地的一部分。北方人的性格与窑洞密切相关，住过窑洞的人心性敦实，脚步稳健，行事坚韧，不屈不挠。闯王李自成，从土窑洞横空出世，揭竿而起，直攻京城，书写了中国历史上农民起义的传奇。毛主席经历了多年艰苦卓绝的游击战争，最后将根据地扎在陕北的窑洞里，以胸怀天下的气魄，铸就了延安精神，指明了中国革命的发展方向，照亮了中华民族的前进道路。

美的事物终究是经得起岁月精挑细选的。近些年，一度被冷落的窑洞经过短暂的沉寂，又重新回归了黄土高原上的日常生活。在新时代背景下，它不再扮演普通民居的角色，而是担当起古民居建筑艺术传承和展示的职责，在现代人的生活尤其是艺术界，它再次散发出深邃悠远的迷人光泽。乡村旅游开发中，开始返璞归真，修建窑洞，作为体验型特色民宿、咖吧、书屋、艺术创作采风基地等新式用途。中华上下五千年，在悠悠历史长河中沉淀下来的艺术种类不计其数，然而不论是玲珑绘画、锦绣文章，还是声色光影、精巧建筑，能从时光深远处照得到风骨的，都堪称极品。

我庆幸我出生在最后一代真正用于居住的窑洞里，在离黄土地最近的地方，经受过一孔靠山土窑的深度滋养，骨子里与生俱来浸染了大地宽广温厚的底色。

夜东湖

本来已经洗漱过，准备休息了。脸上敷着面膜，竟又情不自禁地来到窗前，鸟瞰夜的小城。这座城的夜，远比白天要诱人得多。远处的黑的山影，近处的魅的灯光，仿佛天使与魔鬼移形换位，交织如梭。夜，因为黑而变得纯美，灯光，却因为夜的纯美而变得扑朔迷离。

静幽幽的东湖，不动声色地含着一瓢秋水，任四周那一圈繁华层层迭起。她仿佛，意犹……未尽呢！这繁华远胜于天上的街市啊，居住在小城的人们习惯了，入睡前到湖边寻找些什么。或是心中的爱人，或是遗失的自己，总得要把那些个牵肠挂肚的人事都拾掇停当了，才能安然入睡吧。

可是，倘若心神未安呢？

于是，只好又重新换好衣，下楼去，义无反顾地将自己扔进湖岸边的灯红酒绿。有时候，越嘈杂的地方才越清静，不是吗？

我说不清沿着湖岸走了多久之后，周遭突然静下来了，能感到一丝丝的凉意。远处的夜，近处的水，空中的月，水中的影，随浓浓的雾气一层一层推过来，夹杂着似有若无的歌声。我隔湖回望酒店的招牌，霓虹灯里闪烁着一股说不出的温馨。那些窗户忽明忽暗，每一盏灯下都有一份温情。而属于我的那盏灯，从酒店出来，正同我在湖边行走。这是一座近年新筑的人工湖，于我怀念中的襄垣城来说，属后来者。可究竟是谁，偏偏为它取名东湖？实在是妙极！因为是东湖，而非西湖，就更让人蠢蠢欲动，每次回到家乡都期盼一睹它的芳容。今夜，我是专门为它留宿县城，又特地住在了岸的那头。

常年身在江南水乡，湖是极平常的风景。任凭西湖雍容大气，太湖辽阔明媚，瘦西湖清秀窈窕，玄武湖旖旎芳菲，此刻，均不及这一面东湖的温婉细腻。

最要紧的是，它让我安心。

我陪着另一个我，静静地在湖边行走。我向我介绍记忆中的小城，回忆我在这里度过的初中生活。那是我在这座城市里仅有的停留，短暂得如同微风在湖面上吹起的一个褶皱。却也深刻啊，毕竟是一个农家小女孩走向城市的转折和过渡，瞳仁里装满了新鲜好奇和无所适从。襄垣一中某个女生宿舍临窗的上铺，是那个时期身心的归属，总是在夜深人静的时候，我才敢睁大眼睛尽情地遥望窗外的风景。望远处神秘的苍穹，近处低矮的房屋，他们的屋子里有热腾腾的父母和孩子，还有电视机里倪萍和赵忠祥主持节目的笑声。就是在那些默默地遥望里，我渐渐熟悉了城里人的日常。

开学很久之后，我才走出校园的大门。第一次是到太行路的照相馆洗照片，事情一办完就赶紧回去了。后来找到了在二中的小学同学，她在城里有亲戚，对县城很熟悉，周末又带我去红旗商场买文具。回来的途中，看到体育场正在举办市民摸彩活动，有个彪悍的男人站在大卡车上对着喇叭喊："恭喜某某某中了一台夏利面包车。"同学看着心痒痒，硬拉我去碰碰运气。结果两个人各抽中两瓶叫"美歌香波"的洗发水。拿到"美歌香波"后，我们兴奋得又叫又跳，以为自己是众生中的幸运儿，然而离开人群后才发现，但凡来抽奖的基本上都会中洗发水，少则三五瓶，多的甚至都成了累赘。但"美歌香波"对农家人来说，是个新鲜玩意儿。我们平时洗头用香胰子或洗头膏，没有听过香波。我把它们小心翼翼地锁进小木箱里，打算放假时带回家。

这一番游逛，充满了诱惑，城市形态对乡下人的无法抵挡的诱惑。城里人身上散发出的各种各样的高级，鞭策我一定要发愤图强，跳出农门。我突然明白了父母为什么甘愿吃苦受累也要供我这个姑娘家读书，明白了父亲为什么说麻雀旋窝转，老鹰满天飞。从此，我不再把心思花在观望别人的幸福，而是脚踏实地靠自己努力。尽管不知道究竟要去哪里，但必须远走，远处才有出路……

我突然听到另一个我心底一声浅浅的轻叹。是责备吗？倒不至于。感激？也谈不上。抑或，只是一种小小的感慨。感慨性格与命运之间的息息相关。说到底，决定命运的不是农家的出身，不是城市的诱惑，而是骨子里不服输的性格。这性格将许多年的经历切割成细小的碎片，使每个日子都过得认真而充实。这性格硬生生地将我变成了另一个我，两者之间渐行渐远，却又渐远渐近。这性格促使我在远方的大街小巷时时寻找，找寻那些隐匿于繁华的携带了故乡基因的物事。曾经，我把它划归为牵绊，总觉得是一种不足甚至缺陷。然而事实上，人生就是一个圆圈，无论从哪里出发，最终还是要回归。就像我方才从牌楼下的石阶处走来，此刻正一鼓作气地回到牌楼的方向去。

放眼远处，这城市实在是太陌生了。曾经的我，熟悉的不过是曾经的县城。这些年，在现代化建设进程中，它早已一改往日的简朴，蜕变成一座新颖的浪漫之城，正在气宇轩昂地向全国百强县迈进。这使我莫名地着急，究竟是它陌生了我，还是我陌生了它。今夜，可否打破这一层陌生，真诚地拥抱一下？哪怕只是拽一拽彼此的衣襟。突然间，满城的灯火“哗”地模糊了……湖水是我的眼泪，湖岸是另一个我的怀抱。夜很深了，我和我在静谧的湖畔紧紧相依，接纳，包容。

“我爱襄垣”，湖对岸那一排高耸的楼房上映现出巨大的灯光影像，爱换成了一颗璀璨的红色爱心。我爱它吗？爱吧。可是我不爱吗？爱！

尽管我曾就读的襄垣一中，熟悉的体育场早已成为城市的记忆。生活就是这样吧，总是在推陈出新，更迭交替。我终于明白，路遥先生的长篇小说《平凡的世界》为什么令我那般着迷。历史上的故事，无论发生在哪个时代，终究也不过是九九归一。

不远处，一条鱼突然跳出水面，打扰了我们的聊天。我紧跟几步，想捉住它，想把它带到远方，寄养在他乡的湖泊里，陪我谈心。可它一个甩尾，头也不回就朝湖心的喜鹊岛游去了，仿佛丢下一句话："才不呢！选择了远方的都是傻瓜！"我悻悻地收回视线。从某个角度讲，鱼说得对，选择背井离乡的人都是傻瓜。

湖滨大道上几乎没有行人了，一个卖夜光球的老人突然打对面走过来，在我身旁站定。夜色虽浓，却不能遮掩住她满脸的倦容。"咩孩买个球球欢哇，狗儿？"老人开腔了，我顿时一愣。狗儿？狗儿，刚才她叫我狗儿。这是一个多么亲昵的称呼啊，虽然我很确定我早已经过了玩夜光球的年纪。许多年来，我早已忘记了自己还是一座城市的孩子，尽管陌生，她仍将我宠溺成"狗儿"，这使我禁不住满面泪流。

我把夜光球抛向夜空，它落下，另一个我跑去捡起来。我又抛出去，她又捡。如此反复，乐此不疲。我抛出去的，是那个游走在梦想中的我，此刻我又深情地在故乡的土地上，将她拾起，交还给我自己。

据建湖工程介绍上说，东湖是利用原浊漳河道改造而成。印象中，我读初中时有一位很要好的女同学家就住在附近的村子。她还邀请我到她家里写过一下午作业，傍晚时我们来到村旁的河岸边散步。那天，她指着河里的污泥浊水感慨万千："这水糟透了！""不，漳河水是英雄的水。"我辩解道。其实，漳河水蕴含着浓厚的红色基因，在抗日战争和解放战争中，两岸涌现出无数英雄勇士。上党战役中至关重要的"土落截击战"就发生在浊漳河宝峰湖西岸。二十世纪六十年代，河南林县（现为林州市）人民从太行山腰引漳入林的红旗渠工程，亦可谓惊天地，泣鬼神。在城市改造建设中，将英雄之水引进城内，让它的精神力量滋养和晕染广大市民，使这座浪漫之城更加顽强坚韧，不愧为一种睿智之举。从整座湖的结构布局看，湖东有市民文化广场，白沙滩、文昌阁、长廊等景观；湖西有龟岛、东湖门。集观光、游玩、娱乐、健身于一体，更加适宜现代人的新生活，毕竟不再是全民追捧“美歌香波”的时代了。谁说不是呢，不料此时湖岸上马路对面居然还有一片喧嚣人声，蒸、煎、炸、烤，各种消夜才刚刚登场呐。襄垣拉面、炒官尝、腥汤素饺、挂面汤……还是多年前曾惹我垂涎三尺的那些吃食。

在这世上，人啊，物啊，无论经历怎样的世事，总有一些东西是深入骨子里永远不会变的。

远处，高楼里的灯光渐渐稀疏。这是一个多么幸福的时刻，我的故里即将进入酣甜的梦乡。它在唤我归去。

—

年蒸

在家乡山西过年，年蒸最不能省。蒸馒头，蒸团子，蒸枣山，蒸花馍……最晚腊月二十八也该架起蒸笼了，前前后后得忙上好几日。

普通人家过年一两百个白馒头是起码要准备的。老辈儿留下来的规矩，春节期间走亲访友，早晚食用。馒头蒸得白白胖胖，松松软软，拿出去是女人的面子。正月初二开始走亲戚，晚辈先出动。一大早拎上二十二个馒头，再带上一包糕点，到长辈家喝茶聊天嗑瓜子。吃过午饭稍歇一会儿就该回家了。临走时长辈还要留六个或八个馒头让带回去，算是回礼。过几天，长辈再拎二十四个馒头正式上门回亲戚。

除了白馒头，还要蒸些抓钱（形状像如意）、莲花、剪刀等花馍，年初二当早饭吃。男人吃抓钱，吃了财路广，钱好赚；姑娘们吃莲花，吃了越长越俊俏、水灵；剪刀通常是小媳妇们争着吃，吃了心灵手巧，女红做得好。这一顿早饭吃得多么欢乐而美好啊，各有各的期盼，各有各的向往。

枣山是家家户户都蒸的，正月里烧香供神用。一座枣山大概得用到将近二斤白面，先用一个大面团捏出小山似的三角形胚子，然后用小面团做成一朵朵四瓣儿小花，缀满整座“山”，每朵花的花蕊处再嵌上一颗小红枣。蒸熟的枣山出笼时，看起来很是壮观。大年初一早上烧香供神，把枣山摆在神位的正中，前面再放香炉，供盘等常用的器皿。人们仿佛把一年里安康幸福，风调雨顺的梦想都寄托在这座枣山上了，一供就是一个月，到二月初二“龙抬头”那天才将它请走。

相比白面馒头，蒸团子才是个真正的技术活儿。黍米面和玉米面大约三七比例，用温水和成软硬适中的面团。北方天气寒冷，要在室内醒一个晚上才能蒸。说来简单，然而就是在这一招一式里便分出了伯仲。面粉的比例，水的温度，面团的软硬，醒面的室温，等等。每个环节都跟团子出笼后的口感味道紧密相关。当然，能蒸出好团子的女人，怎么说都不会差。团子里通常包赤豆馅儿，自家种的赤豆，加冰糖，煮得熟烂，包进团子里，香甜粘糯。鹅黄的椭圆形团子蒸出来，热气腾腾，黍香四溢，远远看上去像一只只才出壳的小雏鸭整齐有序地趴在雾气缭绕的蒸笼里，让人禁不住想伸手去捉一只出来尝尝。手到笼边时，才想起蒸汽烫得根本凑不过去。有时忍不住馋，就用筷子夹一个出来，迫不及待咬上一口，边嘶嘶哈哈吹气边草草咽了下去。

旁边的人笑问：“啥味儿？”

“年味儿！”

乡香

写这篇文章的时候，厨房的灶头上炖着一锅半熟的大烩菜。是山西人最常吃的那种，各样蔬菜一锅炖。其中最不能少的就是粉条。我喜欢吃烩菜，约莫就是恋着里面的粉条。方才就是因为揭开锅盖下粉条时，再也无法抑制心中的情感，迫不得已只好关了煤气，提笔写字。

已经许多次了，出现这样的情形。每回往锅里放粉条，就不由自主地想起那件事，就无比强烈地想写出来。但每次都担心，怕读者认为我是在给家乡的企业和农产品做广告才刻意而为之。倘若这般，反倒觉得玷污了这份伟大。然而今天，和东宝薯业的那次交集再次从记忆深处喷发出来，我不得不写一写。

其实，到现在我也不知道东宝薯业是个怎样的企业，企业的创办者是个怎样的人。我只熟悉他们的产品，就是很适合炖烩菜的粉条。我坚信这是一家优秀的企业。

最初知道东宝薯业的粉条，是前年回老家在一个亲戚家品尝到的。既耐煮又筋道，而且是正宗的粉条味儿。之所以说是正宗的粉条味儿，是因为在我的童年时代，邻居家曾做过近十年的粉丝粉条。我亲眼见过手工粉条的制作过程，三天两头能品尝到新鲜粉条，筋道爽口、弹韧适中。

即便用开水烫煮也不会有添加剂味，始终散发出一种纯粹的薯香。尽管后来的许多年里，这种传统的香味渐渐淡出了人们的生活，取而代之的是超市里卖的各种机器加工粉条。既耐煮又耐嚼，品种越来越多样，吃法上较记忆中也越来越新鲜。但我仍旧怀念幼时从邻居家砖墙上飘过来的那股子味道。正因为着实眷恋，才忍不住打听这粉条的来历。亲戚约莫是不好意思了，临走时干脆给我带了一袋子，也算让我在思念家乡时，聊以慰藉。

我认定东宝薯业是一家优秀的企业，不仅是因为喜欢其产品，而是曾经真实地被感动过。也才两三个月，带来的粉条就见底了，母亲便乘公交车去了县城，又从县城转车去桃树村找到东宝薯业公司，专程买了一趟粉条。再租车将粉条拉到城里的邮局，给我们姐妹三人各寄了一份。这是一个孤独的花甲老人娇惯子女的方式。某个晚上下班回到家，突然收到快递员送来几大包粉条。和母亲视频聊天问起事情的原委，她才突然想起算错了账。当时收款的年轻人正忙着装车出货，慌慌张张多算了170块钱。母亲着急赶时间也没顾上细算，付了款就离开了。“这可是一袋玉米的钱哩！”母亲坐立难安，心疼得似要流出泪来。我能理解。对我们而言，只是少吃了一箱苹果或少喝一次下午茶，而母亲却是白流了多少汗水呢！我安慰她先不着急，同时也在努力想办法。我打算无论能不能讨回差价，都跟母亲说已顺利解决，无论如何都不能让她这般焦急下去。但依老人家的个性，定是要弄清来龙去脉，方能安心。

所幸在粉条包装袋上找到了公司的联系电话，我抱着试一试的心态打了过去。无人接听，情理之外，但意料之中。毕竟买卖就应该是一手交钱一手交货，当面点清才是。果不其然，我一跟母亲撒谎，就被揭穿了。“骗我老哩，谁家星期天还上班给你退款？”母亲这么一说倒是提醒了我，当天是周日，厂家不接电话也是常情嘛！

周一一早再打过去，很快就接通了，听声音应该是一名年轻男子。待我把情况说明后，对方丝毫没有表露出一点不愉快，更没有怀疑事情的真实性。只是职业性地问了一句："收据还在吗？"听我说暂时找不到了，便不再追究，而是很耐心地说："先不着急，我查一下销售记录再给您回电话。"大约二十分钟后就有了回应。"对不起！的确是我们算错了，多收了170块，您看对不对？"我太意外了，对于这样的客服态度。得知我在外地，母亲去取款路途遥远，他又提出加微信好友转账给我，"省得老人家大老远再跑一趟。"

一方水土养育一方人，一方人传承一方文化。我深信，细节决定成败。能这般设身处地为客户着想的企业，必然能打动消费者的味蕾。这份细致周到的服务也定能感动四海八洲的客户。

匆匆搁笔，厨房已飘出了来自家乡的浓浓的烩菜香味……

炒米汤

当我写下这个题目的时候，愣怔了好一阵儿。恍惚间怀疑自己，是不是写错了。的确是，炒……米汤吗？炒菜、炒肉、炒拉面、炒大米，这些都不稀奇，因为炒的都是可盛可搅的固态食物。而米汤，这里说的还是小米米汤，稀汤寡水，如何炒得？然而细想，它的确就是叫炒米汤。

上党地区的人不管走到哪里，都舍不下一碗炒米汤。具体究竟是恋着里面的哪样东西，却也说不清道不明。相传明永乐二十一年(1423年)，上党有一举子叫魏云升，高中进士后，被任命为广东惠州府同知。魏云升在惠州期间，对当地的生活不大习惯，十分思念家乡的小米饭、调和饭。有一年回乡探亲返回广东时，就带了几升小米。谁知到了惠州后，由于气候温润，小米受潮，魏云升怕米变质发霉不能食用，就将受潮的小米全部炒熟存放起来。每每调剂口味，就熬制一锅炒米打打牙祭。久而久之，炒米汤的辅料也就越放越多。魏云升卸任后返乡颐养天年，将这一炒米汤的做法传授给左邻右舍。因而，炒米汤在上党地区就流行起来。听罢这个故事，我才算弄明白了，炒米汤炒的不是汤，而是米，原来是被微妙的汉语给恍惚了。

炒米汤，又称调和饭、和子饭、菜汤、和和饭、瞎调和饭、醋饭，是上党地区一种民间食品。上党地处北方，农作物以小麦、玉米和小米为主，加上冬季严寒，人们的日常饮食以面食为主。长久以来，上党人们对于面食的钻研和发明，产生了多种多样的品种。炒米汤，就是用炒熟的小米做成的面、菜、汤合并而吃的日常饭食。

炒米汤稀稠适宜，美味醇香，是一种集炝、炒、熬为一体的调和饭。一碗美味的炒米汤，不光讲究火候，还考验人的耐心。午后，山里的女人速速把锅碗收拾停当，重新添上一大铁锅冷水，这水是地下井水。撒一勺花椒粉进去，另用小炒瓢把小米炒香，下锅。南瓜、土豆疙瘩、干豆角这些不容易煮熟的菜蔬跟炒米一块入锅，再扔一把黄豆。火膛里糊上稀煤，就可以放心地串门子去了。待到天傍黑时回来，炒米汤熬得恰到好处，汤不粘，菜不烂。添炭加火，再下白菜、菌菇这些易熟的菜。趁这一小段熬煮的空当，擀一把杂粮细面条。大火把面条煮熟，就是一锅好饭，炒米汤。

然而，炒米汤真正的好味道还没调出来。按照早前老妇人的习惯，用一把铜勺就在炭火上烧热，浇上葵花籽油，把生姜、蒜末、老葱炝进去，盐、生抽、老陈醋调味，这才是一锅炒米汤最要紧的工序。没有这一环节，炒米汤也不过是个平常日子平常过。然炝了锅的炒米汤自然不同，它飘出了满屋满院半个村子的香味儿，那是贫苦人家出人头地的味道，是离家儿女归乡的味道，是稻谷满仓丰收的味道。那股子香啊，它是最能抚慰人心的味道。夏日，一家人坐在院子里围着一锅炒米汤，锅盖一揭开，连伏在墙头的黑猫都顺着香味跳下来了。

约莫，这更多的要归功于醋。上党人爱吃醋，上党地区的地下水偏碱性，醋可以平衡碱性，人们对醋的喜爱是自然原因影响下的身体选择，也是味觉习惯，最后形成了特殊的饮食文化。各种蔬菜及菌类品的维生素全部融入汤中，让炒米汤吃起来香味十足，营养丰富，故而又有“炒米汤，是富饭，山珍海味全席筵”的说法。意思是说，在炒米汤里，什么样的好吃材料都可以包容其中。

到上党做客，自然是没有机会品尝到炒米汤的。炒米汤虽然营养丰富，烹香可口，但它毕竟是五谷杂粮，在千百年的传统观念里难以登上大雅之堂。端一碗炒米汤上桌待客，主人总觉得怠慢了。

倒是有个不错的主意，可以美美地喝上几海碗炒米汤。就是悄悄儿到上党农村去打听，谁家有红白喜事，早饭肯定是炒米汤就馍馍。上门去冒充个远房亲戚随份礼，炒米汤管饱喝。

人们通常把大锅饭的炒米汤，叫成醋饭。之所以叫醋饭，它跟炒米汤的味道确有不同，酸香扑鼻，令人垂涎。奥妙就在于最后一道炝锅的功夫。随着灶前的鼓风机嗡嗡嗡响，炒米汤在大铁锅里焦灼沸腾起来。这时，“嗞啦”一声，炝得香烹烹的调料进锅了。就是这一声响，大锅饭跟普通家常便饭区分开来。你看吧，场院里，井台上，果树下，到处是圪蹴在地上，抱着老粗碗，呼溜呼溜喝醋饭的人。这会儿可没人拉闲话，都吃着碗里的，还看着锅里的哩！农村做大锅饭的厨师，没有念过技校，也没有上过培训班，但他们做出来的饭菜就是能让全村老百姓吃得心服口服，竖起大拇指。以至于很多人嘴上盼村里有人家办喜事，私心里谁不知道，是好些日子没喝醋饭，馋了！

以往人们说，穷得吃不起，只能一天三顿喝炒米汤。如今生活条件越来越好，粗粮野菜反而成了餐桌上的新宠，不少饭店餐馆都推出炒米汤。也有企业研发摸索出速食版，给出差旅行或远离家乡的人带来极大的方便和慰藉。然而说到底，真正要留住一碗正儿八经的炒米汤，还得要留住一盘土灶，留住一个土土的乡村才是。

一

向一株麦子忏悔

麦田，麦穗，麦浪，麦香……在我的记忆里，它们已经只剩下些零碎模糊的印象。而那些星星点点的画面，却还是一柱一柱强有力的光，照进我的童年，让我一次次迷醉在那甜丝丝的光晕里，不能清醒地认识我自己。

很小的时候，我就根据粮食在餐桌上的贵贱尊卑，擅自为山里的作物举办册封典礼。小麦是精粮，也是主粮，封为正宫皇后，立为粮食天下之母仪。玉米和谷子封为贵妃，太行山上的早晚两餐——小米粥、玉米干粮、窝窝头，离不了这两样粗粮。高粱、荞麦、黄豆是妃嫔，不占主要地位，却也不可或缺，否则显得这家人寒碜不讲究。黍子、芝麻、花生、绿豆等，属于贵人、常在或答应级别，可有可无，咸了淡了，多了少了都不要紧，庄稼人不过是用它们来守住那些巴掌大、炕席大的零散土地罢了。

麦子在四季里地位尊贵，播种和收割的时辰也被人们把握得毫厘无差。替农人操心的，还有节气鸟布谷。一到麦黄时节，它就“算黄算割，算黄算割”地念叨个不休，让人寝食难安，非得四更天就起身去割麦——这样看来，人类非但不能掌控自然，反而是被大自然安排得服服帖帖。

突然想起一穗灌足了浆的青麦。一天，我随母亲锄豆归来，在一片黄绿相间的麦田旁歇脚。碧绿的麦穗像刚长成的姑娘，在温煦的夏风里款款摇曳。我剥出一把胀鼓鼓的麦粒，塞进嘴里，细细咀嚼，感受清甜的浆汁在口里、喉间漫流。如今想来，漫流的大概不是麦浆，是夏季；也不是夏季，是童年；又不是童年，是永远走不出的梦境……一阵风吹来，麦浪起伏。我忘了那年几岁。

我是割过麦的，尽管没来得及练成个把式。父亲教我用左手搂过一把麦，右手挥镰从根部使劲。那个时候，孩子们泡在麦地里，从不怕过敏——他们是父母的孩子，也是麦粒养大的孩子。奶奶挑来的午饭在地头放了好久，我们还是没空吃。父亲说，割麦就是割日头的毒，跟老天爷较劲儿。奶奶把一块湿毛巾搭在我的脑袋上降暑，我一把扯下来，嫌它影响了我战天斗地。转眼，二亩多的麦子被放倒在光秃秃的麦茬上，像是凛然就义的英雄。

我想不起那天中午啃了几个馒头，只记得捆麦时，麦堆下面钻出一窝窝小鹌鹑。我用手绢把它们包起来，放进篓子里，前后总共捡了有小半篓。我为这意外的收获激动得在太阳下奔跑，就像捡到了一座太行山，捡到了一个夏天。不料到家时，篓子里竟然全空了。从那以后我常常做同一个梦，梦见我在麦地里捡鹌鹑。抱起一捆麦，钻出一窝鹌鹑，又抱起一捆麦，又钻出一窝鹌鹑。直到前几年再次做了同样的梦，我才顿悟，是奶奶放生了我的小鹌鹑。

在物质匮乏的童年，我和麦子之间有很多秘密。它们曾经让我感到羞愧，现在又觉得很美好。

在麦收季节，我从来不会挨饿。一放学，我就拉着妹妹去麦田里寻食。刚割过的麦田，总有些漏网之鱼。我们把捡来的麦穗用马兰草扎成捆，我们顿时变得富有。赶紧拾一捧柴火，点起一堆火，烤麦粒吃。啊呀，我一时竟说不清烤麦粒的味道了。它不是馒头的香甜，也不是面条的筋道，它是一种鲜嫩的焦香，是青涩与成熟的碰撞，是蓬勃与凋枯的交融，是……是什么呢？请恕我，还是不能准确地形容。总之，是它填饱了我的胃囊，让我忘记了自己是个饥饿的孩子。山里的孩子，有谁不饿呢？

突然有一年，一种叫泡泡糖的零食流进了山里。我很馋，但又没钱买，好容易才用一包烤麦粒从小伙伴那里换得半块泡泡糖吃。泡泡糖太神奇了，它口感独特，让我无比向往和回味。然而意想不到的是，我竟无意中在麦子里发现了泡泡糖的奥秘。掐几头饱满的成熟麦穗，搓掉壳，留下麦粒；把麦粒放进嘴里耐心咀嚼，直到嚼得只剩下麦筋，就成了在我们村孩子中流行多年的土法自制“泡泡糖”。

麦子替我保存了太多秘密，我却从来没有严肃、恭敬地凝视过一株麦子。我一直都不明白，自己为什么对故乡心存愧疚，直到我再次走进麦田，青青麦苗陡然勾起了我对麦子的回忆。我也曾像一颗麦粒，被紧紧地包在穗子里，挨着别的兄弟姐妹，与它们一同吹过风饮过雨，也曾在布谷鸟鸣中灌浆发育，然后变得饱满匀称，通体金黄。同时，我也听到了声声哀啼。

其实，我也是一株麦子，却在远行前忘了把沉甸甸的泪滴交还大地。

到黄浦江畔看山楂

一提到山楂，我就想起麻糊村的姑娘们。就着阳光仔细端详那红格艳艳的果子，她们当真是有不同的长相和性格，还有各自的名字，虽虽、巧映、灵儿、枝枝姐、三三……

今年春上，我坐车经过龙腾大道，无意中发现黄浦江边竟有山楂树。一棵，两棵，三棵……居然是一排！看上去应该是新栽种的，在江畔的绿化带里，树冠倒也不小，树龄有五六年的样子。正值花开时节，一掇掇雪白的山楂花儿开得正盛，微风里还夹杂着窸窸窣窣的白花瓣儿。我不由一惊！要知道，在上海是极少能见到山楂树的，我一度以为山楂来到南方会无所适从。因而乍一见到，总觉得这些树是谁从我们村的山上移植过来的，它们的枝叶上还沾着黄土高原的浮尘，树干上还留有村里人带泥的手印。

在我的脑海里，有一个十分立体的图谱，这张图上标记着异乡城市里，关于故乡元素的分布。比如田东路上靠近漕东支路的地方，在一个社区的外墙根长着一棵枯瘦的老梨树，它的姿态很像老家旧院里爷爷种的那棵雪花梨树。比如上海植物园里的牡丹园附近，每到春天就有一片紫花地丁，跟麻糊村董家麦场开的地丁花一样繁盛。又比如，在宁国路上有一家潞安酒店，那里的厨师能做出正宗的上党味道，襄垣拉面，长子炒饼，大烩菜，油炸糕，什么都有。它们都是我寄存在这座城市里的同乡老友，常常深切地想念，或者专程跑很远的路去探望一程。黄浦江畔的山楂树，成为长在这张图谱上一个新鲜的标记。也多了一份期盼，盼望一树树春华秋实。

山楂是我童年里最容易得到的零嘴儿。秋罢，叫上巧映、三三她们，扰着竹篮钻进山里，漫山的野山楂便由了我们去摘。一伙毛茸茸的小丫头欢快地飞奔在五彩的太行山间，嘻嘻哈哈，打打闹闹，多有趣呀。红艳艳的山楂果在秋风里热烈地笑着，我们的一只手还装不下一抓果子，总有一两颗从指缝间挤出去，落到地上或跳进其他人的篮子里。这时便得意极了，明明是同一棵树上摘下来的果子，从别人手心跳出来的仿佛要比自己放进去的好上千百倍。还要单独把它拣出来，装进兜里存放，认为这是好运的象征。我们所有人里面，枝枝姐是个“快手”。每次不管摘果子，采药草还是捋槐花，她都是最快的。三三年龄小，同样大的篮子还没装到一半，枝枝姐的篮子里早漫出来了。这时她就分点给三三,三三欢喜得跟个小陀螺似的“枝枝姐，枝枝姐”叫个不停。

现采的山楂果肉带点青，通常是又酸又涩，很难入口。即便熟透的果子，也不过是图新鲜咬上一口，酸得直流口水便龇牙咧嘴地扔掉了。在农村，秋天不缺吃，摘来的山楂是为过冬准备的。把山楂倒进大笸箩里，晾晒几日，便可以储存起来了。我们村的孩子们都懂这门技术，找一口半大缸，放在不生火的阴凉屋子，缸底铺上细沙，再把山楂倒进去，最上面覆上萝卜缨子，再用石板缸盖盖起来。之后好一段时间里，我们是想不起还储存过这么一缸子山楂的，一直到冬天下了雪上了冻，没东西吃了，才想到去扒开萝卜缨子掏山楂吃。这时，在缸里存放了个把月的果子已经不再那么酸涩，果肉变白、变糯，也变得甜了。除存足冬天吃的，我们还要晒很多山楂干，就是把新鲜的山楂果切成片，晒得干透，装进布袋子里挂在梁上，让来年夏天泡水喝。记忆里，奶奶和母亲一年到头总是在忙。她们从来没有像灵儿的奶奶那样，把山楂烤成山楂饼或蒸成山楂糕给我吃。虽虽是最奢侈的，她姥爷冬天在集上卖糖葫芦，她是我们学校唯一有糖葫芦吃的孩子，而我们很多人家里连白糖都买不起。

我跟巧映向来就只有山楂果吃。每天出门上学的时候，都要专门去一趟西窑，抓好几把山楂塞进书包里，一路吃到学校。课堂上，老师在讲课的时候不敢大大方方吃，只能等老师转身过去写板书时，倏地往嘴里塞一颗，胡乱嚼两下，老师一转过来，就赶紧停下假装在认真听课。其实这期间，手一直都伸在书包里盘玩着山楂果。

记得有一年，巧映大意，稀里糊涂把山楂存放在了一口做过醋的缸里，结果到冬天她的山楂全烂光了，我只好拿自己的出来接济她。这一年，山楂便有了点紧缺的意思，才过了大雪节气，缸就见底了。所幸，奶奶的小窑窝里还有。窑窝，就是在窑洞的墙壁上掏出一个内陷的方形坑，用来放置一些小物件、小杂耍。奶奶那屋炕火边的小窑窝里，永远藏的有好吃的，红薯干、烤土豆、山楂、馒头片，什么都有。但这山楂不是我们在山上摘的那种，而是姑姑从她家院里的山楂树上摘下来，特地送来孝敬奶奶的。在自家院里种的山楂树，是经人工稼接过的，果子明显要大得多，口感也更加甜糯，因而也更金贵些。奶奶把山楂放在窑窝里，为的是方便她喝完中药后，随手摸来吃一颗。

在一次意外发现小窑窝里有山楂以后，我每天有事没事都要找借口到奶奶屋里转悠好几回，在灶前晃来晃去，趁奶奶不注意偷偷把手伸进去掏一把。起初不敢抓太多，怕奶奶察觉到，后来慢慢发现，不管我拿走多少，窑窝里的山楂总掏总有。于是便不再担心，而是放心大胆地拿。直到很多年以后，再忆起这件事才明白，奶奶的心里一定跟明镜似的，将我的行为举止掌握得一清二楚。她时不时地往窑窝里添山楂，只不过是纵容，纵容一个孩子干一些只有孩子才会干的事。其实，有很多人家对孩子吃山楂是持纵容态度的，因为山楂是一种健脾开胃助消化的果子，农家人常常在积食或腹胀的时候，就寻几颗山楂出来吃，很快也就松快舒畅了。大人们总是希望自家孩子食欲旺盛,能吃好消化,长得结结实实,健健壮壮。

我是到县里上中学以后，才不吃山楂了。倒不是因为有了更好的吃食，反而进入快速长身体的年龄，学校食堂更不能满足日常需要。但青春期的孩子自尊心强，总觉得山楂太土，不像城里同学们带的香蕉苹果之类的水果洋气，宁可饿着，也不好意思拿出来吃。但心里对山楂仍旧是感激的，倘若麻糊村的山上没有山楂树，我们村就会有大半孩子念不上书。每年秋天进山里摘山楂，不只是为了冬天解馋，更重要的是山楂能当药材来卖。刚摘下来的鲜果就有人来村收，一斤能卖两毛钱，行情好点两毛五。收罢秋，家里地里都没什么农活，正是赚学费的好时候，我们通常要整整忙上一个秋，直到大雪封了山才算完工。要不是这土里土气不起眼的野果子，即便我有再多雄心壮志，也没有到县城来读书的机会。

也许，这才是山楂深深根植于我的情感深处的真正缘由。以至于某一天，仅仅因为小说主人公的绰号叫“土山楂”，而迷上了宁新路先生的长篇小说《财政局长》。这本书的封面上，几颗鲜红的山楂果子，顽强地垂挂在冬日干枯的枝头，果子上坠着晶莹剔透的冰凌碴儿。这样的一幅画面，顿时让我对陌生的财政领域，以及那位被称作“土山楂”的财政局长生出莫名的亲切感。一口气读到最后，“土山楂”为了完成老局长的心愿，顶着巨大压力，克服万难，坚强近乎固执地推动一个贫困县的财政改革，最后改革成功了，而他自己却遭受了意外。一个卑微，艰难而又倔强的生命结束了，与此同时，他坚守的事业打开了新的一页。读完这部作品，心中却是对一颗“土山楂”更加深沉更加悠远的思考和领悟。再次回头看封面上的那副景象，我泪流满面……我不确定，让我感动的，究竟是“土山楂”，还是土山楂。也许，只是为在书中拥抱了一个亲切的童年伙伴，看到了一颗野山楂的风骨。

如今的市面上，大概是真找不到一颗正儿八经的野山楂了。北京的王府井大街，上海的南京路、田子坊，成都的春熙路、宽窄巷子，南京的新街口、夫子庙等，几乎任何一个城市都不乏卖糖葫芦的店铺，甚至大多数商家推出的糖葫芦已经不再是基于山楂这样单一的食材，而是有了许多新鲜尝试，用葡萄、草莓、金橘、山药豆等穿插组合成各种漂亮花式。连竹签也摈弃传统，制作成爱心形，八字形等别致的造型。然而不知为什么，越是如此，我却越是怀念那种原汁原味的山楂糖葫芦。说到底，最深情的还是土土的野山楂。

人有时候对某事某物情有独钟，仅仅是因为一些遥远的黑白记忆碎片。一阵凉爽的秋风从远处的江面上吹来，夹杂着淡淡的果香。这是一个深秋的午后，我专程到黄浦江畔来看山楂。这时，树上已经挂满了一抓一抓红艳艳的果子。江边跑道上突然走过一个五六岁的小女孩，指着枝头激动地大叫："妈妈快看，快看，红果果！"年轻女人顺着孩子手指的方向飞快地瞟了一眼，便不屑地说："那是野山楂，不能吃，酸得很。"说着，赶紧牵上孩子快走了几步，仿佛走慢了这山楂就会酸到她们。江面上，又一阵风吹过来，我隐约在风里听到一群姑娘欢快的笑声……

我对这一排山楂树是十分公平的，在每棵树下都坐上一会儿，就像挨个看望童年的伙伴，和"她们"东拉西扯久远了的旧事，给"她们"拍各种角度的特写。最后，久久地呆坐在"她们"的尽头，这样我也成了一棵山楂树。